EXTRA VERGINE

Ein Toskana-Krimi

LUCA DIPORRETA

Anmerkungen:

Alle Protagonisten, Institutionen und Handlungen in diesem Roman sind frei erfunden. Ähnlichkeiten mit lebenden oder verstorbenen Personen sind zufällig und unbeabsichtigt.

Impressum:

Cover: bürosüd, München / © Luca DiPorreta

1. Lektorat: Regine Weisbrod

2. Lektorat / Korrektorat: Hannes Moonstein

Verlag epubli, ein Unternehmen der Holtzbrink Publishing Group

1. Auflage 2021 / auch als e-Book erhältlich

KAPITEL EINS

Sie hatte nicht den Hauch einer Chance. Als sie auf der Plattform des Edelstahltanks stand und den Deckel öffnete, legte sich ihr eine Hand um den Hals und drückte ihren Kehlkopf zusammen. Ihr Schmerzensschrei glich einem leisen Krächzen, das sogleich in ein noch leiseres Röcheln überging.

Sie spürte einen großen Körper hinter sich. Aus dem Winkel ihrer in Panik aufgerissenen Augen sah sie, wie eine andere Hand den geöffneten Deckel des Tanks zur Seite schwenkte. Ohne den Druck auf ihren Hals zu lockern, griff die zweite Hand ihr rüde zwischen die Beine und hob sie in die Luft, als sei sie eine Strohpuppe. Ihr Kopf wurde nach unten in die Öffnung des Tanks gedrückt. Eine widerliche Duftwolke von ranzigem Olivenöl schlug ihr entgegen, und sie fiel kopfüber in den Tank.

Das Ganze hatte nur wenige Sekunden gedauert, die ihr jedoch wie eine Ewigkeit vorkamen. Der Tank war gut zur Hälfte gefüllt, und das Öl schwächte den Aufprall ihres Körpers am Tankboden ein wenig ab. Instinktiv versuchte sie sich aufzurichten, was in der stockfinsteren Enge nicht einfach war. Kopf und Schultern schmerzten höllisch. Doch ein gewaltiger Adrenalinschub verdrängte die Schmerzen. Es gelang ihr, sich so weit zu drehen, dass die Füße den Boden berührten und sie sich abstoßen konnte. Ihr Körper schoss nach oben, bis ihr Kopf wieder aus der stinkenden Brühe herausragte und sie ein wenig der Restluft im Tank in die schmerzenden Lungen pumpen konnte.

Eine Erinnerung an einen lange zurückliegende Schulung für die Mitarbeiter des Landguts schoss ihr durch den Kopf. Man hatte ihnen dort die Funktionen der riesigen, mehrere zehntausend Liter fassenden Edelstahltanks erklärt. Damals hatte ein neugieriger Teilnehmer gefragt, was zu tun sei, wenn eine Ratte oder ein anderes Tier in einen Tank fallen würde. Der Kursleiter hatte dem Fragenden über den Rand seiner Brille einen ironischen Blick zugeworfen.

„Wenn man im Olivenkeller die notwendige Sorgfalt walten lässt, fällt nichts und niemand irgendwo hinein", meinte er nur. „Und falls doch", fügte er hinzu, „ist das kein Problem." Da Olivenöl eine leicht geringere Dichte aufweise als Wasser, könne ein hineingefallenes Tier nicht schwimmen und würde sogleich zum Boden des Tanks absinken. Das gelte im Übrigen auch für Menschen.

„In Olivenöl zu schwimmen mag vielleicht der Haut guttun", war sein Schlusssatz, „aber man wird den Effekt nicht mehr genießen können."

Ihr fiel ein, dass in den großen Tanks meist kleine Stahlleitern angebracht waren, damit man für die Reinigung und Wartung in den Tank hinuntersteigen konnte. Mit angehaltenem Atem tastete sie die Wände ab und fand die schmalen, an die Innenwand geschweißten Leiterstufen. Sie schaffte es, den Handlauf zu fassen und sich ein paar Stufen hinauf zu ziehen.

Obwohl ihre Ohren und Augen vom Öl verklebt waren, hörte sie, wie sich über ihr jemand am Tankdeckel zu schaffen machte. Der im Deckel eingelassene Einfüllstutzen öffnete sich, und für einen kurzen Moment konnte sie durch den öligen Film auf ihren Augen ein helles Licht sehen. Der Lichtfleck verschwand sogleich wieder, und sie hörte ein feines Klicken.

Es kam vom Einfüllstutzen, über den das frisch gepresste oder angelieferte Olivenöl in die Tanks gepumpt wurde. Sekunden später verspürte sie den weichen Strahl des einströmenden Öls auf dem Kopf.

Viel Zeit blieb ihr nicht mehr. Die Luft im Tank wurde knapp. Vorsichtig tastete sie nach der kleinen Stablampe in ihrer Jeans. Zu ihrer Erleichterung war sie ihr beim Sturz nicht herausgefallen und funktionierte sogar noch. Rasch steckte sie die Lampe in den Mund, um die Hände frei zu haben. Ein paar Minuten noch konnte sie sich unter Todesangst von Stufe zu Stufe nach oben zum Tankdeckel ziehen, während das stetig einströmende Öl den Tank weiter auffüllte. Die faulig stinkende Olivenbrühe bedeckte bereits ihren Oberkörper und stieg Millimeter um Millimeter zu ihrem Kopf empor.

In Panik drückte sie den Kopf schräg gegen den Tankdeckel und begann mit den Fäusten gegen die Wand des Tanks zu hämmern, obschon sie wusste, dass niemand sie hören konnte. Und selbst wenn, würde das nichts ändern. Ihr Peiniger würde in Ruhe ihren Tod abwarten und den Deckel erst wieder öffnen, um ihre Leiche herauszuziehen.

Ein Gedanke blitzte in ihr auf. Etwa zehn Zentimeter unter dem Deckelverschluss sah sie im Licht ihrer Lampe das Sieb, das Verunreinigungen im einströmenden Öl auffangen sollte. Es war mit einem Spanner in der Zuflussöffnung fixiert, aber nicht verschraubt, wohl weil man es so einfacher herausziehen und reinigen konnte. Noch hatte sie genügend Kraft, um das Sieb aus seiner Halterung zu ziehen und auf den Boden des Tanks fallen zu lassen. Sie zog ihr mit Öl getränktes T-Shirt aus und stopfte es hastig in die nun frei liegende Zuflussöffnung, um den einströmenden Ölstrahl zu stoppen. Dann zog sie den Gürtel aus ihrer Hose. Sie tastete nach einem der als Ausstiegshilfe innen an der Tankwand angeschweißten Halterungen und band sich mit dem Gürtel daran fest.

Ihr Atem ging jetzt immer schneller. Schwindel erfasste sie. Die immer kleiner werdende Luftblase über ihr enthielt kaum noch Sauerstoff. Mit aller Kraft wehrte sie sich gegen die aufkommende Ohnmacht. Wenn sie erst einmal das Bewusstsein verloren hatte, gab es kein Erwachen mehr. Ein unsinniger Gedanke schoss ihr durch den Kopf: „Hätten sie doch wenigstens gutes, nach frischem Gras oder Brombeeren riechendes Öl genommen, um mich umzubringen, anstatt mich in dieser stinkende Brühe zu ertränken."

Ihre Armmuskeln begannen ob der Anstrengungen zu zittern. Die Füße rutschten von den schleimigen Stufen der Innenleiter, und die Hände lösten sich von den stählernen Handläufen. Die Lampe fiel ihr aus dem Mund und verschwand im schwarzen Öl. Einzig die Fixierung mit dem Gürtel verhinderte, dass sie in den finsteren Tank zurückglitt, als sie das Bewusstsein verlor.

Dass Sekunden später der Deckel wieder geöffnet wurde und ein Gesicht in den Tank lugte, nahm sie nicht mehr wahr. Auch nicht, dass jemand sie an den Schultern fasste, den verknoteten Gürtel löste und sie aus dem Öltank zog.

KAPITEL ZWEI

Max erwachte mit einem gewaltigen Brummschädel. Sein Körper fühlte sich an, als seien Gelenke und Muskeln durch den Fleischwolf gedreht worden. Vom nahen Turm der Kathedrale hörte er eine Glocke schlagen. Die Schläge rauschten an ihm vorbei, ohne dass er sie zu zählen vermochte. Immerhin nahm er wahr, dass es viele waren. Der Vormittag musste schon weit fortgeschritten sein.

Durch die schräg gestellten Jalousien seines Schlafzimmers fiel ein Lichtstrahl. Rasch schloss er die geblendeten Augen wieder und wälzte sich ächzend auf den Rücken. Mit den Fingerspitzen massierte er die pochenden Schläfen. An solchen Tagen verstand er, was mit dem Begriff „Morgengrauen“ gemeint war. Erneut versuchte er, zumindest eines seiner Augen zu öffnen, um einen Blick auf die Digitalanzeige des elektronischen Weckers neben dem Bett zu werfen.

Schon elf!

Die Sonne hätte ihn vermutlich nicht aus dem Tiefschlaf erwachen lassen. Doch vor seinem Bett wartete Whisky, sein kleiner Terrier, und winselte zu ihm hinauf. Als der Hund merkte, dass das nichts half, stellte er die Vorderpfoten auf die Matratze und begann, mit der warmen Zunge Max’ Ohr zu lecken. Er wusste, dass er nicht aufs Bett durfte. Aber zwei Pfoten waren erlaubt und brachten seine Schnauze so nah zu Max' Gesicht, dass dieser sich nicht weiterhin schlafend stellen konnte. Trotz seiner noch immer reduzierten Wahrnehmung wusste Max, dass sein Hund ihm mit Nachdruck zwei Botschaften zu übermitteln versuchte: zum einen „Hunger“ und zum andern „Ich muss raus!“.

Mühsam rollte er sich aus seinem zerknautschten Doppelbett. Er streckte sich, begleitet von einem lauten Gähnen. Dabei knackten vom Fuß bis zum Nacken fast alle seine Gelenke und erinnerten ihn daran, dass er schon mehr als das erste halbe Jahrhundert seines Lebens hinter sich liegen hatte. Mit der Hand fuhr er sich durch das wirre Haar und wankte ins Badezimmer. Die Gestalt, die ihn dort im grellen Licht entgegenblickte, mit dunklen Schatten unter den roten Augen, das Gesicht voller schwarzer Bartstoppeln und mit Falten, die sich von der Nase bis fast zum Kinn hinab zogen, kam ihm bekannt vor.

Er drehte den Mischer in der Dusche auf Kalt und stellte sich schnaubend unter den eisigen Wasserstrahl. Nach dieser Prozedur war er einigermaßen wach. Er trocknete sich oberflächlich ab und tappte zurück ins Schlafzimmer. Dort erwartete ihn schwanzwedelnd Whisky vor dem Tischchen mit der ledernen Leine und blickte ihm erwartungsvoll entgegen.

„Ich komme ja schon!“

Während er mit einem Tuch seine Haare trocknete, warf Max einen wehmütigen Blick auf sein großes Boxspring-Bett. Die Matratze war das teuerste Stück in seinem Appartement. Aber schließlich, so hatte er sich beim Kauf gesagt, verbrachte er nirgends so viel Zeit wie in seinem Bett. Und natürlich waren Bett und Matratze samt Auflage daraufhin ausgelegt, dass nicht nur eine Person gut darauf schlafen konnte. Wie lange war es her, seit er hier zusammen mit Vivienne erwacht war? Eine Woche, zehn Tage? Oder lag es noch weiter zurück? Jedenfalls viel zu lange. Während er mit dem Handtuch seinen

Haarschopf trocknete, sah er vor seinem inneren Auge die Umrisse ihres Körpers unter dem dünnen Leintuch. Sie schliefen immer nackt. Vivi vertrat die These, dass ein Paar so viel besseren und vor allem häufiger Sex habe, als wenn man sich beim Einschlafen oder Erwachen erst von Pyjamas oder sonstiger Nachtbekleidung befreien musste. Sie hatten diese These zusammen gründlich überprüft und empirisch unwiderlegbar bestätigt. Morgens waren sie sich meist noch schlaftrunken in die Arme gefallen und hatten den neuen Tag mit Lust und Zärtlichkeit begrüßt.

Tempi passati. Vor ein paar Tagen erst hatte ihm Vivienne in einer kurz gehaltenen WhatsApp-Nachricht mitgeteilt, sie fände es gut, wenn sie beide mal wieder eine Denkpause einlegen würden. Denkpause! Wenn er das Wort nur hörte! Seit gut zwei Jahren waren sie zusammen. Genauer gesagt: immer mal wieder zusammen und dann wieder nicht. Soviel Max wusste, nannte man so etwas heute eine „on-off-Beziehung". Er hatte Vivienne noch in seiner Funktion als Kultur- und Gesellschaftsredakteur einer großen Regionalzeitung auf einer Podiumsveranstaltung kennengelernt. Sie war eine dieser modernen Influencerinnen mit eigenem Food-Blog und einem beruflich wie privat sehr intensiven Social-Media-Engagement. Sie waren sich auf Anhieb sympathisch gewesen. Nach der Veranstaltung hatte er sie spontan auf einen Drink eingeladen. Er vereinbarte ein Interview mit ihr, das er in seinen Themenbeitrag für die Wochenendbeilage einzubauen gedachte. Als sie sich nach einigen Tagen in einem Restaurant zum vereinbarten Gespräch trafen, führte eines zum andern, und der Abend endete für beide bei Max zu Hause im Bett.

Seither waren sie zusammen. Manchmal tatsächlich und fast ebenso oft nur virtuell, weil sie oder er beruflich irgendwo unterwegs waren, oder weil sie sich mal wieder so eine „Denkpause" gönnten. Max stellte nicht so hohe Ansprüche an eine Beziehung. Hauptsache, man mochte sich und hatte regelmäßig Sex. Doch gerade letzteres entwickelte sich zu Max'

Bedauern nicht in die Richtung, die er sich wünschte. So hatte er sich über ihre Abwesenheiten immer mal wieder mit kurzen Affären hinweggetröstet. Vivienne bekam das zwar meist nicht mit. Aber da, wo sie es mit der vielen Frauen eigenen Intuition zumindest erahnen konnte, hatte das zu einer Steigerung von Kadenz und zeitlicher Ausdehnung der „Denkpausen" geführt. Was wiederum Max' Frust vergrößerte.

So hatte ihn Vivis Nachricht denn auch nicht überrascht. Und er ahnte, dass es diesmal nicht nur eine Pause sein würde. Zwar fand er es schade, mal wieder einen Schlussstrich ziehen zu müssen – je älter er wurde, desto mühsamer fand er den Aufbau einer neuen festeren Beziehung. Und mit Vivienne hatte er mehr als zwei Jahre seines Lebenswegs und viele gemeinsamen Erlebnisse und Gefühle geteilt. Sex mit ihr war immer leidenschaftlich gewesen. Darüber hinaus hatten sie allerdings wenig Gemeinsamkeiten. Nun musste er wohl wieder einmal von vorne beginnen, wenn er mit jemandem eine längerfristige Partnerschaft und damit ein Stück gemeinsames Leben aufbauen wollte.

Er warf einen raschen Blick auf sein Handy, das er am vorigen Abend achtlos in die leere Früchteschale auf dem Tisch geworfen hatte. Das Display meldete einen verpassten Anruf vor etwas mehr als einer Stunde und signalisierte eine abzurufende Sprachmeldung. Die Nummer sagte ihm nichts, und er verspürte keine Lust, die wartende Meldung abzufragen. In seinem Kopf pochte es noch immer, als bearbeiteten Presslufthämmer seine Nerven von der Stirn bis zum Hinterkopf.

Er legte das Handy zurück auf den Tisch und ging in die Küche, um sich einen ersten starken Kaffee zu genehmigen und eine Schmerztablette einzuwerfen. Er stürzte den Espresso mit zwei Schlucken hinunter und rief den Hund zur verspäteten Gassirunde im Klosterhof.

KAPITEL DREI

Als er nach einer halben Stunde in seine Wohnung zurückkehrte, fühlte er sich etwas besser. Der Kaffee und die frische Morgenluft hatten seine Kopfschmerzen auf ein erträgliches Maß reduziert. Er richtete Whisky das Frühstück und gönnte sich einen weiteren Koffeinschub. Der Blick auf das Chaos von leeren Flaschen, zerbröselten Chipsresten, ungewaschenen Tellern mit eingetrocknetem Ketchup sowie überquellendem Aschenbecher ließen keine Zweifel zu, wo der Grund seines desolaten Zustands zu suchen war. Rotwein, Weißwein, eine halbvolle Flasche mit dem karibischen Rum vom letzten Urlaub und eine Batterie leerer Bierflaschen zeugten vom Gelage, das in der vorigen Nacht in seiner Wohnung stattgefunden hatte.

Er trug die Flaschen in die Küche und fragte sich, wer das alles getrunken hatte. Es war gestern hoch zugegangen. Oder, zutreffender gesagt, heute früh. Er hatte sich für den Abend mit zwei seiner ehemaligen Arbeitskollegen im Goldenen Löwen im Klosterviertel verabredet. Während der ersten Stunden besprachen sie bei einigen Flaschen des malzigen Klosterbiers die aktuellen Ereignisse in der Stadt, und natürlich die immer schwierigere Situation der Presse im Allgemeinen und der Redaktion des Tagblatts, ihres langjährigen Arbeitgebers, im Besonderen.

Als der Barkeeper nach Mitternacht mit der kleinen Glocke über dem Tresen die letzte Runde ankündigte und demonstrativ die Stühle hochzustellen begann, waren sie alle drei viel zu aufgekratzt, um an Heimkehr und Schlafen zu denken. So lud Max seine Zechkumpanen noch „auf einen Schluck" zu sich ein. Sein kleines Appartement in einem der jahrhundertealten Häuser des Klosterbezirks lag nur wenige Schritte vom Goldenen Löwen entfernt.

Für das Trio wurde es eine lange Nacht. Sie setzten ihr Trinkgelage zuerst mit Bier fort, bevor sie zum Wein übergingen. Berufsbedingt besaß Max einen mit sehr guten Tropfen gefüllten Weinschrank. Unter seinen wenigen Möbeln war der klimatisierte und mit unzähligem elektronischem Firlefanz versehene Weinschrank sein ganzer Stolz. Er konnte endlos über die sensorgesteuerte Temperatureinstellung und die Lagerungsoptionen des Möbels dozieren. Ganz zu schweigen von dem aus der Sicht eines unterbezahlten Redakteurs im Ressort Kultur sehr hochwertigen Inhalt. Wenn Max ein Weingut besuchte, über dessen Erzeugnisse er dann in seiner Zeitung berichtete, erhielt er stets Kartons und Kistchen der zu begutachtenden Produkte als „Arbeitsproben" mit auf den Heimweg. Einen Teil davon verteilte er unter seinen Redaktionskollegen. Niemand brauchte allerdings zu wissen, dass er einige der erhaltenen Spirituosen und andere Feinkostgeschenke für den Eigengebrauch abzuzweigen pflegte. Diese Flaschen, Büchsen oder Kistchen nannte er bei sich „Testobjekte". Sie füllten seinen Weinschrank und auch den Kühlschrank meist bis auf den letzten Liegeplatz.

Im Lauf der Nacht hatten sie eine Flasche nach der anderen geöffnet. Max fragte gar nicht erst, wie seine beiden Kollegen später am bereits anbrechenden Tag ihre Redaktionsarbeiten erledigen wollten. Er war der Einzige des Trios, der seinen Rausch in den Tag hinein würde ausschlafen können. In seiner elektronischen Agenda war für den ganzen Tag kein einziger Termin eingetragen. Seitdem er nicht mehr Mitglied der Redaktion war, verliefen seine Tage weitgehend unstrukturiert und, wie er sich eingestehen musste, ziemlich langweilig.

Als seine beiden Kumpels sich endlich auf den Heimweg gemacht und er die Jalousie in seinem Schlafzimmer geschlossen hatte, waren am Horizont schon die ersten blassen Streifen des anbrechenden Morgens zu erkennen gewesen. Er hatte sich in seinen verrauchten und mit Weinflecken bekleckerten Kleidern aufs Bett geworfen und war binnen weniger Sekunden eingeschlafen.

KAPITEL VIER

Die bier- und weinselige Abschiedsfeier mit seinen beiden Kollegen in der vergangenen Nacht hatte natürlich einen Grund, der allerdings schon einige Zeit zurücklag. An einem nebligen Wintermorgen vor einigen Monaten hatte der Chefredakteur ihn in sein Büro gerufen. Max hatte geahnt, dass das wohl nichts Gutes bedeutete. Solche überraschende Einbestellungen zum „Alten" lösten bei jedem Mitarbeiter unmittelbar Puls- und Blutdruckerhöhungen aus, nach dem Motto: Ich weiß zwar nicht, was ich verbrochen habe, aber er wird schon wissen, was bei mir wieder schief gelaufen ist.

Das Gespräch damals war ziemlich kurz ausgefallen. Sein Chef informierte ihn ohne lange Vorrede darüber, dass von den Herausgebern angesichts der unerfreulichen finanziellen Situation der Zeitung erneut ein hartes Sparprogramm angeordnet worden war. Dem müsse sich die ganze Redaktion unterziehen. Leider würde im neuen Organigramm dadurch auch seine Position als Redakteur und Ressortleiter wegfallen.

Max hatte diese Ankündigung nicht überrascht. Gerüchte zu den bevorstehenden Veränderungen zirkulierten seit Tagen in den Redaktionsräumen. Schon bei der letzten großen Reorganisation vor einigen Jahren war das Budget von Max' Abteilung zusammengestrichen und sein Team mit dem ebenfalls arg gebeutelten Ressort „Gesellschaft“ zusammengelegt worden. Als die neuerliche radikale Restrukturierung sich abzuzeichnen begann, hatte er sich zunächst wacker für seine Mitarbeiter und ihre Themen gewehrt. Er musste jedoch rasch erkennen, dass er auf verlorenem Posten stand. Im Kampf gegen die ebenfalls vom Rotstift bedrohten Ressorts „Wirtschaft und Politik“ hatte er mit seinen Themen kaum Trümpfe in der Hand. Und es war nachvollziehbar, dass bei der Fusion seines bisherigen Ressorts mit dem Ressort „Kultur“ nicht ihm, sondern einer fast zwanzig Jahre jüngeren Redaktorin die Verantwortung für das neue Gebilde übertragen wurde.

Die Geschäftsleitung hatte ihm als altgedientem Kadermitglied der Zeitung einen Wechsel in die Onlineredaktion angeboten. Aber er machte sich keine Illusionen. Mit den über fünfzig Lenzen auf seinem inzwischen immer öfter etwas schmerzenden Buckel fühlte er, dass er zu alt war für diese neue elektronische Welt, in der es immer weniger um fundierte Analysen und profilierte Meinungen als um skalierbare „Breaking News“ ging. Einer wie er mit seinem langjährigen analogen Denken und Schreiben war da fehl am Platz. Und für ein Gnadenbrot irgendwo in einer Ecke der neuen digitalen Welt war er sich zu schade. Dass die jungen, smarten Journalisten, die man für die Online-Projekte eingestellt hatte, dies genauso sahen, machten ihm die wenigen Konzeptbesprechungen, an denen er höflichkeitshalber noch teilnahm, unmissverständlich klar.

So hatte ihn die Zeitung, für die er gut dreissig Jahre als Mitglied der Redaktion gearbeitet hatte, schließlich vor ein paar Monaten „mit großem Bedauern“ freigestellt. Das gestrige Gelage war eine etwas verspätete Abschiedsparty mit ehemaligen Arbeitskollegen gewesen, die sich in der laufenden Sparübung gerade noch einmal hatten retten können. Was, wie ihnen allen klar war, wohl lediglich ein vorläufiger Sieg war.

Nach dem Gespräch mit dem Chef hatte er sich für eine

Woche abgemeldet. Er brauchte ein wenig Zeit in einer anderen Umgebung, um den Kopf wieder freizubekommen und über sein weiteres berufliches Leben nachzudenken.

Er wusste, dass er ein fähiger Journalist war, der sein Handwerk beherrschte. Deshalb war er zuversichtlich, rasch einen neuen Job zu finden. Doch je länger er über seine veränderte Situation nachdachte, desto mehr begann er zu hinterfragen, ob er das überhaupt wollte. Er war jetzt Mitte fünfzig. Mit seinem unfreiwilligen Abgang aus der geschützten Werkstatt einer regionalen Redaktion bot sich ihm die vielleicht letzte Gelegenheit, aus dem engen Korsett der Redaktionsarbeit auszubrechen und sein berufliches Leben nochmals neu auszurichten.

Warum nicht endlich den Traum des unabhängigen, freien Journalisten verwirklichen, der nach eigenen Vorgaben und Interessen Reportagen und Fachbeiträge verfasst und diese den Redaktionen anbietet? Oder als Freelancer diejenigen Aufträge anzunehmen, die ihn wirklich interessierten? Freiheit und Unabhängigkeit waren ihm immer wichtig gewesen. Aber wie das Leben so spielt, war er nach einem Volontariat eben doch in der Redaktion einer Regionalzeitung gelandet. Er hatte viel zu früh geheiratet, die Frau brachte ein kleines Kind aus einer anderen Beziehung mit in die Ehe, und plötzlich sah er sich in der Verantwortung, regelmäßig Geld für eine Familie zu verdienen. Ein gutes und vor allem zuverlässig auf seinem Konto eintreffendes Salär kaufte ihm seine Freiheitsträume ab. Und mit den Jahren ließen Routine und institutionelle Zwänge einer von vielen Seiten unter Druck stehenden Redaktion seine Jugendträume unmerklich in Vergessenheit geraten.

Die Freistellung zeigte ihm zu seiner Überraschung, dass diese Träume doch noch irgendwo in seinem Innern schlummerten. Er spürte, etwas war vorbei und würde in dieser Art nie wiederkommen. Ein Kapitel im Buch seines Lebens war abgeschlossen. Doch die Seite zu einem neuen Kapitel war schon aufgeschlagen. Jung war er nicht mehr, das stimmte. Aber auch noch nicht zu alt, um nochmals etwas Neues zu beginnen.

Jetzt oder nie! Es war das wohl letzte Mal in seinem Berufsleben, dass er so eine Wahl hatte.

KAPITEL FÜNF

Die Abendsonne tauchte die Hafenanlagen von Gioia Tauro für ein paar Minuten in ein warmes Licht, bis der Sonnenuntergang die Industriezone in eine blaugraue Stahllandschaft aus riesigen Kränen und Containerbergen verwandelte. Einzig die Blumenkohlwolken am Horizont leuchteten noch eine Zeit lang in rasch wechselnden Schattierungen von Orange über Rot bis hin zu fast kitschig anmutenden violetten Pastelltönen. Im ruhigen Meer vor dem Hafen begannen die Positionslichter der langen Kette von Schiffen zu blinken, die auf ihre Erlaubnis zum Einlaufen warteten.

Im größten Container- und Tankerhafen Italiens gingen mit dem Einbruch der Dämmerung die Flutlichter an. Hunderte von Scheinwerfern tauchten Kräne, Brücken und die Türme aus gestapelten Containern in gleißendes Licht. Auch die unzähligen Trucks, die genormte Container zu den Schiffen brachten oder von ihnen abholten, schalteten ihre Scheinwerfer ein. An den Quais beluden oder entluden an Giraffen erinnernde Kräne die mit armdicken Seilen an den Piers vertäuten Frachtschiffe. Ihr Quietschen beim Hin- und Herfahren vermischte sich mit dem dumpfen Brummen der Transportfahrzeuge und dem Surren der Generatoren auf den Schiffen.

Mit dem Sonnenuntergang setzte eine kühle Meeresbrise ein. Aber auch sie vermochte weder die über dem Hafen liegenden Schleier aus Ruß und Abgasen noch den penetranten Geruch des von den Schiffen verbrannten Schweröls zu vertreiben. Der vor mehr als einem halben Jahrhundert gebaute Hafen machte auf unbedarfte Betrachter trotz seines Alters keinen schlechten Eindruck. Der prekäre Zustand der bröckelnden Mauern, Quaianlagen und Gebäude, der Rost an den Auslegern der Kräne und die Schäden an den stinkenden und stotternden Dieselaggregaten waren erst beim genaueren Hinsehen zu erkennen. Nichts wies darauf hin, dass der Hafen schon während seines Baus im vergangenen Jahrhundert von der kalabrischen `Ndrangheta, der mächtigsten Mafiaorganisation in Süditalien, unterwandert worden war. Er blieb für sie bis heute einer der wichtigsten Umschlagplätze Italiens für Drogen, Waffen und Giftmüll.

An einem der Piers ganz hinten im Hafen schaukelte ein Tanker im öligen Brackwasser. Bug und Heck waren mit Stahlseilen an den Pollern vertäut. Auch auf diesem Schiff beleuchteten helle Scheinwerfer die Decks und die davor liegende Quaianlage. Ein Mann stand auf der Außenbrücke und bediente irgendwelche Steuergeräte. Der Ausleger eines Hafenkrans ragte über das Schiffsdeck hinaus. Dicke Rohre hingen bis zum Deck des Tankers hinunter. Arbeiter in gelben Overalls waren daran, die Rohre wieder einzuziehen und für den nächsten Entladungsvorgang zu fixieren, während zwei Matrosen auf dem Schiffsdeck die Stutzen der Tanks und die darüber liegenden Luken verschlossen.

Auf der Mole neben dem Schiff standen mehrere Tanklastwagen. Ihre Ladebrücken trugen grosse Flüssigkeitstanks. Auf keinem der fünfachsigen Trucks war ein Firmenname oder sonst ein Hinweis auf Besitzer oder Transportgut erkennbar. Einzig ein auf beiden Seiten jedes Tanks aufgemalter Olivenzweig voller schwarzer Oliven ließ ihren Inhalt erahnen und zeigte, dass die Fahrzeuge wohl alle zum gleichen Unternehmen gehörten. Alle Tankwagen waren im selben silbernen Farbton lackiert.

Ein schwarzer Toyota Land Cruiser mit abgedunkelten Scheiben stand vor dem Konvoi der Tankwagen, neben ihm eine Gruppe von Männern. Im Schatten der Bordwand tanzende rote Punkte zeigten, dass die meisten an einer Zigarette zogen, trotz des im ganzen Hafenareal geltenden Rauchverbots. Alle waren sie eher kleinwüchsig, mit von Sonne und Wind gegerbter Gesichtshaut, auf dem Kopf ein Wirrwarr von gekraustem schwarzem Haar. Sie unterhielten sich in einer Sprache, die nur der erfahrene Zuhörer einen Dialekt erkannt hätte, der nur noch in abgelegenen Bergtälern Kalabriens gesprochen wird.

Im Bürocontainer neben der Fahrspur öffnete sich eine Tür. Ein Lichtschein fiel auf die kleine Zugangstreppe, über die ein Mann auf die Mole hinunter trat und zum wartenden Lastwagenkonvoi ging. In der Hand hielt er ein Bündel Papiere. Noch bevor er beim vordersten Truck angekommen war, sah man ihn in Richtung der wartenden Männer den Daumen heben zum Zeichen, dass alles bereit sei.

Daraufhin erteilte einer aus der Gruppe den anderen eine Anweisung und wies mit der Hand zum Tor am Ende des Piers. Die Fahrer traten ihre Glimmstängel am Boden aus, gingen zu ihren Trucks und kletterten ins Cockpit der Zugfahrzeuge. Die Dieselmotoren starteten mit dumpfem Brummen, und die Lastwagen setzten sich einer nach dem anderen hinter dem schwarzen Toyota in Richtung Hafentor in Bewegung.

Zurück blieb das Tankschiff, dessen Name und Heimathafen man trotz der Hafenbeleuchtung schon nicht mehr lesen konnte. Im Neonlicht der Kommandobrücke waren die Umrisse eines Mannes erkennbar, der den in die Nacht entschwindenden Lastwagen nachblickte. Wahrscheinlich der Kapitän, dachte einer der Fahrer, dem Rückspiegel auf das Schiff blickte, dessen Ladung sie während der letzten Stunden in die Tanks ihrer Fahrzeuge gepumpt hatten.

Inzwischen war es Nacht geworden. Dank der unzähligen Scheinwerfer blieb es im Hafenareal hell wie am Tag. Als der Tankwagenkonvoi sich dem Gate näherte, trat ein uniformierter Wachmann aus dem Kontrollposten neben dem Tor. Er bedeutete mit seiner rot blinkenden Stablampe dem heranrollenden Führungsfahrzeug und damit dem ganzen nachfolgenden Konvoi zu stoppen.

Der Fahrer des Toyota streckte den Kopf aus dem Seitenfenster.

„Ciao Luigi, come va?“

„Non c'è male. Tutto bene.“

Ohne weitere Worte übergab der Wachmann dem Fahrer einen dünnen Ordner mit den Frachtdokumenten. Im Gegenzug erhielt er ein Couvert, das er kurz zwischen den Fingern rieb, als wolle er den Inhalt prüfen. Er quittierte den Empfang des Couverts mit einem kurzen Nicken, ohne auch nur einen Blick hinein zu werfen, und ließ es sogleich in seinem Uniformrock verschwinden. Mit einem Handsender aktivierte er die hydraulischen Motoren, die ratternd und quietschend das breite Hafentor zu öffnen begannen.

„Buon viaggio. A presto!“

Er tippte kurz an seine Mütze und verfolgte, wie die Tankwagen einer nach dem andern anrollten und hinter dem Führungsfahrzeug hinaus in die Nacht fuhren. Mit einem scheppernden Ton schloss sich das eiserne Tor hinter dem letzten Fahrzeug des Konvois.

Jenseits des Gates war, wie so oft im Süden Italiens, die Straßenbeleuchtung ausgefallen, und die roten Schlusslichter der Tankwagen wurden rasch von der Dunkelheit verschluckt. Einen Moment noch hing ein feiner Geruch aus Treibstoff und Abgasen der Dieselmotoren in der Luft, der sich aber rasch mit den vielen anderen Gerüchen des Industriehafens vermischte.

KAPITEL SECHS

Die Schmerztablette begann zu wirken. Max' Kopf schaltete auf Normalzustand. Der verpasste Anruf fiel ihm wieder ein. Er nahm sein Handy und überprüfte die Nummer. Sie gehörte der Redaktion einer renommierten Food-Zeitschrift. Als er zurückrief, meldete sich ein Redakteur, an dessen Namen er sich dunkel erinnerte. Irgendwann und irgendwo hatte er ihn auf einer der vielen Messen getroffen, die er beruflich besuchen musste.

Max war kein Freund solcher Anlässe. Aber seit er sich als freier Journalist durchs Leben zu schlagen versuchte, kam er nicht darum herum, sein berufliches Netzwerk etwas intensiver zu pflegen. Früher, als Redakteur einer angesehenen Zeitung, hatten sich ihm Türen und Menschen fast von selbst geöffnet, wenn er sich als Zeitungsmensch zu erkennen gab und den Gegenpart mit der Aussicht auf ein Interview oder auch nur einer namentlichen Erwähnung im Blatt locken konnte. Immer wieder erstaunte es ihn, wie mediengeil die meisten Leute waren.

Nachdem sie das einleitende Pingpong an Floskeln erledigt hatten, kam der Redakteur zum Grund seines Anrufs.

„Wir planen, in einigen Monaten eine Serie von Beiträgen

zum Thema ‚Toskanisches Olivenöl' zu publizieren. Vielleicht machen wir sogar eine Sondernummer dazu. Wären Sie interessiert, dazu einige längere Texte beizutragen? Oder vielleicht gar die Verantwortung für die ganze Serie zu übernehmen?"

Der Redakteur hatte offenbar in Max' Internetprofil gestöbert und gesehen, dass er ein Italienkenner war und zudem gut Italienisch sprach.

„Unsere Redaktion meint, Sie wären der ideale Partner für dieses Projekt", fuhr er fort. „Vorausgesetzt, Sie könnten in den nächsten paar Wochen ausreichend Zeit dafür einsetzen."

Max war längst hellwach. Wenn der Kerl wüsste, wie viel Zeit er in den nächsten Wochen verfügbar hatte! Das war genau der Auftrag, den er jetzt brauchte. Der Saldo seines Bankkontos näherte sich nicht zum ersten Mal dem Grenzwert, den seine Bank als rote Linie definiert hatte. Die Steuerbehörden hatten ihm eine letzte Mahnung für die noch offenen Forderungen zugestellt. Die Tonalität des Schreibens verhieß nichts Gutes für den Fall, dass er die Ausstände nicht kurzfristig bereinigen konnte. Und in seinem „Homeoffice", das aus einem kleinen Arbeitstischchen im Schlafzimmer bestand, wurde der Stapel aus Rechnungen und Mahnungen immer höher. Doch abgesehen von einigen kleinen Textaufträgen war sein Auftragsbuch leer. Er brauchte dringend einen neuen Auftrag, wobei das Thema ihm weitgehend egal war. Wenn es nur gut bezahlt und mit einem stattlichen Vorschuss garniert war. Also weshalb nicht Olivenöl?

Am liebsten hätte er dem Redakteur sogleich ein begeistertes „Super! Mach' ich!" ins Handy gebrüllt. Stolz und Berufsehre verlangten jedoch, seine verzweifelte Lage nicht allzu deutlich zu zeigen. So besprachen sie miteinander kurz die wesentlichen Eckwerte bezüglich Inhalt, Textlänge, Ablieferungsdaten und natürlich Honorar und Spesen. Das Angebot, das sein Gesprächspartner ihm machte, war fair. Max war klar, dass der Kollege auf der anderen Seite der Leitung seine prekäre Lage erahnte und von seiner Zusage ausging. Doch sie kannten beide die Spielregeln.

„Ich verstehe natürlich, wenn Sie etwas Bedenkzeit brauchen“, meinte der Redakteur entgegenkommend. „Ich bestätige Ihnen das Angebot per Mail. Es reicht, wenn Sie mir Ihre Antwort bis morgen mailen.“

Max bedankte sich und hoffte, dass man seiner Stimme die Erleichterung nicht allzu deutlich anhören konnte.

„Natürlich bin ich interessiert. Aber ich muss erst einige terminliche Abklärungen treffen. Ich denke, bis morgen weiß ich mehr.“

„Wie gesagt, das ist kein Problem. Melden Sie sich einfach morgen oder übermorgen bei mir. Dann erledigen wir den administrativen Kleinkram für den Auftrag!“

Max legte das Handy auf den Tisch. Die Welt sah wieder deutlich freundlicher aus. Und die hämmernde Werkstatt in seinem Kopf hatte ihre Aktivitäten weiter heruntergefahren.

„Na also!“, sagte er zu Whisky, der mit treuherzigem Blick und schwanzwedelnd zu ihm aufsah und auf eine Belohnung für was auch immer zu warten schien.

„Auf geht’s, nach Italien!“

KAPITEL SIEBEN

Vor einigen Jahren hatte Max die Meldung einer toskanischen Behörde in seinem Briefkasten gefunden, dass ein unlängst verstorbener Onkel ihm in der Provinz Siena ein kleines Olivengut mit dem Namen La Pineta vermacht habe. Er sei offenbar der einzige Erbe des Verstorbenen und man wolle wissen, ob er bereit sei, das Erbe anzunehmen.

Die Ankündigung hatte ihn überrascht. Er konnte sich kaum mehr an diesen Onkel erinnern. In seiner Jugend hatte ihm sein Vater von einem Bruder erzählt, der unweit von Siena in den Hügeln des Chianti ein kleines Olivengut bewirtschaftete. Sie waren während ihrer sommerlichen Ferien in Italien auch einmal bei ihm für einen kurzen Kaffeehalt vorbeigefahren. Doch Max war damals noch ein kleiner Knabe gewesen und erinnerte sich nur noch an ein altes Steinhaus und einen unangenehm riechenden Mann mit einem langen, struppigen Bart. Aus irgend einem Grund, an den Max sich nicht mehr erinnern konnte, hatte sich der Onkel mit seiner Sippe verkracht und den Kontakt zu seinen Verwandten jenseits der Alpen abgebrochen. Er hatte nicht die geringste Ahnung, warum der Onkel sein Haus gerade ihm vererbt hatte.

Nach einigen Abklärungen sagte Max zu, sein Erbe anzutreten. Gleich im darauffolgenden Sommer war er für ein paar Tage in die Toskana gefahren, um seinen neuen Besitz kennenzulernen. Sein Onkel hatte bis zu seinem Tod auf dem kleinen Olivengut La Pineta gelebt. Doch Max fand ein ziemlich heruntergekommenes Anwesen vor, das offenbar seit vielen Jahren nicht mehr gepflegt und bewirtschaftet worden war. Gräser, Sträucher und riesige Brombeerhecken standen fast mannshoch im Gelände. Die vielen Olivenbäume waren in alle Richtungen ausgeschossen. Zwei große Pinien, die Namensgeber des Landguts, standen direkt neben dem Haus. Die Herbstwinde hatten die jedes Jahr abgestossenen spitzen Nadeln weit übers Gelände verteilt. Stämme und Äste der zahlreichen Eichen waren von armdicken Effeusträngen umrankt, welche die mächtigen Bäume zu ersticken drohten. Maulbeerbäume waren wild in die Höhe und Breite gewachsen. Max spürte unter den Schuhsohlen den matschigen Belag ihrer abgefallenen und verfaulenden Beeren. Über das ganze Gelände hatten sich dicke Brombeerranken ausgebreitet, die an manchen Stellen zu einem unüberwindbaren Dickicht verflochten waren. Eine Doppelreihe hoher Ziereichen bildete eine kurze Allee, die zu einem von Seerosen überwucherten und verschlammten Schwimmteich hinunterführte. Wo Max auch hintrat, raschelte es unter und neben seinen Füßen. Er wollte gar nicht wissen, wer und was sich alles unter dem abweisenden Dornengestrüpp und im hohen Gras häuslich eingerichtet hatte.

Das mächtige Steinhaus erinnerte Max eher an eine Ruine als an ein stattliches Podere, wie man die kleinen Gutshäuser in der Toskana bezeichnete. Überall waren Steine aus der Fassade herausgebrochen. Brombeerstauden rankten sich auch hier den Mauern entlang bis hinauf zum Dach, das von einer grün schimmernde Moosschicht überzogen war. Viele der einst rostroten Ziegel waren zerbrochen, einige hatten die Herbststürme vergangener Jahre vom Dach geweht. Ihre Reste bröselten auf der fast zugewachsenen Einfahrt vor sich hin. Vom

Vorplatz führte ein überwachsener Fahrweg hinter dem Haus hindurch zu einem gedeckten, ebenfalls weitgehend eingewachsenen Anbau. Er hatte seinem Onkel wohl einst als Unterstand für Maschinen oder ein Fahrzeug gedient. In vielen der verwitterten Fensterrahmen waren Glasscheiben herausgebrochen, deren Splitter im Gras und Unkraut rund um die Hausmauern lagen.

Als Max über die kleine Steintreppe zur offenstehenden Haustüre hinauf und in das Halbdunkel des Hauses trat, schlug ihm von den schimmligen Wänden ein muffiger Geruch entgegen. Die Dachbalken waren von Pilzen befallen. Durch einzelne undichte Stellen des Daches malte das eindringende Sonnenlicht Muster auf den Boden der Wohnung. Im grossen Wohnraum lagen verdorrte Blätter am Boden, die der Herbstwind durch die offene Tür und die zerbrochenen Fenster herein geweht hatte. Ein Laubteppich bedeckte den mit alten Terrakotta-Platten bedeckte Fussboden.

Ein kurzer Rundgang durch die Räume des Hauses zeigte, dass es überall ähnlich aussah. Max wagte kaum, sich an eine Wand oder einen Türrahmen zu lehnen aus Furcht, etwas könnte einstürzen und ihn unter sich begraben. Strom gab es nicht, und als er versuchsweise einen Wasserhahn in der Küche öffnete, kam außer einem kurzen Gurgeln und ein paar rostroten Tropfen nichts aus der Leitung. Im Küchenschrank schimmelte ein von Maden zerfressener Käselaib vor sich hin. Das einfache Bett im Schlafzimmer war mit einem hellblauen Spannleintuch bezogen. Eine feine Schicht Holzstaub auf dem kargen Mobiliar zeugte von den Aktivitäten der Holzwürmer im Dachgebälk. Im Kleiderschrank, dessen Türen weit offen standen, fand Max zwei muffig riechende Hemden und einen mottenzerfressenen Pullover.

Schließlich brach er die deprimierende Besichtigung seines neuen Immobilienbesitzes ab und setzte sich auf eine der sonnenwarmen Treppenstufen vor der Eingangstür. Er hatte sich im nahegelegenen Dorf eine Flasche Chianti und ein mit

Fleischscheiben, Tomaten und Gurken belegtes Sandwich mitgebracht. Genussvoll kaute er den würzigen Mortadella und spülte mit kleinen Schlucken Wein das ungesalzene italienische Weißbrot hinunter.

Der Rundgang hatte ihn ernüchtert. Man musste kein Baufachmann sein, um zu erkennen, dass sich das ganze Anwesen in einem schlechten Zustand befand. Es würde Zeit und vor allem viel Geld brauchen, um das Haus wieder bewohnbar zu machen. Vom Sanierungsbedarf des umliegenden Geländes und des großen Olivenhains gar nicht zu reden.

Immerhin war der Ausblick von der Eingangsstiege aus phänomenal. In der Ferne sah er die steinernen Türme von Siena. Die Abendsonne tauchte die Mauern der Stadt und die sich dahinter bis zum Horizont hinziehenden Olivenhaine und Rebfelder in ein warmes Licht. Im Olivenhain bewegten sich die silbern schimmernden Blätter der Olivenbäume im Abendwind. Die Allee mit den Ziereichen lag bereits im Schatten.

Eine tiefe Ruhe erfasste Max. Kein Auto war zu hören. Auch keines der tausend anderen Zivilisationsgeräusche, die sich fast überall sonst zu einem Klangteppich verwoben, der sich zäh und klebrig über die Welt legte. Dafür hörte er das Zirpen der Zikaden in den Bäumen, das mit der fortschreitenden Dämmerung immer lauter wurde. Vom Teich her setzte wie auf Kommando das Quaken einer dort heimischen Froschkolonie ein.

Ein Zauber, den er nicht in Worten zu fassen vermochte, lag nun über der abendlichen Landschaft, deren Bild sich mit der fortschreitenden Dämmerung von Minute zu Minute veränderte. Auch Whisky, der ihm auf seiner Erkundungstour aufgeregt schnuppernd und eifrig mit dem Schwanz wedelnd überall hin gefolgt war, schien sich wohlzufühlen und rollte sich zu seinen Füßen vor dem untersten Treppenabsatz auf den noch sonnenwarmen Steinplatten zusammen.

Dieser erste Besuch auf seinem Besitz lag nun schon einige Jahre zurück. In seinen Ferien war er seither manchmal für ein paar Tage oder auch eine ganze Woche zur Pineta zurückgekommen. Er hatte sich jeweils ein Zimmer in der wenige Kilometer unterhalb der Pineta liegenden Casacchia Guelfi genommen. Tagsüber arbeitete er daran, das Haus wieder bewohnbar zu machen. Wann immer er etwas Geld auf dem Konto hatte, beauftragte er Handwerker mit der Instandsetzung eines Teils der Infrastruktur. So waren mit der Zeit neue Leitungen für die Elektrizität eingezogen worden. Er hatte die sanitären Anlagen erneuern, die undichten Stellen im Dach ausbessern und die rostigen Wasserleitungen sanieren lassen. Mit den Jahren war die Pineta so zu einem zwar immer noch wenig komfortablen, aber zumindest in den warmen und trockenen Jahreszeiten gut bewohnbaren Haus geworden.

KAPITEL ACHT

Der Auftrag war unterschrieben, der ausgehandelte Honorarvorschuss auf Max‘ Konto eingegangen. Gut eine Woche später war er mit seinem in die Jahre gekommenen Volvo-Kombi unterwegs in die Toskana. Im Laderaum lag seine vollgepackte lederne Reisetasche, auf dem Rücksitz, mit einem Gurt gesichert, Whisky.

Max war schon viele Male in Italien gewesen. Seine Vorfahren stammten aus einem kleinen Dorf in den toskanischen Abruzzen. Max’ Vater war wie viele hunderttausend Italiener seiner Generation als junger, arbeitsloser Mann über den Gotthard in die Schweiz gekommen, um hier im Straßenbau zu arbeiten. Dann hatte er sich in eine Schweizerin verliebt, sie geheiratet und war geblieben.

Die früheren Reisen zu den Großeltern während der Sommerferien waren für Max als Kind und Jugendlicher immer ein Abenteuer gewesen, auf das er sich das ganze Jahr gefreut hatte. Die langen sommerlichen Aufenthalte in den Abruzzen und am Meer waren mit ein Grund, weshalb Max gut Italienisch sprach. Auch später, wenn er als Erwachsener beruflich oder privat nach Italien reiste, war die lange Fahrt trotz Hitze und Stau auf der Autobahn für ihn immer wie eine Heimfahrt.

Sein letzter Aufenthalt auf der Pineta lag schon einige Jahre zurück. Umso mehr freute er sich auf die jetzt vor ihm liegende Zeit in der Toskana. Er kam gut voran, obwohl wie immer unter der Woche eine der Autobahnspuren von endlos scheinenden Lastwagenkolonnen blockiert war. Am späteren Nachmittag passierte er Florenz und wechselte wenig später auf die Superstrada in Richtung Siena. Die vierspurige Schnellstraße war im gleich schlechten Zustand wie damals, als er das letzte Mal hier südwärts fuhr. Auch wenn offensichtlich in der Zwischenzeit Anstrengungen zur Sanierung der schlimmsten Teilstücke unternommen worden waren, bezog sich das „Super" im Namen der Straße noch immer vor allem auf die Größe der Schlaglöcher und Bodenwellen, über die man hinwegbretterte. Was ihm daheim unweigerlich einen kräftigen Fluch entlockt hätte, nahm er diesmal kommentarlos in Kauf. Das war halt Italien. Nur beim Passieren der zahlreichen gewagten Brückenkonstruktionen zwischen Bologna und Florenz musste er mit einem mulmigen Gefühl an die Bilder der eingestürzten Morandi-Brücke in Genua denken.

Mit den letzten Strahlen der Mitte September schon früh untergehenden Sonne fuhr Max an den Stadtmauern von Siena vorbei. Eine halbe Stunde später erreichte er sein Ziel für den heutigen Abend.

Die Casacchia Guelfi lag etwas erhöht am Abhang des Monte Luco inmitten von Rebbergen und Olivenhainen, einige hundert Meter vom mittelalterlichen Flecken San Gusmé entfernt. Die wenigen Gästezimmer waren in eine alte Gutsvilla integriert, die sich ein Adeliger aus Siena vor mehr als hundert Jahren hatte bauen lassen. Leonardo, der heutige Besitzer, hatte die Villa von seinem Vater geerbt, sie umbauen lassen und gemeinsam mit seiner Frau Maria in ein gemütliches kleines Boutiquehotel verwandelt. Es entsprach dem, was Max unter „klein, aber fein" verstand. Nur wenige Zimmer, dafür jedes individuell eingerichtet. Freundliches Personal und ein Restaurant, das eine einfache, aber qualitativ hervorragende italienische Küche bot. Vor allem die Pasta von Mamma, der Mutter des Hoteliers, war eine Legende, die sich längst im weiteren Umkreis des Chianti verbreitet hatte.

Vor Jahren hatte Max einmal einen Artikel in seiner Zeitung platziert, der in fast schwärmerischen Tönen das kleine Hotel und seine Umgebung beschrieb. Darauf hatten die Buchungszahlen von Gästen aus dem Norden stark angezogen. Für Leonardo und Maria, die wussten, wem sie die steigende Nachfrage zu verdanken hatten, war Max seither ein in jeder Hinsicht spezieller Gast geworden, dem kein Wunsch abgeschlagen wurde. Auch dieses Mal hatte er sich für die ersten zwei Nächte vorsichtshalber ein Zimmer reserviert, da er nicht wusste, in welchem Zustand sich sein eigenes Haus weiter oben am Monte Luco nach seiner langen Abwesenheit befand. Nach der langen Fahrt wollte er ein gemachtes Bett und ein gutes Nachtessen vorfinden und sich nicht über allfällige Wasser- oder Stromprobleme auf der Pineta ärgern müssen.

Mit Einbruch der Dämmerung fuhr er den Volvo auf den gekiesten Parkplatz hinter dem Haus. Er ließ Whisky aus dem Wagen springen, lud seine Reisetasche aus und ging durch die Hintertüre des Hauses direkt zur kleinen Rezeption. Whisky, aufgeregt hin und her schnuppernd und den Schwanz steil in die Höhe gerichtet, folgte ihm auf dem Fuß. Ein freudiger Ausruf empfing ihn, kaum hatte er das Haus betreten.

„Mamma mia! Max!“

Maria war seit seinem letzten, nun schon einige Jahre zurückliegenden Besuch noch ein wenig fülliger geworden. Ächzend wuchtete sie sich aus ihrem Sessel hinter der hölzernen Rezeption.

„Sie sind ja eine Ewigkeit nicht mehr hier gewesen! Leonardo! Vieni subito!“

Mit ausgebreiteten Armen kam sie hinter dem Tresen hervor und drückte ihn mit aufrichtiger Wiedersehensfreude an ihren mächtigen Busen.

„Comé sta? Tutto bene? Benissimo! Lassen Sie doch die

Tasche hier. Lucia wird sie gleich auf Ihr Zimmer bringen. Kommen Sie mit! Leonardo ist in der Bar!“

Max folgte ihr zur Bar, wo Marias Mann Leonardo damit beschäftigt war, die zahlreichen Flaschen im Gestell über dem Tresen abzustauben und neu einzuordnen. Auch er begrüßte Max überschwänglich. Zu dritt setzten sie sich an eines der Bartischchen. Leonardo öffnete eine Flasche ihres Hausweins, mit dem sie auf ihr Wiedersehen anstießen, während Whisky sich zufrieden schnurrend unter dem Tisch auf Max‘ Füßen zusammenrollte.

Leonardo fragte ihn nach seinen weiteren Plänen.

„Sie haben für zwei Tage gebucht, wie ich gesehen habe. Gehen Sie nachher auf die Pineta? Oder was haben Sie vor?“

Max sagte, dass er diesmal länger in der Toskana zu bleiben gedachte.

„Ich werde oben in der Pineta wohnen, sofern es nicht zu kalt wird. Heizung habe ich ja immer noch keine. Für die ersten Nächte bleibe ich jedoch gerne noch hier bei euch. Morgen schaue ich mir dann die Pineta an und besorge das Nötigste, um eine Zeit lang dort wohnen zu können. Ich werde mir wohl auch noch ein paar Möbel kaufen.“

Maria und Leonardo versicherten ihm, dass es hier noch längere Zeit so warm bleiben werde, dass eine Heizung nicht notwendig wäre.

„Und sollte es doch zu kühl werden, kann ja das große Cheminée im Wohnraum notfalls das Haus etwas erwärmen“, fügte Maria hinzu. „Aber jetzt müssen Sie nach der langen Fahrt zuerst etwas essen!“

Leonardo begleitete Max in die direkt an die Bar anschliessende Gaststube, während Maria in die Küche verschwand. Wenig später kehrte sie mit einem Teller dampfender Pappardelle mit Wildschweinragout zurück. Max war tatsächlich ziemlich hungrig und machte sich über die Teigwaren her. Bei einem weiteren Glas Chianti unterhielten sich noch eine Weile, doch Max bat bald, sich auf sein Zimmer zurückziehen zu dürfen. Die lange Fahrt hatte ihn müde gemacht. Er brauchte eine erfrischende Dusche und ein bequemes Bett. Sie würden noch genug Gelegenheit haben, sich über die Welt im Allgemeinen und die italienische Politik im Besonderen auszutauschen.

KAPITEL NEUN

Das Gurren der Tauben im Gebälk des Hauses holte Max am nächsten Morgen aus seinen Träumen zurück in die Realität. Oder waren es die Sonnenstrahlen, die durch das geöffnete Fenster erst auf die Zimmerwand und wenig später auf sein Gesicht fielen?

Jedenfalls war der halbe Morgen schon vorbei, als er im kleinen Frühstücksraum des Hotels erschien. Der Raum mit wenigen gedeckten Tischchen war leer, doch die Türflügel zur Terrasse standen weit offen. Ein warmer Luftzug blähte die zurückgezogenen Vorhänge neben der Tür. Die Septembersonne hatte noch genügend Kraft, um die verwitterte Hausfassade und die Steinplatten der Hotelterrasse ein wenig aufzuwärmen.

Auf der von Tonfiguren und Pflanzen in großen runden Tontöpfen eingefassten Terrasse waren nur zwei der Tische besetzt. Ein älteres Paar, offensichtlich Touristen, nickte Max mit einem freundlichen Lächeln zu, als er hinaustrat. Am anderen Ende der Terrasse blickte ein weiterer Gast kurz über den Rand seiner Morgenzeitung. Er reagierte nicht auf das grüßende Nicken von Max und verschwand sogleich wieder hinter dem rosaroten Papier der Gazzetta dello Sport.

Max setzte sich an einen freien Tisch im Schatten eines mächtigen Maulbeerbaums. Er lehnte sich im mit weichen Kissen gepolsterten Klappstuhl zurück und atmete tief durch. Absichtlich hatte er keine der im Frühstücksraum aufliegenden Tageszeitungen mitgenommen. Denn er wusste, dass ihn wie jedes Mal der phantastische Ausblick von der Terrasse über die toskanischen Hügel und die sich bis zum Horizont hinziehenden Weinberge und Olivenhaine gefangen nehmen würde.

Die alte Villa stand inmitten eines großen Weinbergs, der sich vor und hinter dem Haus den Hang des Monte Luco entlang zog. Etwas vom Haus entfernt gingen die akkurat ausgerichteten Reihen der Rebstöcke in große Olivenhaine über. Lange Reihen von Zypressen begrenzten das dunkle Grün der Weinreben, an denen bei genauem Hinsehen die dunkelblauen, fast schon reifen Traubenbeeren zu erkennen waren. Weiter unten ragten die Mauern des mittelalterlichen Dörfchens San Gusmé wie eine Insel aus dem Flickenteppich der Wein- und Olivenpflanzungen. Die Befestigungsmauern mit den in sie integrierten Hausfassaden erzählten von vergangenen turbulenten Zeiten. Ein Natursträßchen führte rechtwinklig von der Passstraße zur wenige hundert Meter entfernten Casacchia ab. Zwei hohe Zypressen mit mächtigen Stämmen markierten die Einfahrt. Hätte ein Maler ein kitschiges Bild seiner Vorstellung der Toskana malen müssen, es hätte genauso aussehen können wie dieser Ausblick von der Terrasse.

Max hatte sich kaum an seinen Frühstückstisch gesetzt, da kam auch schon Alessia, das langjährige Faktotum des Hauses, zu seinem Tisch. Sie brachte ihm ungefragt seinen ersten Espresso, zusammen mit einem Brotkörbchen, Butter und Konfitüre, und begrüßte ihn mit einem lauten

„Non e vero! Il signore Max!“

„Buon giorno, Alessia!“

Er schüttelte in gespieltem Unglauben den Kopf.

„Incredibile! Sie sehen jedes Mal, wenn wir uns sehen,

noch besser aus! Jetzt verraten Sie mir endlich, was Sie tun, um einfach nicht älter zu werden!“

Max war aufgestanden und umarmte sie herzlich. Alessia war schon im Hotel gewesen, als er in kurzen Hosen in den Sommerferien mit seinen Eltern manchmal hier einen Zwischenstopp auf der langen Fahrt einlegten, ehe sie am nächsten Tag in die gemietete Wohnung ans Meer weiterfuhren. Sie war ihm damals schon uralt erschienen.

Alessia erwiderte die Umarmung und brummte in ihrem toskanischen Italienisch, er solle nicht zu dick auftragen, wenn er nicht seine Glaubwürdigkeit verlieren wolle. Aber sie reagierte mit einem kurzen Lächeln, und er spürte, dass sein Kompliment sie freute.

Max wusste, dass man in Italien keinen Wert auf ein üppiges Frühstück legte. Dafür wird dann beim Pranzo, dem Mittagessen, umso ausgiebiger getafelt. Viele Hotels und Gasthäuser hatten sich jedoch in den vergangenen Jahren auf die Gepflogenheiten der Touristen aus dem Norden eingestellt und brachten auf Bestellung jedem das, was er zu seinem Frühstück vorzufinden gewohnt war.

Auch er war morgens kein großer Esser. Meist ließ er es bei einigen Espressi aus der Maschine bewenden, die er in kleinen Schlucken hinunterstürzte. Heute jedoch hatte er Hunger.

„Alessia, gibt’s noch die phantastische Omelette, die wir früher immer bestellt haben? Die ‚con tutto‘, Sie wissen schon? So etwas wäre jetzt genau richtig für mich.“

Damit hatte Max sie endgültig gewonnen. Er wusste, dass Alessia diese Köstlichkeit selbst zubereitete. Seit sie aber mit zunehmendem Alter ihre Gelenke immer stärker spürte und nicht mehr so gerne hinter dem Herd stand, gab’s die Leckerei nur auf ausdrücklichen Wunsch und auch dann nur für spezielle Gäste. Max war so ein spezieller Gast, und wenig später konnte er die Omelette genießen, die Alessia ihm zubereitet hatte und mit unverhohlenem Stolz servierte.

KAPITEL ZEHN

Max war schon beim zweiten Espresso, als er Leonardo auf die Terrasse treten sah, der mit einem Cappuccino in der Hand sogleich zu Max hinüber kam.

Leonardo war für einen Italiener von beeindruckender Körpergröße. Mit seinen schlohweißen Haaren und dem von der Sonne gegerbten Gesicht war er eine imposante Erscheinung. Max wusste, dass er der letzte entfernte Angehörige der jahrhundertalten Guelfi-Familie war. Zusammen mit seiner Frau Maria führte er das kleine Hotel in dem alten Gutshaus, das er von seinem Vater übernommen hatte. Die beiden hatten sich damit abgefunden, dass sie keine Nachkommen haben würden, und deshalb schon vor vielen Jahren die zum Familienbesitz gehörenden Rebberge und Olivenhaine verkauft. Zum Haus gehörte nur noch ein großer Hain, der sich hinter dem Haus den Hügel hinauf zog.

Max und Leonardo plauderten ein wenig über den Lauf der Welt, die Kapriolen der italienischen Politik und die wichtigsten Ereignisse aus ihrem eigenen Leben, die sich seit ihrem letzten Treffen ereignet hatten. Max erzählte, dass er nicht mehr bei der Zeitung angestellt sei und nun als freier Journalist arbeite. Und dass er einen Auftrag für eine längere Reportage zum Thema Oliven und Olivenöl erhalten habe.

„Vielleicht kannst du mir bei meiner Recherche etwas weiterhelfen. Ich verstehe nicht viel von Oliven oder Olivenöl und suche Kontakt zu Leuten, die mir meine Fragen beantworten können."

Leonardo nickte. „Was interessiert dich denn besonders?"

„Nun, ich muss mich erst ins Thema einarbeiten," erwiderte Max. „Gibt es jemanden hier in der Umgebung, bei dem ich so etwas wie einen ‚Crashkurs Oliven' absolvieren könnte? Oder gibt es ein Olivengut, das man besuchen kann und wo man sieht, wie Olivenöl hergestellt wird?"

Leonardo nippte an seinem Kaffee und schien kurz nachzudenken.

„Du solltest mit Julia sprechen", meinte er schließlich. „Sie hat selbst ein sehr schönes Olivengut, einige Kilometer von hier. Seit vor vielen Jahren ihr Mann gestorben ist, führt sie das Landgut alleine. Es ist eines der wenigen hier im Chianti, das nicht primär Wein produziert und Olivenöl nur als Nebenprodukt herstellt. Sie macht ausschließlich Olivenöl und andere Olivenprodukte."

„Genau, was ich suche!" rief Max begeistert. „Kannst du mir den Kontakt vermitteln?"

„Sicher. Ich rufe sie nachher an und frage, ob du dich mit ihr treffen kannst. Du wirst sehen, sie ist eine charmante Person. Und ein absoluter Profi in Sachen Oliven und Olivenöl. Viele Restaurants im ganzen Chianti kochen mit ihrem Öl."

Dann hatte er noch eine andere Anregung für Max.

„Nicht weit von ihrem Gut entfernt liegt die bekannte Fattoria San Vicente, von der du vielleicht schon gehört hast. Das Landgut ist einer der größten Produzenten von Olivenöl in der Toskana. Ihr ‚San Vicente Extra Vergine' wird in die ganze Welt exportiert. Sie haben auch eine informative Website, die du dir anschauen solltest."

Max machte sich ein paar Notizen.

„Das werde ich gleich abklären!“

„Soviel ich weiß“, ergänzte Leonardo, „bieten sie auf San Vicente für Besucher bis zur Olivenernte regelmäßig Führungen durch ihre Olivenhaine und Produktionshallen an.“

Er blickte auf seine Uhr und erhob sich wieder.

„Ich muss im Büro noch einigen Papierkram erledigen. Bitte entschuldige mich. Wir sehen uns später.“

Als Leonardo nach einer knappen Stunde auf die Terrasse zurückkehrte, fand er Max in den Corriere vertieft. Er setzte sich erneut neben ihn an den Frühstückstisch.

„Ich habe Julia erreicht und ihr von dir erzählt“, berichtete er. „Sie ist gerne zu einem Gespräch bereit. Morgen ist sie auf dem Markt. Sie hat dort einen festen Standplatz, gleich bei der Bar Centrale, wo sie ihr Olivenöl und andere Produkte aus ihren Pflanzungen anbietet.“

Er nahm eine Papierserviette vom Tisch und kritzelte eine Telefonnummer darauf.

„Ihre Handynummer. Aber vielleicht schaust du morgen einfach mal bei ihr vorbei! Alles Weitere kannst du dann direkt mit ihr abmachen.“

KAPITEL ELF

Der Wochenmarkt des Städtchens Castelnuovo war eine bunte Mischung von Ständen mit Lebensmitteln, Kleidern, Schuhen und allerlei Krimskrams. Ursprünglich war der Markt, den es seit über hundert Jahren gab, nur für Händler und Bauern aus der näheren Umgebung gedacht, die ihre Produkte anbieten wollten. Doch inzwischen ging das Angebot weit über die traditionellen landwirtschaftlichen Produkte hinaus. Die Mehrzahl der Schuhe, Kleider, Ledersachen und Haushaltgeräte auf den Auslagentischen trug irgendwo die Herkunftsbezeichnung „Made in China“ oder diejenige eines anderen asiatischen Landes. Selbst dort, wo die Produkte stolz das Label „Made in Italy“ präsentierten, konnte man nicht so genau sagen, was denn nun in Italien hergestellt und was importiert und nur leicht „italianisiert“ war, etwa in einem der vielen chinesischen Sweatshops im Umfeld von Florenz oder im Süden des Landes, in denen asiatische Männer und Frauen unter prekären Bedingungen „italienische“ Produkte herstellten. Hinter den Auslagetischen standen neben Albanern und Türkinnen oft auch afrikanische oder asiatische Händler. Sie feilschten mit den Kunden nicht weniger gewieft als ihre italienischen Kollegen. Einzig bei den Lebensmitteln konnte man einigermaßen sicher sein, tatsächlich Produkte aus der näheren Umgebung oder zumindest aus italienischer Produktion zu erstehen.

Von ihrem kleinen Verkaufsstand aus hatte Julia einen privilegierten Blick auf das morgendliche Marktgeschehen. Die Standplätze gleich gegenüber der Bar Centrale beim Eingangsportal der Kirche waren begehrt. Sie lagen den ganzen Vormittag über im Schatten und waren so vor der selbst im Herbst oft noch großen Hitze geschützt. Und wer zu einem der Dorfausgänge gehen wollte, musste hier vorbeikommen. Wer so einen Marktstandort zugewiesen bekam, behielt ihn meist sein Leben lang und gab ihn schließlich an einen Nachkommen oder anderen Angehörigen weiter.

Auch Julia hatte ihren Marktstandort von ihrem Vater übernehmen können. Als Kind hatte sie ihn jeden Donnerstag auf den Wochenmarkt begleitet. Ihre Mutter war bei ihrer Geburt gestorben. Der Markttag hatte ein wenig Abwechslung in den sonst immer gleichen Ablauf der Tage gebracht. Bevor sie sich auf den Weg zur Schule machte, half sie mit, die Kisten und Säcke mit den Produkten des Olivenguts in den kleinen Ape-Transporter ihres Vaters zu beladen. Zuerst wurden die Ölkanister und die abgefüllten Flaschen mit Olivenöl sowie die Schalen mit den anderen Produkten des Olivenguts eingeladen. Ganz oben auf dem Berg von Kisten und Schachteln kam der zusammengeklappte Verkaufstisch und ein Sonnenschirm zu liegen. Ein weißes, dicht gewobenes und mit Bienenwachs getränktes Tuch diente als Sonnenschutz für die geladenen Produkte und kam zusammengefaltet über die abenteuerlich hohen Stapel von Kisten zu liegen. Zwei dicke und kraftvoll festgezurrte Hanfseile sicherten die Ladung.

Auf dem Markt half sie ihrem Vater beim Aufbau des Verkaufsstandes. Meist benötigte das ziemlich viel Zeit, so dass sie nachher ins Schulhaus rennen musste und nicht selten zu spät im Klassenzimmer ankam. Kaum verkündete die Schulglocke mittags das Ende des Unterrichts, rannte sie die Straße zum Markt wieder hinauf und half beim Abbau des Standes. Dann drückte sie sich neben ihrem Vater in die kleine Fahrerkabine des Ape, und gemeinsam tuckerten sie zurück nach Hause.

Das lag nun schon lange Zeit zurück. Ihr Vater war vor vielen Jahren gestorben. Sie hatte als einziger Nachkomme das Olivengut geerbt und so auch den Standplatz am Markt übernommen. Kurz nach dem Tod ihres Vaters hatte sie geheiratet, einen Burschen aus Siena, in den sie sich bei einem der Cantrade-Feste verliebt hatte. Ihr Mann entpuppte sich leider rasch als arbeitsscheuer Bonvivant, der mehr Zeit mit seinen Kumpanen in der Stadt als bei der Arbeit auf dem Olivengut verbrachte. Das verstärkte sich noch, als sich herausstellte, dass sie keine Kinder bekommen konnte. Er zeigte ihr bei jeder Gelegenheit, wie nutzlos er sie fand.

An einem kalten Winternachmittag überbrachte ihr der Dorfpolizist Mario die Meldung, ihr Mann sei bei einer Schlägerei in einer Spelunken in Siena so unglücklich gestürzt, dass er sich das Genick gebrochen habe. Sie hüllte sich für ein Jahr in dunkle Kleider, wie der Brauch es verlangte, doch Trauer verspürte sie keine. Sie fühlte sich eher erleichtert. Nun konnte sie ihr Leben selbst in die Hand nehmen und musste mit ihrer Arbeit nicht noch einen Taugenichts von Ehemann mit durchfuttern.

Nach dem traditionellen Trauerjahr ermunterten die Frauen im Dorf sie bei jeder passenden und unpassenden Gelegenheit, sich doch wieder zu verheiraten. An Möglichkeiten fehlte es nicht. Sie war noch jung, hübsch und dank ihrem Erbe eine auch finanziell attraktive Partie. Wie zufällig präsentierten ihre Freundinnen ihr immer wieder den einen oder anderen Kandidaten, meist aus der eigenen Verwandtschaft. Doch Julia verspürte keine Lust, sich wieder in die Abhängigkeit eines Ehemannes zu begeben. Und die körperlichen Bedürfnisse einer noch jungen Frau wusste sie mit der einen oder anderen

Affäre zu befriedigen. Das trug ihr zwar in ihrem Bekanntenkreis das Prädikat einer „lustigen Witwe“ ein, was sie aber nicht weiter störte. „Besser lustig als vertrocknet“, pflegte sie auf entsprechende Anspielungen mit einem Lachen zu antworten.

Julias Tisch stand im Schatten der Kirche San Pietro. Hinter den Auslagen hatte sie ihren Pickup abgestellt, der unübersehbar schon viele Kilometer auf dem Tachometer hatte und den Ape ihres Vaters ersetzte. Ihre Olivenprodukte passten ideal zu den Bedürfnissen der jährlich wachsenden Zahl von Touristen, die an ihrem Stand vorbei flanierten. Auf dem Tisch hatte sie Olivenölflaschen unterschiedlicher Größe aufgestellt, daneben in Folien eingeschweißte schwarze Essoliven sowie Gläser und Büchsen mit weiteren Olivenprodukten. Unter dem Tisch, durch ein Wachstuch vor dem Sonnenlicht geschützt, waren Kartons gestapelt, ebenfalls voll mit verschieden großen Olivenölflaschen aus der vorjährigen Produktion. Ein rechteckiger Sonnenschirm gab dem Tisch und der Verkäuferin ein wenig Schatten. Sie hatte sich eine Schautafel anfertigen lassen, die Bilder ihres Olivenhains zeigte, umrahmt von italienischen und englischen Texten, in denen Worte wie „biologisch“, „Extra Vergine“ und „lokal produziert“ groß hervorgehoben waren. Zwar gab es auf dem Markt auch andere Anbieter von Olivenöl. Da sie aber die Einzige war, die sich dank ihrer Schulbildung auch leidlich auf Englisch ausdrücken konnte, war ihr Umsatz meist größer als der ihrer Mitbewerber.

Natürlich setzte Julia über den Wochenmarkt nur einen kleinen Teil ihrer jährlichen Produktion ab. Doch immer wieder kamen Kunden zu ihrem Stand, die erst ihr Öl mit einem dargereichten Stückchen ungesalzenem Weißbrot degustierten, sich dann als Restaurantbesitzer oder Spezialitätenhändler vorstellten und größere Mengen vom Olivenöl oder von anderen Olivenprodukten bestellten. Aus solchen Zufallskundschaften wurden oft langjährige Abnehmer ihrer Produkte. Die meisten von ihnen waren Italiener. Doch über die Jahre hatte sie sich durch Touristen, die den Markt besuchten, auch einen treuen Kundenstamm in anderen Ländern aufgebaut, die sie über einen Webshop mit ihren Produkten beliefern konnte.

KAPITEL ZWÖLF

Am nächsten Morgen fuhr Max gleich nach dem späten Frühstück auf der Terrasse hinunter ins wenige Kilometer entfernte Dorf Castelnuovo.

An den Markttagen war die einzige Straße durch den Dorfkern mit Marktständen besetzt, und er musste den Volvo auf dem großen Parkplatz gleich beim Dorfeingang parkieren. Gemächlich schlenderte er die Straße hinauf, die sich der hohen Mauer um den Park der Villa Chigi entlang zur Piazza zog. Die Marktstände reihten sich im Schatten der Mauer aneinander, über die Piazza hinaus und vorbei an der wie an jedem Markttag dicht mit Gästen besetzten Terrasse der Bar Centrale.

Dank Leonardos Beschreibung erkannte er Julia schon von weitem. Er bahnte sich einen Weg durch den Knäuel der Marktbesucher zu ihrem Stand, wo sie in ein Gespräch mit einem Marktbesucher vertieft war. So stellte er sich vorerst neben die Eingangstür der Bar und wartete. Das gab ihm Zeit, die Verkäuferin und ihre Auslagen ein wenig genauer zu betrachten.

Er sah eine kleine, attraktive Frau in Jeans und einem etwas zu weiten, grob karierten Männerhemd, dessen Ärmel bis über die Ellenbogen aufgekrempelt waren. Arme und Gesicht waren sonnengebräunt. Die dichten schwarzen Haare fielen ihr auf die Schultern. Obschon sie die leicht gewellten Strähnen mit einem Haarband hinter den Ohren zu bändigen versuchte, rutschte ihr die eine oder andere immer wieder ins Gesicht, wo sie mit einer energischen Handbewegung wieder an ihren Platz verwiesen wurde.

Max hörte sie mit dem Besucher sprechen, ohne dass er ihre Worte von seinem Standort aus verstehen konnte. Ihr Alter konnte er schwer einschätzen. Er sah aus der Distanz einige graue Strähnen in ihrem Haar. So Mitte vierzig, vermutete er.

Neben ihr saß eine deutlich jüngere Frau auf einer der hölzernen Kisten, die wahrscheinlich dem Transport der Produkte auf den Markt gedient hatten. Sie beteiligte sich nicht am Gespräch und tippte mit den Daumen auf ihrem Handy herum.

Julia schien seine Blicke zu spüren. Sie wandte das Gesicht für einen Moment von ihrem Gesprächspartner weg und blickte zu Max hinüber. Da sich gleichzeitig der Besucher verabschiedete, ging Max rasch die paar Schritte zu ihrem Verkaufstisch hinüber.

Julia empfing ihn mit einem freundlichen Lächeln.

„Sie müssen der deutsche Journalist sein, den mir Leonardo angekündigt hat. Das ging aber schnell!"

Sie kam hinter ihrem Verkaufsstand hervor und streckte Max die Hand entgegen.

„Buongiorno. Ich bin Julia."

„Und das", sie wies auf die junge Frau neben ihr, die inzwischen ihr Handy in die Tasche gesteckt hatte, „ist meine Freundin Isa. Sie hilft mir manchmal, wenn sie Zeit hat. Sonst arbeitet sie im Shop des Olivenguts San Vicente, wo sie während der Saison auch eine beliebte Touristenführerin ist."

Isa stand auf und lächelte Max freundlich zu. Sie mochte etwas über zwanzig sein, mit kurz geschnittenen dunkelbraunen Haaren und wachen Augen, die Max freundlich musterten.

Max schüttelte beiden die Hand.

„Piacere! Ich bin Max."

Julias Händedruck zeigte ihm, dass die Kraft, die in diesen Händen und Armen steckte, die wahrscheinlich nicht in einem Fitnessstudio erworben wurde.

„Sie haben recht, ich bin der Journalist, von dem Leonardo mit Ihnen gesprochen hat. Ich fürchte, ich komme etwas ungelegen?"

Er wies auf ihre Auslagen und die Menschen, die an den Marktständen vorbei promenierten.

„Das sind ja wahrscheinlich alles Ihre Kunden", vermutete er. „Ich kann gerne auch später wieder vorbeikommen. Sagen Sie mir einfach, wann Sie mir etwas Zeit widmen können. Leonardo hat Ihnen ja sicher gesagt, dass ich für einen Text über Oliven und Olivenöl recherchiere und nach jemandem suche, der mir ein wenig Nachhilfe zu diesem Thema gibt."

Sie schenkte ihm ein weiteres Lächeln.

„Schön wär's, wenn das alles meine Kunden wären", meinte sie mit einer bedauernden Handbewegung. „Aber ich denke auch, dass wir eine etwas ruhigere Zeit und Umgebung für eine kleine Schulstunde finden sollten."

Sie dachte kurz nach.

„Der Markt schließt in einer Stunde. Ich brauche eine halbe Stunde, um meine Produkte und den Verkaufstisch wieder in meinem Pickup zu verstauen. Nachher habe ich meist einen Bärenhunger, obwohl ich ja eigentlich den ganzen Vormittag hindurch nur hier herumstehe."

Sie zeigte mit der Hand in die Richtung, aus der Max hergekommen war.

„Weiter unten gibt es eine kleine Osteria. Sie heißt Que Due. Nach dem Markt esse ich dort gerne eine Kleinigkeit. Sie haben auch einen schönen Garten. Wollen wir uns, sagen wir um halb zwei Uhr, dort zu einem kleinen Lunch treffen?"

„Das passt gut. Ich kann Ihnen aber gerne auch beim Zusammenpacken helfen. Dann komme ich einfach zum Marktende wieder hierher!“

Julia wehrte mit einem Lachen ab.

„Das ist nett von Ihnen, vielen Dank! Aber glauben Sie mir, diesen ganzen Krempel hier“, und sie zeigte mit einer Handbewegung auf ihre Auslagen, „so zu packen und zu verstauen, dass er in meinem Pickup Platz findet und daheim in der richtigen Reihenfolge wieder ausgeladen werden kann, klappt nur, wenn ich das selber mache.“

Sie blickte kurz zu Isa, die außer der Begrüßung nichts gesagt hatte.

„Zudem wird Isa mir heute helfen können. Aber nochmals vielen Dank für Ihr großzügiges Angebot!“

Ein asiatisch aussehendes Touristenpaar trat an ihren Stand, und sie beendete rasch das Gespräch.

„Ci vediamo! Nicht vergessen: Que Due!“

Damit wandte sie sich den beiden Touristen zu, die sich nach einer Kostprobe ihres Olivenöls erkundigten.

Max ließ sich noch eine Weile mit der Menschenmenge durch den Markt treiben. In einem der Cafés bestellte er einen Ristretto und schaute dem farbenfrohen Gewimmel der Menschen zu, die an ihm vorbeiflanierten. Er musste an die vielen Märkte denken, die er aus seiner Heimat jenseits der Alpen kannte. Dort war alles bis ins letzte Detail geordnet und reglementiert. Verglichen mit einem Wochenmarkt in der Schweiz oder in Deutschland herrschte hier das reine Chaos. Und doch funktionierte der Markt genauso perfekt wie im Norden, auch wenn die Stände nicht genormt, die Auslagen nicht mit dem Millimeterstab ausgerichtet und die Produkte nicht mit staatlichen Gütesiegeln ausgestattet waren. Er schloss kurz die Augen und ließ den Ristretto in winzigen Schlucken die Kehle hinunter rinnen. War das der Grund, weshalb so viele Nordeuropäer Italien zu ihrem Sehnsuchtsland erkoren hatten? Er wusste natürlich, dass die Vorstellung vom italienischen Lebensgefühl des „dolce far niente“, die so viele Touristen fasziniert, nicht mehr war als eine romantische Illusion. Doch wer nur wenige Tage oder Wochen hier verbrachte, konnte die Traumbilder leicht aufrechterhalten. Er reiste ja meist wieder ab, bevor die Realität des Lebens in Italien ihn einholte und die Illusionen platzen ließ.

KAPITEL DREIZEHN

Das Que Due war eine Osteria, wie man sie in fast jedem größeren Flecken Italiens findet. Bei der Eingangstür hing ein hölzerner Schaukasten mit der leicht vergilbten Speisekarte, daneben eine mit Kreide beschriftete Stelltafel mit dem täglichen wechselnden Mittagsmenü. In der schummerigen Gaststube mit einer langen Theke standen ein gutes Dutzend mit karierten Tüchern bedeckte Tische.

Max betrat die Osteria eine Viertelstunde vor dem vereinbarten Termin, begleitet vom schwanzwedelnden Whisky. Bis auf zwei Tische war in der Gaststube nirgends für das Mittagessen gedeckt. Doch die zwei Flügel der Tür zum Garten standen offen und gaben den Blick auf einen von mächtigen Platanen beschatteten Innenhof frei. In der Mitte standen zwei lange Tische, auf beiden Seiten mit Bänken, an denen je etwa zwanzig Personen sitzen konnten. Am Rand des Hofes stand im Schatten der Platanen eine Reihe kleinerer Tische, die für zwei oder vier Personen gedeckt waren.

Die meisten der Tische waren bereits besetzt. Max sagte dem Wirt, dass er mit der Signora Julia verabredet sei, und wurde zu einem kleinen Tisch ganz hinten im Hof gewiesen. Die Bedienung legte rasch noch ein zweites Gedeck auf. Max bestellte ein Moretti, sein Lieblingsbier, wenn er in Italien war, während Whisky sich gleich wieder unter dem Tisch einrollte.

Lange musste er nicht warten. Er hörte, wie Julia in der Gaststube den Wirt begrüßte, und schon kurz darauf kam sie einem fröhlichen Lachen auf Max zu, der sich rasch erhob.

„Bin ich unpünktlich?“ fragte sie kokett, als sie ihm die Hand zur Begrüßung reichte.

Max versicherte ihr, dass sie überhaupt nicht verspätet, vielmehr er selbst viel zu früh eingetroffen sei. Er sah, dass sie sich etwas zurechtgemacht hatte: Sie hatte ihre Haare gekämmt, die diskret geschminkten Lippen waren nachgezogen. Sie trug nun eine beige, raffiniert geschnittene Bluse, die im Unterschied zum weiten Hemd, in dem er sie auf dem Markt gesehen hatte, ihre Figur vorteilhaft zur Geltung brachte.

Natürlich entging ihr Max’ sekundenschnelle Musterung nicht.

„Besser so als in der Arbeitskluft?“, fragte sie mit einem Lächeln. „Ich habe in meinem Pickup so etwas wie eine kleine Garderobe, damit ich mich nach der Arbeit umziehen kann. Das ist ein Ritual für mich. So spüre ich: Nun ist die Arbeit fertig. Wenn ich auf dem Markt erfolgreich war, feiere ich das mit einem kleinen Mittagessen hier im Restaurant und einem freien Nachmittag zu Hause. Und wenn nicht, mache ich es trotzdem so.“

Sie schenkte Whisky, der unter dem Tisch hervorgekommen war und sie misstrauisch beschnüffelte, einige Streicheleinheiten und setzte sich Max gegenüber. Mit einer ihm schon vertrauten Handbewegung strich sie sich eine Haarsträhne aus dem Gesicht.

„Ich freue mich, dass Sie mir heute beim Mittagessen Gesellschaft leisten. Ich esse hier sonst meist alleine.“

Mit einer Hand wies sie diskret auf die anderen Tische im Hof.

„Die Leute wissen, dass ich gerne meine Ruhe habe. Aber

wenn ich Gesellschaft möchte, setze ich mich auch an einen der langen Gemeinschaftstische."

Sie schenkte Max ein weiteres fröhliches Lächeln. „Oder ich lade mir selbst Gäste an meinen Tisch ein. So wie heute."

Max wurde etwas verlegen unter dem direkten Blick aus ihren braunen Augen. Natürlich konnte er ihr nicht sagen, dass sie ihm gefiel, so wie sie ihm lächelnd gegenüber sass. Aus leidvoller Erfahrung war er vorsichtig geworden mit Komplimenten über das Aussehen von Frauen. Seine verflossene Liebe Vivienne hatte ihm ihr feministisches Gedankengut näher gebracht, als das ihm oft lieb war. Besser jetzt nichts sagen als das Falsche.

So lächelte er freundlich zurück und griff zur Speisekarte, die der Wirt vor sie hingelegt hatte. Auf Julias Empfehlung bestellte Max zuerst die Ravioli mit Trüffeln und als Secondo die Scaloppine mit einem Pilzrisotto. Und ein zweites Bier.

Julia schloss sich ihm mit ihrer Bestellung an. Auch sie ließ sich ein Moretti bringen, was Max mit einem anerkennenden Lächeln quittierte.

„Bei uns trinken nur wenige Frauen Bier", meinte er. „Ich weiß nicht warum, aber Bier gilt noch immer als Männergetränk."

„Das ist hier nicht anders", bestätigte Julia. „Aber ich habe Bier schon als junges Mädchen lieben gelernt, ganz einfach deshalb, weil es immer schon billiger war als viele der Softdrinks. Früher, als mein Vater noch lebte, durfte ich ihn nach dem Markt hierher zum Mittagessen begleiten. Er trank dazu auch meist ein Bier, während er daheim keinen Alkohol berührte. Ich konnte jeweils den Schaum wegschlürfen. So habe ich den Geschmack lieben gelernt. Zu Hause trinke ich meist nur das Wasser aus meiner eigenen Quelle. Aber nach dem Markttag gönne ich mir entweder ein Gläschen Wein oder ein Bier und stoße auf etwas Erfreuliches an, das ich während der Marktstunden erlebt habe."

Die Bedienung brachte die bestellten Getränke. Die Gläser

waren mit Feuchtigkeit beschlagen, ein Zeichen, dass sie, wie es sich gehört, im Gefrierschrank auf ihren Einsatz gewartet hatten.

Sie hob das Glas und stieß mit Max an.

„Auf Ihren hoffentlich spannenden Olivenbericht!"

Beide nahmen einen kräftigen Schluck und wischten sich kurz den Schaum von den Lippen.

„Und jetzt erzählen Sie mir, an was genau Sie arbeiten und was Sie von mir wissen wollen!"

Doch bereits kam der Kellner mit den Ravioli und stellte die heissen Teller vor sie hin.

„Oder besser, wir essen zuerst und widmen uns dann beim Espresso Ihren Fragen!"

Die Ravioli und nachher die Kalbsschnitzel waren hervorragend, ebenso der Risotto, den er als Beilage bestellt hatte. Während des Essens fragte Julia ihn ein wenig aus über seinen Beruf und sein Olivenprojekt. Er gab gerne Auskunft und sagte ihr auch, dass er einige Wochen zu bleiben gedachte, je nachdem, wie er mit seinem Text vorankommen würde. Beiläufig erwähnte er das kleine Podere weiter oben am Monte Luco, das er von seinem Onkel geerbt hatte.

„Na so was", rief Julia überrascht. „Ich habe Ihren Onkel gekannt. Zwar nur oberflächlich, er ist selten ins Dorf gekommen und lebte offenbar ziemlich abgeschieden. Wenn er mal in der Bar Centrale war oder im Coop beim Einkauf, brachte er kaum mehr als einen brummigen Gruss über die Lippen. Die Casa Pineta kenne ich vom Hörensagen, aber ich war noch nie dort."

„Das müssen Sie aber schnell nachholen!", forderte Max sie auf. „Allerdings sieht es noch nicht allzu gastlich aus bei mir. Doch ich arbeite daran!"

Im Gegenzug erzählte sie ihm etwas über das Städtchen und die Umgebung. Max merkte rasch, dass sie zwar mehr redete als er, dabei aber kaum etwas zu sich selbst preisgab. Doch er wollte nicht nachhaken. Es würde sich sicher eine andere Gelegenheit ergeben, etwas mehr über sie und ihr Leben zu erfahren.

Sie verzichteten beide auf das Dolce. Die Teller wurden abgeräumt, und sie bestellten den obligaten Ristretto.

Julia lehnte sich in ihrem Stuhl zurück und blickte ihn an. „Jetzt sind Sie an der Reihe. Was möchten Sie denn wissen?“

KAPITEL VIERZEHN

Der Lunch hatte sich weit in den Nachmittag hineingezogen. Die Zeit war ihnen wie im Flug vergangen, und erst als der Wirt sie demonstrativ fragte, ob er noch etwas für sie tun könne, und ein Kellner die Stühle zurechtzurücken begann, blickte Julia erschrocken auf ihre Uhr.

„Mamma mia, schon so spät? Ich muss heim, ich erwarte den Elektriker!"

Max klappte sein Notizbuch zu und bedankte sich überschwänglich.

Zu Max' großer Freude schlug Julia ihm bei der Verabschiedung vor, ihr Gespräch doch bald einmal fortzusetzen.

„Du könntest bei mir vorbeikommen", lud sie ihn ein. „Dann kann ich dir manches direkt im Olivenhain zeigen. Ich schicke dir eine SMS. Einverstanden? "

Sie war umstandslos dazu übergegangen, ihn zu duzen, was er sogleich aufnahm. Er war selbst erstaunt, wie sehr er sich über ihre Einladung freute. Und das keineswegs nur wegen der Informationen für seinen Artikel. Er wollte sie unbedingt wiedersehen, das war ihm schon nach diesem ersten Treffen klar. Und ihre Einladung interpretierte er so, dass auch sie sich auf ein Wiedersehen freute.

Max begleitete Julia zu ihrem Pickup, dann machte er sich auf den Weg zur Pineta. Gleich hinter dem Dorf begann die berühmte Weinstrasse , die viele der malerischen toskanischen Weindörfer miteinander verband . Er passierte den Weiler mit dem schönen Namen Stellino , ehe er in die Passstraße zum Monte Luco einbog . Vor ihm öffnete sich das immer wieder atemberaubende Panorama aus Rebbergen und Olivenhainen, in dessen Mitte der mittelalterliche Flecken San Gusmé lag.

Die Abzweigung zu seinem Nachtquartier in der Casacchia Guelfi ließ er diesmal links liegen und fuhr zügig weiter auf der asphaltierten Straße, die sich den Abhang des Monte Luco hinaufschlängelte. Nach etwa zehn Minuten erreichte er die Abzweigung, bei der ein hölzerner Wegweiser mit verwitterter schwarzer Farbe den Weg zur Casa Pineta wies. Er bog in die schmale Naturstraße ein und stand nach einigen hundert Metern vor dem hölzerne Tor, von dem aus ein schmaler, grasüberwachsener Fahrweg hinunter zur Pineta führte.

Das Tor hing schief in seinen Angeln und gab einen ächzenden Ton von sich, als Max es einen Spalt breit öffnete. Die Zufahrt war einst mit Kies bedeckt gewesen. Inzwischen war sie mit Gräsern und unzähligen Arten von Unkraut überwachsen.

Er stellte den Volvo gleich beim Tor ab, befreite Whisky aus seiner Box und ging einige Schritte den verwachsenen Weg hinunter. Als er das letzte Mal hier gewesen war, war es kühl und regnerisch gewesen. Die steinernen Mauern des Hauses hatten abweisend auf ihn gewirkt. Jetzt, im warmen Licht der nachmittäglichen Septembersonne, erschien ihm das Haus viel einladender. Auch das umliegende Gelände mit den verwilderten Olivenbäumen, der Allee aus Ziereichen und den mächtigen Maulbeerbäumen sah anders aus als in seiner Erinnerung. Er hatte den Eindruck, ein verwunschenes Paradies zu betreten.

Rasch ging er über die zugewachsene Einfahrt zum Haus

und die paar Stufen vom Vorplatz hinauf zum Eingang. Die Haustür war verschlossen. Er suchte den Schlüssel hervor und öffnete die Türe.

Ein kurzer Rundgang durch das Haus bestätigte ihm, dass alles noch so war, wie er es in Erinnerung hatte. Wenn er sich ein paar zusätzliche Einrichtungsgegenstände besorgte und noch die eine oder andere Ausbesserung vornehmen liess, konnte er gut ein paar Wochen hier verbringen. Nach seinem letzten Besuch hatte er Leonardo einen Schlüssel überlassen und ihn gebeten, während seiner Abwesenheit hin und wieder zum Haus zu schauen und die dringendsten Reparaturen zu veranlassen. So war das Haus inzwischen wieder am Stromnetz der Gemeinde angeschlossen, und auch die Wasserversorgung funktionierte. Max erinnerte sich, dass das Wasser aus einer zum Gut gehörenden Quelle kam. Zwar floss zuerst nur rostgelb verfärbtes Wasser, aber bereits nach wenigen Minuten sprudelte klares, kühles Trinkwasser aus der Leitung. Die sanitären Einrichtungen waren ebenfalls instand gesetzt worden. Er drehte probehalber die Brause in der Dusche auf und stellte befriedigt fest, dass das Wasser gurgelnd und gluckernd über die dafür vorgesehene Rinne abfloss.

Max öffnete alle Fenster, um die muffige Zimmerluft zu vertreiben. Dann setzte er sich an den großen Holztisch im Wohnraum und erstellte eine Liste der Dinge, die er besorgen wollte, damit er für die nächsten paar Wochen auf der Pineta wohnen konnte. Nach einem kurzen Rundgang durch den verwilderten Garten fuhr er ins nächste Shoppingcenter in einem Vorort von Siena und arbeitete seine Einkaufsliste ab.

Als er am Abend wieder in die Zufahrt zur Pineta einbog, war sein Kombi bis unters Dach mit seinen Einkäufen vollgestopft. Einzig das neue Bettgestell sowie der Kühlschrank würden, zusammen mit einigen anderen, rasch ausgewählten Möbelstücken, erst am nächsten Vormittag von einer Speditionsfirma angeliefert werden.

Am nächsten Morgen räumte er gleich nach dem Frühstück

sein Zimmer in der Casacchia, verabschiedete sich von Maria und Leonardo und fuhr zurück zur Pineta. Zwei Tage lang arbeitete er daran, sein Haus weiter einzurichten und wohnlicher zu gestalten. Immer wieder warf er einen Blick auf sein Handy und war jedes Mal ein wenig enttäuscht, wenn er feststellte, dass keine SMS eingetroffen war.

Die Nachricht kam am Nachmittag des zweiten Tages, als er in einer Arbeitspause im Schatten des Maulbeerbaums vor dem Haus auf einem Stein saß, ein im neuen Kühlschrank gekühltes Bier trank und auf Siena hinunter blickte.

„Wie wär's heute Abend bei mir zu einem kleinen Abendessen?"

KAPITEL FÜNFZEHN

Aus zwei der Fenstern im ersten Stock der alten Gutsvilla drang noch Licht. Sie gehörten zum Büro des Gutsverwalters, wo der kalabrische Geschäftsführer Carrera zusammen mit einem zweiten Mann trotz der weit fortgeschrittenen Nachtstunde noch arbeiteten. Auf dem grossen Sitzungstisch in der Mitte des Raumes standen eine fast leere Flasche Rotwein und zwei gefüllte Gläser. Dazwischen lagen mehrere Papierstapel.

Carrera hatte das Jackett seines grauen Anzugs über eine Stuhllehne geworfen. Klein und gedrungen von Gestalt, spannten im Fitnesscenter gestählte Muskeln sein blütenweißes Businesshemd so fest, dass man befürchten musste, bei der kleinsten Bewegung würden einige Knöpfe durch die Luft springen oder sich ein Riss im Ärmel öffnen. Auf dem gedrungenen und leicht übergewichtigen Körper saß ein feister Kopf mit schmalen Lippen, runden Wangen und einer knolligen Nase. Die lebhaften, Intelligenz und Emotionalität signalisierenden Augen erschienen unter den buschigen, schwarzen Augenbrauen kleiner, als sie waren. Mit dem wie abgezirkelt wirkenden Haarkranz unterhalb der im Licht der Bürolampe glänzenden Glatze bekam die ganze Gestalt etwas Mönchisches.

Der andere Mann im Raum stand am Fenster und blickte in die Nacht hinaus. Er trug einen hellen Sommeranzug, der offensichtlich nicht von der Stange war. Die Haut wirkte gegerbt wie die von jemandem, der sein Leben lang draußen im Feld gearbeitet hatte - ein Widerspruch zum Maßanzug und dem fein geschnittenen Gesicht mit den markanten Wangenknochen und der scharf konturierten, leicht gebogenen Nase, die ihm ein aristokratisches Aussehen verliehen. Don Felice war der Verwaltungsratspräsident und formelle Besitzer des Landguts San Vicente, das seine Familie schon über Generationen hinweg bewirtschaftete.

„Wir sollten uns in nächster Zeit etwas zurückhalten", sagte Don Felice nach langem Schweigen. Sein Dialekt wies ihn unverkennbar als Ur-Toscano aus. Er hielt einen Stapel zusammengehefteter Dokumente in der einen Hand. Seine randlose Brille hatte er auf die Stirn geschoben, während er mit dem Zeigefinger der anderen Hand einer lange Zahlenkolonne auf einem der Papiere entlangfuhr.

„Ich habe kein gutes Gefühl", ergänzte er, mehr zu sich selbst als an seinen Gesprächspartner gerichtet. „Solange die Brennerachse so intensiv kontrolliert wird, ist mir das Risiko einfach zu groß."

Carrera starrte auf die vor ihm auf dem Tisch liegenden Papiere und sagte eine Weile nichts. Er legte missmutig die Stirn in Falten und presste die Lippen zu einem Strich zusammen.

„Scheiß-EU", murmelte er schließlich vor sich hin. „Bevor wir den Schengenraum hatten, war es einfacher, trotz der vielen Grenzkontrollen. Man wusste, wer wann wo kontrollierte, und konnte entsprechend handeln."

„Mag sein. Aber wir müssen uns den veränderten Rahmenbedingungen anpassen. Wir dürfen kein Risiko mehr eingehen."

Don Felice drehte sich wieder zum Fenster und schien in die Nacht hinaus zu starren. Zwar vermochte er im nachtschwarzen Gelände aus dem hell erleuchteten Zimmer heraus nichts zu erkennen, doch im Spiegelbild des Fensterglases konnte er Carrera am Tisch beobachten.

„Es steht diesmal zu viel auf dem Spiel", fuhr er fort, ohne sich umzudrehen. „Zuerst müssen wir mehr über die Absichten der neuen Regierung wissen. Wenn wir uns geschickt positionieren, könnten wir vom politischen Chaos sogar profitieren. Ich will kein Risiko mehr. Mein Ruf und derjenige von San Vicente stehen auf dem Spiel. Wir warten ab, bis wir sehen, woher der Wind weht."

Der Kalabrese drehte kaum merklich den Kopf und blickte mit seinen Knopfaugen kurz zu Don Felice hinüber. Hätte dieser inzwischen nicht wieder in seinen Papieren geblättert, sondern den Blick des Kalabresen aufgefangen, hätte ihn der kurze Blickkontakt vielleicht gewarnt. Er hätte aus dem abschätzigen Blick lesen können, was der Kalabrese in diesem Moment dachte: Dass Don Felice offensichtlich schwach wurde. Dass er Probleme zwar erkannte, sie aber nicht mehr zu lösen vermochte. Und dass er aus Sicht der Organisation wohl nicht mehr vertrauenswürdig war.

Jetzt stand auch der Kalabrese auf und massierte sich mit einem leisen Stöhnen den vom langen Sitzen schmerzenden Rücken. Mit hinter dem Kopf verschränkten Händen machte Carrera ein paar Dehnungsübungen, bei denen seine Gelenke vernehmlich knackten.

„Mach dir nicht in die Hosen. Wir warten nicht mehr länger", sagte er schließlich in einem herrischen Ton. „Wir müssen endlich wieder liefern. Unsere Abnehmer werden ungeduldig. Wir haben schon die letzten beiden Lieferungen zurückgehalten. Die Tanks sind voll."

Er setzte sich wieder an den Tisch und schlug mit der geballten Faust auf die Tischplatte.

„Schluss mit der Diskussion. Wir erwarten heute Nacht die

nächste Lieferung. Und wir werden sie so rasch wie möglich verarbeiten und weiterleiten. So wie es abgemacht war."

Sie wussten beide, wie sich trotz Schengenraum die Risiken der Zoll- und Finanzkontrollen verändert hatten. In den letzten paar Wochen war kaum ein Lastwagen mehr unkontrolliert von Italien nach Deutschland gekommen. Natürlich fahndeten die Trupps der Grenzpolizei in erster Linie nach Migranten, die auf der Südroute durch Italien nach Deutschland zu gelangen versuchten. Tanklastwagen waren in dieser Hinsicht weniger verdächtig als geschlossene Großtransporter oder Auflieger mit Containern, da sich hier Migranten kaum verstecken konnten. Dennoch waren zuletzt gleich mehrere Transporte aus San Vicente in Österreich, einmal sogar in Deutschland gestoppt und kontrolliert worden. In einem Fall hatten die Beamten Stichproben der Ladung entnommen. Es hatte einiges an finanziellem und intellektuellem Aufwand gebraucht, um die in einem der Zolldepots gelagerten Proben zu finden und auszutauschen, ehe sie an ein Labor der Grenzbehörden weitergeleitet wurden. Natürlich verfügte die Organisation über exzellente Verbindungen. Doch auch das würde im aktuellen aufgeheizten Klima nicht mehr helfen. Sie mussten in der nächsten Zeit vorsichtiger sein. Don Felice verstand nicht, warum die Organisation, vertreten durch diesen massigen Kalabresen Carrera, das nicht begreifen wollte.

Er blickte zum Schreibtisch neben dem Sitzungstisch hinüber. Auf einem der drei großen Monitore war eine Karte Italiens zu sehen. Irgendwo südlich von Rom blinkte ein kleiner Punkt auf einer rot markierten Linie, welche die Autostrada anzeigte und den Bildschirm vom unteren bis zum oberen Rand, also von Kalabrien bis zur Lombardei, durchzog.

Carrera warf ebenfalls einen kurzen Blick auf den Bildschirm.

„Schon wieder verspätet", meinte er brummig. „Sie werden erst weit nach Mitternacht hier sein. Morgen früh müssen wir mischen und abfüllen. Wir können die Lieferung höchstens noch für weitere vierundzwanzig Stunden zurückhalten. Schon das wird uns ziemlich Geld kosten. Du kennst die Konventionalstrafen, die wir akzeptiert haben."

Erneut streifte er mit einem kurzen Blick Don Felice, der nun vor der raumhohen Glastür zur Terrasse stand, die Hände tief in den Taschen seiner Anzugshose vergraben.

Carreras Stimme bekam einen drohenden Unterton.

„Versuche nicht, uns Steine in den Weg zu legen! Risiken gehören zum Geschäft. Wir haben sie immer großzügig abgegolten. Es bleibt, wie wir es vereinbart haben."

Don Felice drehte sich um und blickte zu Carrera. Auch seine Stimme wurde noch eine Spur bestimmter. „Die Risiken werden mir zu groß. San Vicente ist seit fünf Generationen Stammhaus meiner Familie. Ich bin auch weit entgegengekommen. Doch so kann und wird es nicht weitergehen."

Carreras Gesicht war ausdruckslos, als er Don Felices Blick erwiderte.

„Halte dich an unsere Abmachungen!", erwiderte er mit unüberhörbarer Schärfe. „Du hast unser Geld immer gerne genommen. Ohne den Vertrag und den Kredit wäre San Vicente pleite und der Ruf deiner Familie längst ruiniert."

KAPITEL SECHZEHN

Don Felice war sich durchaus bewusst, dass sein grosser geschäftlicher Erfolg in den vergangenen Jahren weniger seinen unternehmerischen Fähigkeiten als der Zusammenarbeit mit der Organisation zu verdanken war. Mit deren Kapital hatte er sein Landgut und seine gesellschaftliche Position über all die Jahre hinweg halten können. Doch inzwischen hatte er sich neue Kapitalquellen erschließen können. Anders als noch vor einigen Jahren war er auf das Geld der Organisation nicht mehr angewiesen.

Er drehte sich um und blickte Carrera direkt an.

„Ich werde den Kredit zurückzahlen. Damit wird unser Vertrag hinfällig. Die Details besprechen wir in den nächsten Tagen."

Carreras Miene blieb ausdruckslos. Überrascht war er nicht. Er vermutete seit geraumer Zeit, dass Don Felice beabsichtigte, sich aus der Zusammenarbeit zurückzuziehen. Über sein weitverzweigtes Netzwerk hatte der Verwalter insgeheim verfolgt, wie der Gutsbesitzer begonnen hatte, sich nach alternativen Finanzierungsquellen umzusehen. Offenbar hatte er inzwischen welche gefunden und glaubte, ihn und die Organisation damit loswerden zu können.

Ob so viel Naivität konnte er nur den Kopf schütteln. Seine Stimme war leise, aber schneidend, als er auf Don Felices Ankündigung antwortete.

„Du scheinst trotz unserer langjährigen und erfolgreichen Zusammenarbeit etwas Fundamentales nicht zu verstehen. Die Verträge mit uns werden nicht gekündigt. Niemals. Und von niemandem. Das brauche ich wohl nicht weiter auszuführen."

Don Felice sah Carrera wortlos an. Dann griff er nach seiner Aktenmappe.

„Ich denke, dass wir uns schon einigen werden. Wir können heute ohnehin nichts mehr machen", beendete er das Gespräch. „Ich lege mich ein paar Stunden aufs Ohr. Wir werden später entscheiden, wie wir weiter vorgehen."

Damit öffnete er die Bürotür.

„Buonanotte", sagte er mit einem knappen Nicken und verschwand im Dunkel des Flurs.

Carrera blieb nachdenklich zurück. Hatte Don Felices Stimme einen drohenden Unterton gehabt, oder bildete er sich das nur ein? Hatte er etwas in der Hand, mit dem er ihn, Carrera, erpressen konnte?

Er zuckte mit den Schultern und setzte sich an sein Pult. Don Felice profitierte von den illegalen Aktivitäten, auch wenn er nur eingeschränkte Kenntnisse hatte von dem, was tatsächlich auf San Vicente geschah, seit Carrera und seine Leute die Leitung des Landguts übernommen hatten. Er würde sich nicht selber schaden wollen, indem er sich der Organisation in den Weg stellte und die sorgfältig aufgebaute Tarnung ihrer Aktivitäten gefährdete.

Carrera verscheuchte diese Gedanken aus seinem Kopf und weckte einen der Monitore auf seinem Arbeitspult aus dem Stromsparmodus.

Sobald er sich ins System eingeloggt hatte, erregte ein kleines, rot blinkendes Ausrufezeichen in der linken oberen Ecke des Bildschirms seine Aufmerksamkeit. Jemand musste in den vergangenen Stunden, in denen er selbst nicht eingeloggt war, in den abgesperrten Bereich des Systems eingedrungen sein. Das sollte nach Meinung der Experten, die er mit der Einrichtung des firmenweiten Netzwerks betraut hatte, eigentlich gar nicht möglich sein. Ein solcher Eingriff setzte Administratorenrechte voraus, über die auf San Vicente nur er verfügte.

Mit ein paar Tastatureingaben öffnete Carrera eine Systemdatei und rief das im System gespeicherte Zugriffsprotokoll der vergangenen Tage auf. Er scrollte sich durch die eng beschriebenen Zeilen und suchte nach dem unerlaubten Eingriff.

Lange musste er nicht suchen.

KAPITEL SIEBZEHN

Das Login-File zeigte, dass erst vor einigen Stunden jemand von einem anderen Terminal aus auf eine passwortgeschützte Datenbank zugegriffen hatte, die außerhalb der normalen Systemarchitektur der Fattoria geführt wurde. Darauf hatten nur Carrera und zwei seiner Mitarbeiter Zugriff. In ihr speicherten sie sensible Informationen zum Herstellungsprozess des Olivenöls, das nicht in der alten Fattoria, sondern in der vom übrigen Gutsbetrieb abgetrennten und streng überwachten Ballonhalle im Valle Castagna verarbeitet wurde. Protokolle, Formeln, Mengenangaben, Mischverfahren, Zusatzstoffe, aber auch Informationen zu Lieferanten sowie geheime Angaben zu Abnehmern, Einkaufs- und Verkaufspreisen oder Transportwegen wurden dort abgelegt. Mit diesen Informationen konnte jemand, der sie zu interpretieren verstand, den komplexen Produktionsprozess nachvollziehen, mit dem die Organisation seit vielen Jahren ihre riesigen Gewinne erzielte.

Carreras Miene wurde immer finsterer, als er mit einer Reihe von Befehlen den Pfad des Hackers zurückzuverfolgen begann. Schon nach wenigen Minuten erkannte er, dass der Einbruch in die geschützte Umgebung nur von einem Ort aus erfolgt sein konnte.

Vom Büro Don Felices.

Carrera lehnte sich in seinem gepolsterten Bürosessel zurück und betrachtete die Codezeilen auf seinem Bildschirm.

Don Felice also. Wie zum Teufel war es ihm gelungen, in das „Darknet“ von San Vicente einzudringen? Doch er ermahnte sich sogleich, dass diese Frage im Moment nicht relevant war. Wichtig war nur eines: Was hatte Don Felice gesehen, womöglich sogar heruntergeladen, kopiert und irgendwo abgelegt? Oder, schlimmste aller Optionen, an Dritte weitergegeben?

Er hämmerte eine Serie weiterer Befehle in die Tastatur. Für ihn, der als Einziger auf San Vicente mit allen Administratorrechten ausgestattet war, war es nicht schwierig, sich in Don Felices Terminal einzuloggen. Was er in nüchternen Codezeilen der Logfiles und Transaktionsdateien sah, bestätigte seine schlimmsten Befürchtungen. Der Gutsbesitzer hatte die gesamte gesperrte Fraktion der Harddisk ihres Servers heruntergeladen und auf eine externe Datenquelle überspielt.

Don Felice kannte natürlich sowieso die meisten Details der Operationen, die auf San Vicente stattfanden. Aber längst nicht alle. Er wusste, dass sie hinten im abgeschotteten und permanent überwachten Valle Castagna im geheimen Produktionsgebäude aus der tonnenweise angelieferten billigen und meist schon verdorbenen ausländischen Olivenbrühe ein „erstklassiges“ toskanisches Olivenöl herstellten, das sie dann an unzählige Abnehmer nördlich der Alpen verkauften. Natürlich war er strikt dagegen gewesen, den guten Namen seines Olivenguts als Deckmantel für das schmutzige Geschäft mit gepanschtem Olivenöl zu benutzen. Doch er war finanziell zu stark von der Organisation abhängig, als dass er etwas gegen die Betrügereien hätte unternehmen können. Bisher war sich Carrera sicher gewesen, dass er den Mund halten würde. Die Organisation brauchte ihn und die Fassade der legalen Produktion in San Vicente als wichtigen Teil des Schutzwalls für ihre illegalen Aktivitäten.

Schon seit geraumer Zeit hatte Carrera jedoch das Gefühl, dass Don Felice eine eigene, von den vereinbarten Zielen der Organisation abweichende Agenda verfolgte. Die materiellen Rahmenbedingungen hatten sich in den Jahren der Zusammenarbeit mit der Organisation sowohl für Don Felice selbst als auch für San Vicente zum Besseren verändert. Die offizielle Buchhaltung der Fattoria zeigte Jahr für Jahr steigende Gewinne, die scheinbar aus dem Verkauf der gutseigenen Produkte stammten: dem Olivenöl, dem Wein und den diversen Früchten, alles in höchster Qualität und nach streng biologischen Kriterien produziert. Während die Erträge über die Jahre laufend anstiegen, waren die Produktionskosten trotz der notwendigen Abschreibungen und der Investitionen in Anlagen mit modernster Technologie sogar gesunken. Nur Carrera und Don Felice wussten, dass ein großer Anteil der Fixkosten des Landguts einer Schattenbuchhaltung belastet wurde, die jenen Teil der Produktionsprozesse erfasste, der nicht in der alten Produktionshalle des Landguts, sondern in der neuen Ballonhalle und den an sie angrenzenden Gebäuden im Valle Castagna ablief. Umsatz und Gewinne, die dort erwirtschaftet wurden, waren um ein Vielfaches größer als der Ertrag aus der offiziellen Produktion. Die Organisation exportierte von San Vicente aus jedes Jahr einige tausend Tonnen gepanschtes und gefälschtes Öl an Großverteiler auf der anderen Seite der Alpen und zunehmend auch in außereuropäischen Ländern.

Doch das Panschen und Fälschen von Olivenöl war nur der eine Bereich des einträglichen Geschäfts, das die Organisation über San Vicente abwickelte. Es gab noch einen anderen Geschäftsbereich, von dem ausser Carrera und seine engsten Mitarbeitern bisher niemand etwas wusste.

Auch Don Felice nicht.

Der Einbruch ins System und der Diebstahl der Daten bedeutete für die Organisation eine Katastrophe. Und er, Carrera, würde dafür verantwortlich gemacht, falls seine Vorgesetzten davon erfuhren. Die Organisation würde ihm grobe Fahrlässigkeit vorwerfen und ihn persönlich für den eingetretenen Schaden zur Rechenschaft ziehen. Was das bedeutete, war ihm klar.

Er konnte nur hoffen, dass Don Felice die Daten noch nicht an Dritte weitergegeben hatte. Bisher war niemand mit entsprechenden Fragen auf ihn zugekommen. Das liess ihn hoffen, dass es noch nicht zu spät war, um das Schlimmste zu verhindern.

Was hatte Don Felice mit den gestohlenen Daten vor? Wollte er die Informationen dazu nutzen, ihn, Carrera, zu erpressen?

KAPITEL ACHTZEHN

Als Don Felice nach dem Tod seines Vaters Besitz und Leitung des Landguts übernommen hatte, erkannte er rasch, dass die wirtschaftliche Situation San Vicentes ausgesprochen schwierig war. Das Gutshaus und die übrigen Gebäude des Betriebs benötigten dringend eine umfassende Sanierung. Die Revision der Buchhaltung zeigte einen in den vergangenen Jahren stetig rückläufigen Ertrag. Dafür wuchsen die Kosten mit jedem Betriebsjahr, trotz der in den Zahlen ersichtlichen Sparbemühungen. Und die auf den Bankauszügen ausgewiesene Liquidität war schon länger nicht mehr positiv gewesen. Er sah auch, dass die Hausbank die Betriebskredite schrittweise aufgestockt hatte.

Wie es um die finanzielle Situation der Familie und des Guts stand, hatte ihn zuvor nie interessiert. Er hatte das unbekümmerte Leben als Sohn wohlhabender Gutsbesitzer geführt, der sich nicht darum zu kümmern brauchte, wie sich das von Generation zu Generation weitergegebene Vermögen entwickelte. Nichts war Felice damals ferner gelegen als die Vorstellung, in den elterlichen Betrieb einzusteigen. Er wollte weg vom ländlichen, in seinen Augen langweiligen und spießigen Leben in der Toskana. Er ging nach Mailand, studierte Jura und erwarb sich das Anwaltspatent. Anschließend arbeitete er viele Jahre in einer renommierten Kanzlei in Bologna und heiratete die Tochter des Seniorpartners. Nach San Vicente kehrte er nur gelegentlich zurück, zu Familienfesten etwa oder um sich einige Tage von Lärm und Hektik der Großstadt zu erholen. Aber als viele Jahre später sein Vater erkrankte und in der Folge immer gebrechlicher wurde, kam er häufiger zurück nach San Vicente.

Schließlich musste er sich eingestehen, dass sein Vater die Leitung des Landguts nicht mehr selber ausüben konnte. Einen fähigen und loyalen Geschäftsführer für das Gut zu finden erwies sich als schwierig. So entschloss er sich, ganz nach San Vicente umzuziehen. Seine Frau zeigte wenig Lust, das turbulente Stadtleben gegen die Arbeit auf einem Landgut und das gesellschaftliche Umfeld der Provinz zu tauschen. Ihre Ehe bestand ohnehin nur noch auf dem Papier und wurde wenig später geschieden. Er trat aus der Kanzlei aus und kehrte in sein Elternhaus zurück. Wenige Monate später starb sein Vater, und damit ging die Verantwortung für Besitz und Betrieb von San Vicente endgültig auf ihn über.

Jeden Frühling fand in Verona eine große Landwirtschaftsmesse statt. Eine renommierte Fachzeitschrift prämierte an diesem Anlass jeweils feierlich die besten Winzer und Olivenölproduzenten des Landes. Die Messe war über die Jahre zu einem weitherum beachteten Anlass geworden, bei dem nebst den Produzenten auch Fachleute, Einkäufer und Journalisten aus dem ganzen Land zusammentrafen.

Auch Don Felice wurde zum regelmässigen Besucher dieser Messe. Nicht nur wegen der vielen Leute, die er dort in einem ungezwungenen Rahmen treffen konnte, oder der neuesten Informationen aus der italienischen Wein- und Olivenwelt. Der Kurztrip nach Verona war immer auch eine willkommene Abwechslung vom anstrengenden und meist ein wenig eintönigen Alltag eines toskanischen Winzers und Olivenbauers.

Als er vor vielen Jahren mit seinem Weinglas in der Hand

im Gewimmel der Ausstellungshalle stand, stellte sich ihm wie zufällig ein untersetzter, in einen dunklen Anzug gekleideter Herr mittleren Alters vor. Nach kurzem Smalltalk über die Situation im Weinhandel und die letzte Olivenernte gab ihm sein Gesprächspartner eine Visitenkarte, die ihn als Rechtsanwalt auswies. Der Name auf der Karte sagte Don Felice nichts. Auch die Unternehmung, deren Anschrift auf einen Ort in Kalabrien schließen ließ, war ihm unbekannt. Das kleine, in die Karte integrierte Bild eines mit Oliven behangenen Zweigs ließ darauf schließen, dass die Firma wohl im Handel mit Olivenprodukten tätig war.

Wenige Tage nach Abschluss der Messe erhielt er einen Anruf vom Avvocato. Er sei zufälligerweise in Siena und würde sich freuen, Don Felice zu einem Essen einladen zu dürfen. Nebenbei erwähnte er, dass er ihm auch einen Geschäftsvorschlag unterbreiten wolle, der Don Felice vielleicht interessieren würde.

Sie trafen sich in einem renommierten Restaurant nahe der Piazza del Campo. Beim Essen zeigte sich der Avvocato erstaunlich gut informiert über die Situation von San Vicente. Er eröffnete Felice, dass er über Möglichkeiten verfüge, allfällige finanzielle Probleme des Landguts zu lösen. Auf einem Blatt Papier, das er aus seiner Agenda herausriss, skizzierte er dem verblüfft zuhörenden Don Felice ein Finanzierungsangebot, das diesem fast die Sprache verschlug. Er brauchte nicht nachzurechnen, um zu erkennen, dass er damit alle seine finanziellen Probleme und auch die lästige Abhängigkeit von der Bank loswerden könnte.

Natürlich war er sich bewusst, dass das, was ihm der Anwalt vorschlug, viel zu gut klang, um wahr zu sein. Jede Leistung verlangte nach einer Gegenleistung. Das galt umso mehr, als sein Gegenüber und die von ihm vertretene Organisation in Süditalien beheimatet war.

„Warum machen Sie mir dieses Angebot? Und was erwarten Sie von mir als Gegenleistung?“ fragte er misstrauisch.

Der Avvocato kam ohne weitere Umschweife zum Punkt.

„Ich vertrete eine der grössten Olivenölfirmen in Süditalien. Wir sind auf der Suche nach verlässlichen Partnern, mit denen wir zusammenarbeiten und gemeinsam wachsen können. Von Ihrem Landgut San Vicente haben wir viel Positives gehört."

Seine Mandanten, führte er weiter aus, seien beeindruckt von der hohen Qualität seiner Produkte und dem seit Generationen erstklassigen Ruf, den die Marke San Vicente im In- und Ausland genieße.

„Wir haben auch gesehen, dass Ihre Olivenpresse über freie Kapazitäten verfügt. Unsere eigenen Fattorias in Apulien und Kalabrien sind ausgelastet. Angesichts der schwierigen politischen und rechtlichen Lage im Süden haben wir entschieden, nach zusätzlichen Kapazitäten für unsere Produkte im Norden des Landes und vor allem in der Toskana zu suchen."

Nach der Veroneser Messe, auf der er ja die Ehre gehabt habe, Don Felice persönlich kennen zu lernen, habe er seinen Partnern von San Vicente und seinem Besitzer berichtet. Er sei dann beauftragt worden, mit ihm Kontakt aufzunehmen und eine mögliche Zusammenarbeit auszuloten.

„Selbstverständlich", und hier hüstelte der Anwalt diskret, „haben wir uns auch nach den wirtschaftlichen Aspekten Ihres Olivenguts erkundigt. Dabei haben wir den Eindruck erhalten, dass die finanzielle Situation von San Vicente", wieder zögerte er kurz, als suche er nach den treffenden Worten, „momentan etwas angespannt erscheint."

Seine Organisation würde sich mit Vergnügen einerseits am wahrscheinlich ein wenig knappen Eigenkapital des Landguts beteiligen. Andererseits wäre man auch bereit, ihm einen Betriebskredit zu vorteilhaften Bedingungen einzuräumen. Mit frischem Kapital könnten nicht nur die Bankschulden abgelöst, sondern auch der Maschinenpark und die Infrastruktur modernisiert werden, so dass einem weiteren Wachstum nichts im Wege stünde.

„Und“, führte er weiter aus, „wenn aus der erwarteten Expansion des Geschäfts ein neuerlicher Kapitalbedarf entsteht, ist unsere Organisation in der Lage, die dazu benötigten finanziellen Ressourcen rasch und unkompliziert bereitzustellen“.

Er legte den kleinen Zettel mit den Eckwerten des Angebots vor Don Felice auf den Tisch.

„Es besteht keine Eile. Denken Sie einfach mal ein paar Tage über das Angebot nach. Ich bin mir sicher, gemeinsam könnten wir San Vicente in eine wieder erfolgreiche Zukunft führen!“

Später, auf der Heimfahrt, war Don Felice froh, dass auf der Strasse nicht mehr viel Verkehr war. Es fiel ihm schwer, sich auf die Fahrt zu konzentrieren. Seine Gedanken schweiften immer wieder ab zum kleinen Zettel, den er in die Innentasche seines Jacketts gesteckt hatte.

Auch in den darauffolgenden Tagen konnte er an nichts anderes mehr denken. Natürlich war ihm klar, dass er ein Finanzierungsangebot einer süditalienischen Organisation, deren geschäftlicher Hintergrund trotz der Erläuterungen des Avvocato ziemlich wolkig blieb, eigentlich nicht annehmen durfte. Recherchen im Internet nährten in den nächsten Tagen seinen Verdacht, mit wem oder was er es hier zu tun hatte: mit einem Ableger der ´Ndrangheta, des kalabrischen Zweigs der Mafia. Das bestätigten ihm auch einige berufliche und private Kontakte, über die er zusätzliche Informationen zum Anwalt und der dubiosen Organisation einholte. Doch wenn er in seinem Büro saß, das Angebot der Kalabresen vor sich auf dem Tisch, und hinter sich im Wandschrank die langen Reihen der Ordner seiner Buchhaltung, voll mit Belegen und Zahlen, die den unaufhaltbaren Niedergang von San Vicente dokumentierten, fragte er sich, welche Alternativen ihm noch blieben.

Er kannte die Antwort.

KAPITEL NEUNZEHN

An einem regnerischen Vormittag im Frühsommer stand Don Felice am Fenster seines Büros und blickte in den Nieselregen hinaus. Er wartete auf den Leiter der örtlichen Filiale der Banca di Credito, der ihn um eine Unterredung gebeten hatte. Don Felice ahnte, um was es in diesem Gespräch gehen würde.

Pünktlich zum vereinbarten Termin sah er den schwarzen Mercedes seines Bankers die Einfahrt zum Gutshaus hinauffahren. Er öffnete die Bürotür und wartete, bis er den etwas übergewichtigen und schwer atmenden Mann die Treppe hinauf und den Gang entlang zu seinem Büro kommen hörte.

Nach den Eingangsfloskeln zum Wetter und zur politischen Lage kam der Banker sogleich auf den Grund seines Besuchs zu sprechen. Er eröffnete ihm, dass er leider den Betriebskredit nicht mehr weiter erhöhen könne, wie Felice das jüngst erbeten habe. Seine Vorgesetzten drängten angesichts der letzten Bilanzen von San Vicente im Gegenteil auf eine Rückzahlung der ausstehenden Kredite.

Dem Banker war es sichtlich unwohl bei seiner Mission als Überbringer der schlechten Nachricht. Er wusste, dass es für Don Felice keine Alternative zu einem geschäftlichen und privaten Bankrott mehr gab, wenn ihm die Kredite gekündigt wurden. Aber die Bank kämpfte wie die meisten italienischen Geldinstitute selbst um ihr Überleben und hatte angesichts der Zahlen und Prognosen von San Vicente keine andere Möglichkeit mehr, als für sich und ihre Geldgeber zu retten, was allenfalls noch zu retten war.

„Es tut mir leid“, meinte er mit Bedauern in der Stimme. „Aber ich kann nichts mehr für Sie tun. Ich habe die Kreditkündigung so lange hinausgezögert, wie es nur ging. Nun geht es nicht mehr.“

Don Felice schaute den Banker mit ausdruckslosem Blick an. Überrascht war er nicht. Angesichts der Zahlen in seiner Betriebsrechnung hatte er nichts anderes erwarten können.

„Wie lange arbeiten wir jetzt schon zusammen?“ fragte er den Banker.

Dieser musste kurz nachrechnen.

„Sicher mehr als vierzig Jahre, wenn wir die Zeit dazuzählen, während der wir schon Ihren verstorbenen Vater und Ihren Grossvater begleiten durften.“

Don Felice sagte längere Zeit nichts. Dem Banker wurde es unter dem hartnäckigen Blick seines Gegenübers immer unwohler. Schliesslich öffnete er mit einer hilflosen Geste seine Arme.

„Was kann ich tun?“

Er gab die Antwort gleich selbst. „Nichts! Ich habe alles versucht, das müssen Sie mir glauben. Aber die Compliance-Abteilung pocht auf die Einhaltung der internen Reglemente."

Was er nicht erwähnte, war der Druck, der von außerhalb der Bank auf ihn selbst ausgeübt worden war, um die Kündigung des Kredits zu beschleunigen.

Über den Rand seiner Brille warf er Don Felice einen kurzen Blick zu.

„Wir haben in solchen Verträgen immer eine Kündigungsfrist von drei Monaten festgeschrieben, jeweils auf das Ende eines Quartals.“

Don Felice nickte.

„Das wäre dann Ende des Sommers“, dachte er laut vor sich hin. „Genau dann, wenn wir die Erntekolonnen aufbieten und bezahlen müssen. Und bevor wir die Früchte unserer diesjährigen Ernte verkaufen und aus dem Erlös die notwendigen Zahlungen leisten können.“

Er wusste, es war sinnlos, mit dem Banker zu argumentieren. Aber er wollte zumindest versuchen, den finanziellen Kollaps noch etwas hinauszuzögern.

„Das können Sie mit uns nicht machen! Verlängern Sie die Frist noch bis zum Jahresende. Es sieht in diesem Herbst nach einer guten Ernte aus. Erstmals seit vielen Jahren haben wir keine Probleme mit den Olivenfliegen. Und die Reben versprechen nicht nur eine überdurchschnittliche Ernte, sondern auch einen guten Jahrgang, wenn uns der Herbst noch ein paar Hitzetage beschert.“

Der Banker kannte die Zahlen des Landguts bis auf die Kommastellen. Er wusste, dass der Betrieb ohne diesen Kredit binnen weniger Wochen zahlungsunfähig wäre. Wieder blätterte er in seinem Ordner.

„Es gibt hier auf der letzten Seite eine Reihe von Abschnitten, die sich mit außerordentlichen Situationen und notwendigen Bedingungen zur Fortführung des Kredites befassen.“

Er schob Don Felice das Dokument über den Tisch und tippte mit dem Finger auf einen recht langen, in verschiedene Unterabschnitte unterteilten Paragraphen mit der Überschrift „Außerordentliche Kündigungsgründe“.

Don Felice warf nur einen kurzen Blick darauf. Er wusste, was da festgehalten und damals von seinem Vater unterschrieben worden war.

Der Banker nahm die Papiere zurück. Seine Stimme hatte den bisher konzilianten und mitfühlenden Ton verloren.

„Wir haben festgehalten, was zu einer Aufhebung der normalen Frist oder zu einer fristlosen Kündigung führen kann. Sie wissen, dass San Vicente die Bedingungen für eine Weiterführung des Kredits schon seit langem nicht mehr erfüllt. Die Bank hat in den vergangenen Jahren mehr als nur ein Auge zugedrückt, immer mit Blick auf die lange und gute Geschäftsverbindung mit Ihnen. Doch so, wie sich die Situation jetzt entwickelt hat und wohl weiter entwickeln wird, können wir nicht länger zusehen, wie das Geld unserer Kunden sich in Luft auflöst. Es tut mir leid."

Don Felice schaute über den Banker hinweg zum Fenster hinaus. Der Regen war stärker geworden. In der Ferne kündete anhaltendes Donnergrollen einen der im Frühjahr üblichen toskanischen Gewitterstürme an. Wenn es nur keinen Hagel gibt, dachte er. Viele der kleinen weißen Blüten der Olivenbäume waren gerade erst aufgegangen. Ein Hagelsturm würde sie zerfetzen und wie Schneeflocken zu Boden fallen lassen. Dann könnten aus ihnen über den Sommer keine Oliven wachsen. Und wieder einmal gäbe es keine oder nur eine kleine Ernte, mit entsprechenden finanziellen Konsequenzen.

Für einen Sekundenbruchteil schloss er die Augen. Er war wie alle andern Wein- und Olivenbauern auf Gedeih und Verderb den Launen der Natur ausgeliefert. Nach mehreren Jahren mit Klimakapriolen, Schädlingsbefall und sonstigem Unbill hatte er keine finanziellen Reserven mehr. Ein einziges Unwetter im falschen Moment würde reichen, um ihn auch ohne die Daumenschrauben der Bank in die Knie zu zwingen.

Doch er fasste sich rasch wieder. Mit einer energischen Geste schloss er den vor ihm auf dem Tisch liegenden Ordner mit den Kreditunterlagen und Bankauszügen. Er stand auf und musterte den Banker mit einem kalten Blick.

„Ich verstehe jetzt den Spruch vom Regenschirm, den ich kürzlich irgendwo gehört habe."

Der Bankbeamte hob fragend den Kopf.

„Ihr Banken verleiht gegen satte Gebühren Regenschirme, die man sich als Kunde bei schönem Wetter beschafft, um im Regen nicht nass zu werden. Wenn es dann aber tatsächlich nach Regen aussieht, fordert ihr die Schirme sofort wieder zurück, damit sie ja nicht nass werden."

Mit einem etwas gequälten Lächeln quittierte der Bankbeamte den abgedroschenen Spruch. Don Felice war wieder zur Terrassentüre getreten. Der Regen wurde intensiver. Er schaute den Wasserspritzern zu, die auf den steinernen Platten der Terrasse zu tanzten schienen.

Schließlich drehte er sich um und kam zum Besprechungstisch zurück. Er setzte sich nicht mehr hin, sondern blieb hinter seinem Sessel stehen.

„Ich muss wohl akzeptieren, dass Sie auf der Kündigung unseres Vertrags bestehen. Schicken Sie mir die notwendigen Papiere. Sie werden Ihr Geld bis zum letzten Cent zurückerhalten."

Er bedachte den Banker mit einem weiteren kühlen Blick.

„Gehen Sie davon aus, dass Sie mit mir und San Vicente nie mehr Geschäfte machen werden."

Jetzt war es am Banker, sein Gegenüber erstaunt anzublicken. Er wollte fragen, wie Don Felice sich diese Umfinanzierung vorstelle. Doch dieser war zu weiteren Erklärungen nicht bereit und beendete die Besprechung mit einem knappen Nicken.

Er zeigte nach draußen, wo sich der Regen zu einem ausgewachsenen Gewitter entwickelt hatte. Trotz der frühen Tageszeit war es fast dunkel geworden. Blitze zuckten in rascher Folge aus den schwarzen Wolken und beleuchteten das Innere des Sitzungsraumes mit schwefelgelbem Licht, unmittelbar gefolgt von gewaltigen Donnerschlägen.

„Das schöne Wetter scheint vorerst vorbei zu sein" meinte er, und fügte mit einem sarkastischen Unterton hinzu: „Da ist es verständlich, dass Sie den ausgeliehenen Schirm zurückfordern."

Er öffnete die Türe zum Gang und verabschiedete seinen Besucher. Dann trat er wieder zum Fenster. Mit unverhohlener Schadenfreude sah er den Banker unbeholfen durch den prasselnden Regen zu seinem Auto rennen. Manchmal, dachte er, wäre man wirklich froh um einen Regenschirm. Doch leider konnte man die ausgeliehenen Schirme, die man den Kunden im ungünstigsten Moment wieder entzog, im realen Regenguss nicht gebrauchen.

Er setzte sich an sein Pult und suchte die Visitenkarte des kalabrischen Anwalts hervor.

Dann griff er zum Telefon.

KAPITEL ZWANZIG

In den Jahren seit Don Felices Anruf bei der Organisation hatte sich San Vicente von Grund auf verändert.

Nachdem er damals mit dem Avvocato Kontakt aufgenommen hatte, war alles schnell gegangen. Schon nach wenigen Tagen stand der Kalabrese in seinem Büro und unterbreitete ihm einen nur wenige Abschnitte umfassenden Vertragstext. Er beinhaltete die Punkte, die ihm der Anwalt bereits bei ihrem abendlichen Gespräch in Siena skizziert hatte: eine sofortige Finanzspritze für San Vicente, die Übernahme aller fälligen Kredite und die Verpflichtung, dem Olivengut bei Bedarf weitere Mittel zur Verfügung zu stellen.

Im Gegenzug stimmte Don Felice zu, der Organisation die finanzielle und operationelle Kontrolle an der Betriebsgesellschaft von San Vicente abzugeben. Er verpflichtete sich, gegenüber der Außenwelt weiterhin als Präsident der Gesellschaft aufzutreten. Letzteres war mit einer sehr großzügig bemessenen Entschädigung für ihn verbunden. Für die operative Geschäftsführung werde die Organisation einen Fachmann nach San Vicente delegieren. Weiterhin verpflichtete der Vertrag Don Felice, über alle mit dieser Zusammenarbeit verbundenen Angelegenheiten strikte Geheimhaltung zu wahren. Auf der letzten Seite war der Text bereits mit einer unleserlichen Unterschrift versehen, unter der ein ihm unbekannter Name stand.

Natürlich wusste er inzwischen, was es mit der geheimnisvollen Organisation auf sich hatte und wer hinter seinem verschwiegenen Vertragspartner stand. Doch er hatte keine andere Option mehr. Mit seiner Unterschrift konnte er San Vicente, die Ehre seiner Familie und seine eigene Reputation retten. Sie würde auf einen Schlag alle betrieblichen und privaten Finanzprobleme lösen. Die jahrhundertalte Geschichte von San Vicente würde weitergehen, auch wenn er sich noch nicht genau vorstellen konnte, wie und in welche Richtung. Aber das war ihm damals auch nicht so wichtig gewesen. Wichtig war nur, wieder Luft zu bekommen, wieder durchatmen zu können und die Last abzuwerfen, die ihn in den vergangenen Jahren zentnerschwer niedergedrückt hatte.

Während er den Vertrag durchlas, stand der Avvocato am Fenster und schaute hinaus auf die etwas verwilderte Gartenanlage. Ob er noch Fragen habe, wollte er schließlich wissen, als er sah, dass Felice mit dem Studium des Vertrages fertig war. Don Felice schüttelte den Kopf und unterzeichnete mit seiner schwungvollen Unterschrift.

Wenige Tage später waren sowohl der Bankkredit getilgt als auch alle sonstigen Ausstände von San Vicente beglichen.

KAPITEL EINUNDZWANZIG

Eigentlich, dachte Don Felice manchmal ein wenig wehmütig, ist vom alten Landgut nicht mehr als die Fassade übriggeblieben. Und selbst die erinnerte nach ihrer sorgfältigen Restauration kaum mehr an das alte, in die Jahre gekommene Gutshaus. Alles, was hinter dieser Fassade lag, war nach wenigen Monaten schon kaum mehr wiederzuerkennen.

Nicht nur die Maschinen und Apparate waren ausgewechselt und durch größere und vor allem modernere Modelle ersetzt worden. Auch die Menschen, die in den Produktionsanlagen arbeiteten und oft fast ihr ganzes Arbeitsleben auf San Vicente verbracht hatten, wurden nach und nach durch neue Mitarbeiter ersetzt, sei es, weil sie den Anforderungen des neuen Gutsverwalters nicht mehr genügten, oder weil sie sich in der veränderten Arbeitskultur auf San Vicente nicht mehr wohlfühlten.

Ersetzt wurden sie fast alle durch Männer aus dem Süden. Die meisten kamen aus den Weinkellereien und Ölmühlen, die die Organisation in Apulien und Kalabrien unterhielt. Italiener mit einer Sprache, die sie zwar auch Italienisch nannten, die von den eingesessenen Toscani aber nur mit Mühe verstanden wurde. Sie blieben meist nur ein oder zwei Jahre, bevor sie wieder in den Süden zurückkehrten. Während der Zeit, die sie auf San Vicente verbrachten, suchten sie über die minimalen Notwendigkeiten kaum Kontakt mit den Einheimischen. Die meisten waren mittleren Alters; junge, unverheiratete Männer schienen nicht nach San Vicente versetzt zu werden. Sie blieben meist unter sich. Hin und wieder verliebte sich einer von ihnen in eine der meist lebenslustigen Touristenführerinnen, welche während der Saison die Besucher durch die Weinberge und Olivenhaine des Gutes geleiteten. Doch kaum wurde ein sich anbahnendes Verhältnis bekannt, verschwanden die Männer wie von Zauberhand wieder zurück in ihre Heimat, aus der sie gekommen waren, und ließen außer gebrochenen Herzen nichts zurück. Die Organisation wollte offensichtlich verhindern, dass über das betrieblich Notwendige hinausgehende Kontakte zwischen San Vicente und seiner Umgebung entstanden.

Neben den umfangreichen Sanierungsarbeiten am Gutsgebäude und an den alten Produktionsanlagen gab es eine weitere Baustelle, etwas mehr als einen Kilometer vom Verwaltungsgebäude entfernt. Sie lag am Ende eines schmalen Sträßchens, das ursprünglich einmal zur Erschließung eines großen Kastanienhains erstellt worden war. Die Zufahrt war über die Jahrzehnte mehr oder weniger zugewachsen, da man sich in San Vicente auf Olivenöl und Wein konzentrierte und niemand mehr die Kastanien ernten und verkaufen wollte. Doch die neuen Besitzer schienen gerade diesem Gelände eine besondere Bedeutung zuzumessen.

Hinter dem Kastanienwald hatte sich vor Urzeiten ein tiefes, einige hundert Meter langes Tal in die toskanischen Hügel eingegraben. Die Einheimischen nannten es Valle Castagna. Ein dichter Wald aus Kastanienbäumen, Douglastannen und anderen, schon vor Generationen angepflanzten Nutzhölzern bedeckte den Talboden und die steilen Abhänge. Ursprünglich wohl als künftiger Holzlieferant für das Landgut angepflanzt, hatte sich seit langem niemand mehr um die Pflege dieses

Waldes gekümmert. So war er über Jahrhunderte zu einem urwaldähnlichen Gebilde herangewachsen, mit hohen, oft von Efeu überwachsenen Bäumen und einem undurchdringlichen Dickicht aus Büschen, hohen Brombeerstauden und kreuz und quer liegendem Fallholz. Die früher angelegten Erschließungswege waren längst zugewachsen.

Das änderte sich jetzt. Zuerst wurde mit schwerem Gerät das Zugangssträßchen erweitert. Anschließend planierten Baumaschinen inmitten des Kastanienhains einen großen Platz, der aufwändig zementiert wurde. Arbeitstrupps begannen das Gelände und den Zugang zum Valle Castagna großräumig mit einem hohen Metallzaun abzusperren. Unterbrochen war der neue Zaun nur durch ein elektrisch gesteuertes Stahltor, das breit genug war, um auch große Transportfahrzeuge passieren zu lassen. Im Vorgelände des Tals entstand ein zusätzlicher Parkplatz, ebenfalls durch einen starken Maschenzaun geschützt.

Einige Wochen später sahen die Mitarbeiter des Guts einen langen Konvoi schwerer Sattelschlepper die Eingangspforte von San Vicente passieren und in die neue Zugangsstraße einbiegen. Einige Neugierige schlichen sich in den nächsten Tagen im Schutz der Morgen- oder Abenddämmerung so nahe wie möglich an die Baustelle im Kastanienta1 heran. Sie beobachteten, wie binnen kurzem eine riesige Ballonhalle aufgestellt wurde. Einige hundert Meter hinter der Ballonhalle, abgedeckt durch alte Kastanienbäume und neu gepflanzte Birken, entstand ein weiterer, solide gemauerter Gebäudekomplex. Soweit die heimlichen Beobachter das wahrnehmen konnten, wurde er durch einen gedeckten und fensterlosen Gang mit der Ballonhalle verbunden. Sie verfolgten auch, wie die Sattelschlepper grosse, mit Planen verdeckte Stahltanks zur Ballonhalle transportierten.

Ein hoher Metallzaun umgab nun das Gelände. In den Ballonhalle und im ganzen Außengelände wurden Kameras und Bewegungsmelder installiert. Starke Scheinwerfer leuchteten den Platz um die Betriebsgebäude auch nachts bis in die hintersten Winkel aus.

Don Felice vermutete, dass dort hinten im Valle Castagna eine weitere Fattoria mit modernsten Installationen zur Verarbeitung von Pflanzenöl entstand. Natürlich hatte er versucht, von Carrera Auskunft über die geheimnisvollen Bauarbeiten zu erhalten. Doch dieser erzählte bloß vage von zusätzlichen Produktionskapazitäten, die man aufbauen wolle und mit denen die Flexibilität bei der Verarbeitung von Oliven erhöht werden solle. Auf den Einwand von Don Felice, man habe ja bereits eine Produktionsanlage, deren Kapazitäten dank der jüngsten Modernisierungen für die Oliven des Gutes mehr als ausreichend seien, meinte Carrera nur, man wolle künftig in großem Stil auch Oliven anderer Produzenten verarbeiten. Das sei ja einer der Gründe gewesen, sich an San Vicente zu beteiligen und die Geschäftsleitung des Guts und der Fattoria zu übernehmen.

Offenbar wollte Carrera ihm nicht sagen, was dort hinten im Kastanienwald geplant war. Felice verzichtete auf weitere Nachfragen und ging davon aus, dass er das Geheimnis der Anlagen im Valle Castagna früher oder später schon aufdecken würde.

KAPITEL ZWEIUNDZWANZIG

Julia stand nackt vor dem hohen Spiegel, der die Front ihres Kleiderschranks an der Schlafzimmerwand einnahm. Sie hatte geduscht und die Haare gewaschen. Nun stand sie vor der schwierigste Entscheidung des Tages: Was sollte sie anziehen für das Treffen heute Abend mit Max?

Sie war ein wenig irritiert, dass sie sich darüber überhaupt Gedanken machte. Normalerweise ging sie einfach davon aus, dass sie immer passend angezogen war. Sie brauchte niemandem zu gefallen. Was andere über sie dachten, war ihr ziemlich gleichgültig. Warum war es diesmal anders?

Max hatte ihr gefallen. Seine unkomplizierte Art, sein fröhliches Lachen und sein manchmal etwas verschmitzt wirkender Blick hatten etwas in ihr ausgelöst, das sie schon lange nicht mehr verspürt hatte. Verärgert schüttelte sie den Kopf. „Vergiss es, Julia!“, rief sie sich streng selbst zur Ordnung. „Tempi passati!“

Gleichzeitig spürte sie, wie ihr Puls etwas anstieg, wenn sie an den Abend dachte. Sie stemmte sich die Fäuste gegen die Hüften und musterte kritisch ihr Spiegelbild. Die nackte Frau, die ihren Blick im Spiegel mit gekrauster Stirn zurückgab, sah recht gut aus für ihr Alter. Ein paar Fältchen um Augen und

Mundwinkel, die Wangen etwas voller als früher. Schöne Augen, aus denen manchmal Schalk und Lebensfreude blitzten, wenn sie nicht gerade grimmig ihr Spiegelbild nach vermeintlichen Schwachstellen ihrer Figur absuchten. In den offenen Haaren ein paar graue Strähnen, die sie absichtlich nicht färben ließ. Mit ihrer Haut war sie zufrieden. Schließlich verbrachte sie fast den ganzen Tag im Freien, zwar meist mit viel Sonnencreme im Gesicht und einem breitkrempigen Hut auf dem Kopf, aber ganz ließen sich die jahrzehntelangen Einwirkungen der Sonnenstrahlen nicht vermeiden. Sie war nicht mehr ganz so schlank wie früher. Doch die paar Kilos, die sie zugelegt hatte, verteilten sich gut proportioniert auf ihrem Körper. Weniger zufrieden war sie mit ihrer Taille. Da hatte sich in den vergangenen Jahren das eine oder andere Kilo angesetzt, trotz der täglichen körperlichen Arbeit. Aber sie war sich bewusst, dass das erstens zu den unweigerlich auftretenden Erscheinungen des fortschreitenden Alters gehörte und dass sie zweitens wirklich sehr gerne und manchmal sehr ausgiebig der guten italienischen Küche huldigte. Früher war sie eine passionierte Köchin gewesen. Seit sie alleine lebte, bereitete sie sich nur selten ganze Menüs zu. Doch eine gute Pasta mit raffinierter Sauce, eine im Steinofen hinter dem Haus gebackene Pizza oder eine Tagliata mit Gemüse und Kartoffeln aus dem eigenen Garten kam auch dann auf den Tisch, wenn sie eine Mahlzeit nur für sich zubereitete.

Sie umfasste ihre Brüste mit den Händen. Eher klein, dafür noch immer fest und straff. Eigentlich war sie ganz zufrieden mit ihrer Figur. All die immer wiederkehrenden Vorschläge in den Zeitschriften, die sie beim jährlichen Kontrollbesuch bei ihrer Ärztin oder beim Coiffeur durchblätterte, interessierten sie nicht. Sie war nicht eitel. Einer ihrer Liebhaber hatte vor einigen Jahren gesagt, als er sie nach dem Sex auf dem Bett liegend liebevoll musterte: „Eine Frau soll man nie in Einzelteilen betrachten, sondern nur als Gesamtkunstwerk!" Als sie ihn fragend ansah, ergänzte er: „Stell dir vor, man würde auf dem berühmten Bild der Mona Lisa nur die Augen betrachten. Du würdest einfach eine schielende Frau vor dir sehen."

Er war ein Schmeichler gewesen, der im Ruf stand, Frauen mit schönen Worten herumzukriegen. Aber das Kompliment hatte ihr durchaus gefallen. Ein „Gesamtkunstwerk". Genau so war es. Und immer, wenn sie beim Betrachten ihres Körpers irgend etwas festzustellen glaubte, das nicht ihren eigenen Wunschvorstellungen entsprach, rief sie sich seither mahnend zu: „Als Gesamtkunstwerk betrachten!", und war wieder mit sich zufrieden.

Sie nahm eine helle Hose aus leichtem Leinengewebe aus dem Schrank und legte sie aufs Bett. Dann probierte sie verschiedene Kombinationen mit Blusen und Hemden, bis sie sich zu einem cremefarbenen, raffiniert geschnittenen Oberteil entschloss. Sie legte noch einen hellen Slip und den einzigen trägerlosen BH aus ihrer Wäscheschublade daneben und ging zurück ins Badezimmer, um ihre Haare zu einer einigermaßen akzeptablen Frisur zu föhnen.

Sie hatte in den vergangenen Tagen immer wieder an das lange Gespräch im Que Due zurückdenken müssen. Oder, wenn sie ehrlich war, weniger an das Gespräch als an den Gesprächspartner. Die spontane Einladung, die sie beim Abschied ausgesprochen hatte, hatte sie selbst überrascht. Eigentlich war sie ein zurückhaltender Mensch. Ihr Haus war ihr privates Refugium, in das sie kaum jemandem Einlass gewährte. Sie pflegte im Dorf und auch in Siena einen großen Bekanntenkreis, doch meist traf sie sich mit Freunden und Bekannten in einem Restaurant, in der Bar oder auf dem Campo von Siena.

Sie konnte gut alleine sein. Sie war sich bewusst, dass das wohl auch damit zusammenhing, dass sie kaum je jemanden näher an sich heranließ. Der unglückliche Verlauf ihrer in jungen Jahren eingegangenen Ehe hatte sie vorsichtig werden lassen, sobald jemand sie enger an sich zu binden versuchte. Sie liebte ihre Freiheit, und nach einem Vierteljahrhundert Unabhängigkeit konnte sie sich nicht mehr vorstellen, dass jemand sich in ihrer Welt, ihrem Kopf oder ihrem Haus einnisten könnte.

Seit dem Tod ihres Mannes hatte sie die eine oder andere engere Beziehung gehabt. Doch das hatte nie lange angehalten. Wenn sie die Nacht mit jemandem verbrachte, sorgte sie dafür, dass man sich in einem Hotel traf oder beim jeweiligen Partner. Nie lud sie jemanden zu sich ein.

Nur hin und wieder blitzte kurz der Gedanke in ihr auf, dass sie vielleicht einfach den „Mister Right“ noch nicht gefunden oder schon wieder verpasst hatte. Doch solche Gedanken verbannte sie jeweils gleich wieder aus ihrem Kopf.

KAPITEL DREIUNDZWANZIG

Julia hatte ihm den Weg zu ihrem Haus detailliert beschrieben. Kurz vor sechs Uhr bog Max in den schmalen Fahrweg ein, neben dem ein hölzernes Schild die Richtung zur Casa Bellavista wies.

Die beiden Flügel des eisernen Zugangstors standen offen. Max wirbelte eine dicke Staubwolke hinter sich auf, als er die lange Zufahrt zu Julias Haus hinauffuhr. Obschon die Straße in einem guten Zustand war, wusste Max, dass er hier langsam und vorsichtig fahren musste. Jederzeit konnte ihm ein Wildschwein oder ein Rehbock aus dem dichten Gebüsch vor die Motorhaube springen.

Die Casa Bellavista lag inmitten eines großen Olivenhains, der sich vor und hinter dem Haus den Hügeln entlang zog. Die beidseitig von mächtigen Zypressen gesäumte Auffahrt schlängelte sich den Abhang zum steinernen Haus empor.

Er stoppte seinen Volvo auf dem mit grasüberwachsenen Steinplatten gepflasterten Vorplatz. Julia stand schon im Hauseingang und bedeutete ihm, den Wagen einfach auf dem Platz stehen zu lassen. Mit einem Lachen im Gesicht kam sie ihm entgegen.

„Willkommen in Bellavista! Hast du gut hergefunden?“

„Das war nicht schwierig mit deiner guten Wegbeschreibung!“

Er musste den spontanen Impuls unterdrücken, sie zur Begrüßung zu umarmen. Aber so gut kannten sie einander nun doch noch nicht. Stattdessen blickte er um sich, beeindruckt von der grandiosen Aussicht. Olivenbäume, so weit das Auge reichte. Dazwischen die dunkelgrünen Flächen der Rebberge.

Direkt vor ihm lag das rechteckige Steinhaus, dessen Vorderfront von der Abendsonne golden gefärbt wurde. Die mit armdicken Efeusträngen überwachsenen Mauern wiesen auf das Alter des Hauses hin. Beide Geschosse hatten, wie die meisten italienischen Häuser, nur wenige Sprossenfenster, um die Sommerhitze wie auch die winterliche Kälte vom Innern des Hauses fernzuhalten. Ein großer Kamin auf dem leicht geneigten und mit rötlichen Ziegeln bedeckten Satteldach wies auf eine Feuerstelle im Haus hin.

Ungewohnt für ein toskanisches Haus war die hölzerne Veranda, die sich der ganze Vorderfront des Hauses entlang zog. Einige Treppenstufen führten vom Vorplatz zur Veranda hinauf. Max fühlte sich an Häuser in den amerikanischen Südstaaten erinnert. Auf der Veranda stand ein langer Holztisch mit zwei ebenfalls hölzernen Bänken. Ganz hinten konnte er ein gemütliches Sofa erkennen, davor ein kleiner, runder Salontisch. Am anderen Ende der Veranda war zwischen einer der hölzernen Säulen und einem in der Fassade verankerten Ring eine Hängematte aufgespannt.

Die zweiflügelige, mit Verzierungen versehene Eingangstüre stand weit offen, ebenso einige Zimmerfenster, in denen sich die letzten Strahlen der Abendsonne spiegelten. Ein Mückenfänger aus ledernen Schnüren verdeckte im Hauseingang den Blick ins Innere. Auf der linken Seite des Hauses sah er einen von einem hohen Lattenzaun eingefassten Gemüsegarten. Weiter hinten, ganz am Ende des Vorplatzes, war ein von hohen Kastanienbäumen fast verdeckter offener Unterstand, in welchem ein Traktor und andere landwirtschaftliche Geräte standen. Auf der anderen Seite des Vorplatzes entdeckte er einen kreisrund gemauerten Brunnen. Er war, wie auf Darstellungen aus früheren Jahrhunderten, mit einem Holzgerüst versehen, von dem ein geflochtenes Seil in die Tiefe hing. Wohl nicht mehr in Betrieb, dachte er. Aber malerisch anzusehen.

„Das ist ja wirklich ein phänomenaler Ausblick!“ rief er staunend. „Jetzt ist mir klar, woher der Name deines Hauses kommt!“

Julia sah, wie er den gemauerten Ziehbrunnen betrachtete.

„Der ist nur noch eine schöne Attrappe“, lachte sie mit einem kurzen Blick zum Brunnen. „Wir haben die Quelle, die fast einhundert Meter weit unten liegt, inzwischen mit einem Rohr erschlossen und pumpen das Wasser direkt ins Haus und in den Garten. Die ursprüngliche Wasserquelle muss schon zur Zeit meiner Großeltern versiegt sein. Gott sei Dank haben wir tiefer unten einen ergiebigen Ersatz gefunden. Wasser ist hier fast wertvoller als Gold.“

Max nickte. „Das kann ich mir denken. Und die Olivenbäume“, er wies mit einer weiten Handbewegung auf den großen Hain rund um das Steinhaus, „gehören die alle zu deinem Besitz?“

„Ja. Der Hain ist uralt und gehört seit Generationen meiner Familie. Es sind einige tausend Bäume. Die meisten sind sehr alt, aber kerngesund. Sie tragen immer noch überdurchschnittlich viele Früchte und sorgen in den meisten Jahren für eine gute Ernte.“

Max ließ den Blick über den weiten Hain streifen. Die Olivenbäume zogen sich in langen Reihen bis zur Straße hinunter und hinter dem Haus den sanft ansteigenden Hügel hinauf.

„Da gibt es sicher wahnsinnig viel zu tun! Das kannst du doch nicht alles alleine bewirtschaften?“ fragte er.

Julia schüttelte den Kopf.

„Ich bin nicht alleine. Ottavio und Barbara helfen mir das ganze Jahr hindurch. Sie wohnen etwas weiter unten auf dem

Grundstück. Du müsstest ihr kleines Steinhaus neben der Zufahrtsstraße gesehen haben, als du vorhin von der Landstraße abgebogen bist."

Sie wies mit der Hand auf das moosige Dach eines hinter Kastanien- und Maulbeerbäumen versteckten Hauses unterhalb der Casa Bellavista.

„Die beiden arbeiten schon ewig bei mir. Bereits als junge Leute haben sie meinem Vater geholfen, später dann mir. Sie sind Teil des Landguts wie die Bäume oder das Haus. Genau wie ich auch. Ohne die beiden ginge gar nichts hier. Und während der Olivenernte beschäftigen wir einen kleinen Trupp von Tagelöhnern als Erntehelfer. Sie ziehen hier zu jeder Jahreszeit durch die Gegend und lassen sich von uns Bauern für ein paar Tage oder Wochen für Erntearbeiten einstellen."

Sie wies mit einer einladenden Geste in Richtung der Veranda.

„Ich habe eine Kleinigkeit zum Essen vorbereitet. Wollen wir uns auf die Veranda setzen?"

Max war tatsächlich hungrig. Er hatte nach einem späten Frühstück den ganzen Tag hindurch sein Haus gereinigt und im Garten das Bruchholz vieler Stürmen der vergangenen Jahre zusammengetragen und zu einem großen Stapel aufgeschichtet. Als er ihre Nachricht mit der Einladung zum Abendessen erhalten hatte, verzichtete er darauf, seinen bereits knurrenden Magen mit Resten aus dem Kühlschrank zu beruhigen.

Er folgte Julia auf die Veranda, von der aus man einen fantastischen Ausblick auf die weiten Olivenhaine und Rebberge bis hinunter zum kleinen Städtchen Castelnuovo hatte.

„Das ist ja traumhaft schön hier", wiederholte er. „Genau so, wie man sich bei uns die Toskana vorstellt: sanfte Hügel, viele Reben und Oliven, dunkle Zypressen und wie ins Bild gemalt die Tupfer der kleinen und großen Steinhäuser."

Julia war neben ihn getreten. Zusammen blickten sie auf ihren gepflegten Olivenhain, der sich bis zur Passstraße weit unten hinzog.

„Da hast du schon recht. Der Blick von hier ist wirklich wunderschön."

Sie umfasste mit einer weiten Handbewegung die ganze vor ihnen liegende Landschaft, die in der sich bereits dem Horizont nähernden Herbstsonne einem kitschigen Postkartenbild glich.

„Ich wohne schon mein Leben lang hier. Aber an diesem Anblick kann auch ich mich nie sattsehen."

Dann zeigte sie zum Holztisch. „Setz dich doch auf die Bank und genieße die Aussicht! Der Sonnenuntergang wird heute spektakulär. Ich bin gleich wieder zurück!"

Damit verschwand sie im Inneren des Hauses.

KAPITEL VIERUNDZWANZIG

Max setzte sich wie geheissen auf die Bank. Zwei kleine Teller standen nebeneinander auf der Seite der Hausmauer, Besteck, Weingläser, Papierservietten und ein Körbchen mit dem weißen, salzlosen Brot, das man überall in Italien vorgesetzt bekam. Eine kleine Schale war mit glänzenden schwarzen Essoliven gefüllt, daneben lagen auf einer Papierserviette einige kleine Sticks aus Holz.

Auch eine Flasche aus dunkelgrünem Glas und ohne Etikette stand vor ihm auf dem Tisch. Julias Olivenöl, vermutete Max. Er goss sich ein wenig davon in den kleinen Teller und nahm ein Stückchen Weißbrot, um das Öl zu probieren. Es schmeckte leicht pfefferig, erinnerte ihn auch ein wenig an den Geruch von frisch geschnittenem Gras. Beim Hinunterschlucken kam es ihm zuerst ganz mild vor, doch Sekunden später kratzte es einen Moment lang im Hals, und er musste husten.

Julia kam mit zwei gekühlten Gläsern Aperol zurück, die sie auf den Tisch stellte.

„Salute!“

Sie hoben ihre Gläser und tranken einen ersten Schluck. Julia wies auf die kleine Schale mit den Oliven.

«Hast du die schon probiert? Das sind Essoliven. Pass auf, der Stein ist noch drin!»

Max kannte die Essoliven, die einem im Norden meist zum Aperitiv gereicht wurden oder die Fertigpizzas zierten, die er sich manchmal liefern liess. Er war kein grosser Fan dieser schwarzen, entsteinten Früchte, die meist schrecklich fad schmeckten oder mit einer salzigen Marinade getränkt waren. Höflich nahm er dennoch einen der kleinen Sticks, spiesste eine Olive auf und führte sie zum Mund. Seine Augen weiteten sich erstaunt, als der Geschmack der Olive sich in seinem Gaumen zu entwickeln begann.

«Eine so gut schmeckende Essolive habe ich noch nie gegessen», meinte er mit einem anerkennenden Nicken.

Julia lächelte geschmeichelt.

«Das glaube ich gerne. Meine Oliven gelten auch als die besten weit und breit», antwortete sie selbstbewusst. „Die pechschwarze Sorte, die du hier im Mund hast, ist ziemlich selten. Das was Du bei dir zuhause in Bars und Restaurants kriegst, sind oft gewöhnliche grüne Oliven, die man in ein mit Sauerstoff angereicherten Wasserbad hat schwarz werden lassen. Wenn man sie dann noch entsprechend behandelt, werden sie schön glänzend. Und im Mund hast du dann eine fade Olive, deren undefinierbarer Geschmack nichts mit einer echten Essolive zu tun hat.»

«Aber du behandelst die Oliven auch, damit sie so phantastisch schmecken?»

«Ja, natürlich. Ich lege sie nach der Ernte mehr als einen Monat in täglich frischem Süsswasser ein. Anschliessend kommen sie in ein Bad aus Salzwasser, das ich mit Thymian, Rosmarin und Loorbeerblättern versetze. Dann spüle ich sie ab, mische sie ein wenig mit Knoblauch und anderen Gewürzen, und fertig ist die Essolive! Den Stein lasse ich meist drin, wegen der Bitterstoffe, die sich in ihm sammeln. Aber manchmal hole ich ihn heraus und fülle die Olive mit einer selbstgemachten Paste aus Sardellen und Kapern.»

Max nahm gleich nochmals eine der Oliven, liess deren kräftiges und leicht scharfes Aroma sich in seinem Gaumen entfalten und nickte anerkennend.

«Du wirst nie mehr eine andere Olive mögen», meinte Julia und stand lachend auf. «Aber jetzt lasse ich dich nochmals für einen Moment allein. Der erste Gang für unser Nachtessen ist fast schon fertig!»

Nach wenigen Minuten kam sie mit zwei Tellern und einer Karaffe Rotwein zurück. Neugierig schaute Max auf die zwei noch heissen Teller und eine Backform, die Julia vor ihm auf den Tisch stellte. In der Schale sah er kleine Teigtaschen, überbacken mit einer weissen sämigen Soße, von der ein feiner Geruch von Muskatnuss in seine Nase stieg.

„Pezzole della Nonna“, verkündete Julia. „Kennst du das?“

Max schüttelte den Kopf.

„Nein, aber es riecht phantastisch!“

Sie schöpfte eine grosszügig bemessene Portion auf die Teller und setzte sich neben Max.

„Buon appetito!“ wünschte sie ihm mit einem Lächeln.

Max kostete erwartungsvoll.

„Das habe ich tatsächlich noch nie gegessen. Es ist köstlich!“

Julia lächelte wieder. „Freut mich, dass es dir schmeckt! Es ist ein Gericht, das man heute bei uns nur noch selten bekommt. Der Legende nach soll die Florentinerin Catarina de' Medici, als sie Königin von Frankreich wurde, ihre besten Köche in ihr Schloss nach Paris mitgenommen haben. Dort am französischen Hof wurden aus den Pezzole dann die Crépes, die wir heute als ‚typisch Französisch' kennen. Die Sauce hiess bei uns Balsamella, in Frankreich wurde daraus die Béchamel-Sauce.“

Sie zeigte mit einer Handbewegung auf den unterhalb der Terrasse liegenden Olivenhain.

„Und das Olivenöl, das ich über Blüten und Stängel gegossen habe, ist natürlich von hier.“

Sie sah, dass Max sich bereits ein wenig vom Olivenöl auf den Teller geträufelt hatte.

„Was meinst du zu meinem Öl? Schmeckt es dir?"

Sie zeigte auf die kleine Schale auf dem Tisch. Max nickte, griff erneut nach einem Stückchen Brot und tunkte es ein. Langsam kaute er das ölgetränkte Brot und ließ den pfefferigen, scharfen, aber auch leicht fruchtigen Geschmack auf Zunge und Gaumen wirken.

„Mmmh! Hervorragend!"

Julia nickte zustimmend, als ob sie anderes erwartet hätte, tunkte ebenfalls ein Stückchen Brot ins Öl und genoss für einen Moment lang mit geschlossenen Augen die Aromen.

Max führte das kleine Tellerchen zur Nase und roch daran.

„Es riecht köstlich! Aber ich bin wohl nicht der Richtige, um ein fachkundiges Urteil zu fällen. Ich weiß nicht einmal, wie ein wirklich gutes Olivenöl in der Nase riechen oder im Gaumen schmecken sollte. Ich kann nur sagen: Ich liebe den Geruch. Auch den pfefferigen, leicht bitteren und gleichzeitig fruchtigen Geschmack. Und das leichte Brennen im Hals, wenn ich es hinunterschlucke."

Julia nickte.

„Da hast du ja gleich die wichtigsten Merkmale eines erstklassigen Olivenöls aufgezählt."

Sie schaute ihn schelmisch an.

„Offenbar bist du doch nicht ein so unbedarfter Laie in Sachen Olivenöl, wie du vorgibst."

Max war kein Experte. Aber dank seiner früheren Tätigkeit als Lifestyle-Redaktor waren ihm zumindest die wichtigsten Eigenschaften vieler dort in seinen Zeitungsartikeln beschriebenen und beurteilten Esswaren im Gedächtnis geblieben.

„Na ja. Wirklich etwas davon verstehen tue ich nicht." Er blickte sie mit seinem spitzbübischen Lächeln an. „Doch dazu habe ich ja jetzt dich, oder? Ich habe trotz unseres langen Gesprächs im Que Due noch viele Fragen. Oder vielleicht gerade wegen dieses Gesprächs."

„Einverstanden. Aber zuerst wollen wir essen. Ich hoffe, es schmeckt dir!“

Sie entzündete eine Duftkerze mit drei Dochten.

„Gegen die Insekten. Abends wird es draußen manchmal mühsam. Aber mit der Kerze sollte es gehen.“

Nach dem letzten Bissen nahm sie die beiden Vorspeisen-Teller und verschwand damit wieder im Haus. Kurz darauf kam sie mit zwei grossen heißen Tellern zurück. Als Hauptgang hatte sie ein Ossobuco vorbereitet, das so zart war, dass das Fleisch schon bei der leisesten Berührung mit der Gabel vom Knochen zu fallen schien. Dazu traditionsgemäß eine feinkörnige Polenta und eine Fleischsauce, die auch das Knochenmark aufgenommen hatte.

Max schluckte den letzten Bissen hinunter und tunkte die im Teller verbleibende Sauce mit einem Stück Weißbrot auf.

„Ah“, seufzte er und wischte sich mit der Papierserviette den Mund ab. „Das war göttlich!“

Julia lächelte geschmeichelt. „Ich koche gerne. Umso schöner, wenn der Gast es zu schätzen weiß.“

„Das tue ich wirklich“, bestätigte Max. „Ich verstehe nicht viel vom Kochen, aber dafür einiges vom Essen.“ Sanft pochte er auf sein kleines, aber doch unübersehbares Bäuchlein, das sich unter seinem Hemd abzeichnete.

Julia schmunzelte.

„Wollen wir mit dem Dessert noch etwas zuwarten? Ich bringe uns einen Kaffee, und dann widmen wir uns wieder den Oliven. Oder vielleicht mehr dem Olivenöl. Ich habe dir ja schon einiges erzählt. Aber das Öl hat auch seine dunklen Seiten. Da gibt es einiges, das du wissen solltest, wenn du darüber schreiben willst.“

Sie ging zurück ins Haus und kam gleich darauf mit zwei Espressotassen zurück.

„Schwarz, wie ich bei unserem Mittagessen gesehen habe, und ohne Zucker, richtig?“

Sie setzte sich wieder neben ihn auf die Bank. Mit dem

Rücken lehnte sie sich an die noch warme Hausmauer und schaute Max an.

„Bene. Wo wollen wir beginnen?“ fragte sie, und beantwortete die Frage gleich selbst. „Es gibt beim Olivenöl auch eine weniger bekannte, dunkle Seite. Über die spricht man hier nicht so gerne. Es ist eine wenig appetitliche Sache. Du musst mir sagen, ob du daran interessiert bist. Oder ob deine künftigen Leser etwas davon wissen möchten.“

Da hatte Max eine klare Meinung.

„Auf jeden Fall! Ich interessiere mich für alles, was mit meinem Thema zu tun hat. Was ich dann verwenden will, entscheide ich später. Du hast mich jetzt eh neugierig gemacht. Was meinst du mit diesen ‚dunklen‘ Seiten?“

Julia musterte ihn nachdenklich.

„Am besten beginne ich ganz von vorne. Damit du auch wirklich verstehst, was es mit unserem – aber nicht nur unserem toskanischen – Olivenöl auf sich hat.“

KAPITEL FÜNFUNDZWANZIG

„Die ganze Welt will italienisches Olivenöl. Natürlich nur in erstklassiger Qualität, also nur solches, das mit dem Label ‚Extra Vergine' auszeichnet ist. Und wenn möglich aus der Toskana."

Max schaute kurz von seinen Notizen auf.

„Sag mir, was bedeutet eigentlich ‚Extra Vergine' genau?"

„Das bezeichnet ein in jeder Hinsicht erstklassiges Olivenöl, das eine Reihe von Anforderungen erfüllen muss, um dieses Prädikat führen zu dürfen."

„Das heißt?"

„Wichtigstes Merkmal ist der Säuregrad des Öls. Je reifer die gepresste Frucht ist, desto mehr Flüssigkeit kann man aus ihr gewinnen. Mit dem Reifegrad steigt jedoch auch der Säuregehalt des Öls. Für die Qualitätsbezeichnung ‚Extra Vergine' darf er einen gesetzlich festgelegten Grenzwert nicht überschreiten. Damit man das erreicht, muss man die Früchte früh im Reifeprozess ernten und sie dann so rasch wie möglich pressen, am besten noch am Erntetag. Das gewonnene Öl darf mit keinerlei Zutaten verändert werden. Es muss völlig natürlich bleiben. Das ist dann sozusagen ‚jungfräuliches' Öl, deshalb die Bezeichnung ‚vergine'. Und es darf auch während des

Verarbeitungsprozesses nirgends mit Sauerstoff in Kontakt kommen."

Sie füllte erneut ihre Weingläser, während Max sich Notizen machte.

„Als zweite wichtige Anforderung für diese Extraklasse gilt, dass das Öl nach dem Pressen der Oliven keine weitere Behandlung erfahren hat. Es darf weder chemisch noch physikalisch bearbeitet werden. Du kannst das Aroma dieses natürlichen Öls nicht nur im Gaumen, sondern auch in der Nase deutlich wahrnehmen, selbst wenn du kein Fachmann bist. Es riecht leicht fruchtig, vielleicht ein wenig nach Blüten oder Artischocken. Wenn du einen kleinen Schluck nimmst, wirkt es im Gaumen scharf, manchmal ein wenig bitter. So wie du es vorhin auch festgestellt hast."

Max schaute kurz von seinen Notizen auf.

„Als ich bei mir zu Hause im Supermarkt und beim Einzelhändler in den Regalen das Angebot an Olivenöl anschaute, hatte ich den Eindruck, es gäbe fast nichts anderes als ‚Extra Vergine'."

Julia konnte sich ein leicht grimmiges Nicken nicht verkneifen.

„Da sprichst du ein wichtiges Problem an, das wir Produzenten hier haben. So viel erstklassiges Öl, wie im Norden nachfragt wird, gibt es überhaupt nicht. Schon gar nicht zu dem Preis, den ein Konsument in der Schweiz oder in einem anderen nordeuropäischen Land zu zahlen bereit ist. Tatsächlich deckt das aus italienischen Oliven gewonnene Öl nicht einmal unseren eigenen Bedarf hier in Italien. Nicht zu reden von den vielen Millionen Litern, die wir jedes Jahr über die Alpen zu euch in den Norden exportieren."

Max sah etwas ratlos von seinen Notizen auf.

„Was willst du damit sagen?"

„Das heißt, dass der größte Teil des verkauften ‚italienischen' Öls schlicht kein italienisches Öl ist. Es kommt von irgendwoher, meist aus Nordafrika, Spanien, Griechenland oder der Türkei. Jedenfalls nicht aus Italien. Bei uns in Italien wird dann nur einer der vielen Produktionsschritte vorgenommen, etwa die Mischung oder die Abfüllung. Und der Großteil dieses importierten Öls ist qualitativ alles andere als ‚Extra Vergine'. Es ist eine oft undefinierbare Brühe aus fauligem und zusammengemischtem Öl unterschiedlichster Herkunft."

Max konnte die Empörung aus ihrer Stimme heraushören.

„Aber es ist tatsächlich noch schlimmer. Riesige Mengen dieses nicht-italienischen Olivenöls sind nicht einmal Olivenöl. In manchem als ‚italienisches' Olivenöl verkauften Öl ist kein einziger Tropfen einer italienischen Olive drin. Ja oft überhaupt keine einzige Olive!"

Max schaute Julia ungläubig an.

„Du hast schon recht gehört. Olivenöl ohne Oliven. Meist wird ein viel billigeres Haselnussöl verwendet, oder Sojaöl. Das mutiert dann durch chemische Aufbereitung zu einem ‚erstklassigen' Olivenöl und wird auf dem Etikett entsprechend deklariert. Der Konsument ist nicht in der Lage, diesen Betrug zu erkennen. Er freut sich am günstigen Preis und denkt nicht darüber nach, warum er ein Qualitätsolivenöl so günstig kaufen kann."

„Und so etwas geschieht oft?"

„Ja, sehr oft. Je mehr Olivenöl nachgefragt wird, desto mehr wird gepanscht und gefälscht. Jedes Jahr werden viele Millionen Liter gefälschtes oder falsch deklariertes Olivenöl verkauft. Oft werden auch minderwertige und dadurch sehr billige Olivenöle zusammengemischt, mit verschiedenen chemischen Verfahren aufgepeppt, als ‚Toskanisches Olivenöl Extra Vergine' etikettiert und exportiert. Fachleute schätzen, dass kaum fünf Prozent des aus Italien verkauften Olivenöls tatsächlich das enthält, was auf dem Etikett der Flasche im Regal des Supermarkts steht."

Max schüttelte erneut den Kopf.

„Wenn man aber um den Betrug weiß, warum wird das nicht gestoppt und geahndet?"

Julia nickte.

„Das ist eine gute Frage. Wenn man wollte, könnte man schon. Aber so genau will es niemand wissen. Ein guter Teil der Schuld für diesen empörenden Lebensmittelbetrug muss den in der EU geltenden gesetzlichen Rahmenbedingungen zugeschrieben werden. Es gibt zwar genügend Vorschriften, um zumindest die gröbsten Panschereien zu verhindern. Aber diese Vorschriften sind so löcherig, dass sie problemlos umgangen werden können. Und kontrolliert wird kaum. Fliegt mal doch etwas auf, sind die Bußen und Strafen für die Täter minimal."

Julia schüttelte wieder empört den Kopf, als könne sie es selbst nicht glauben, was sie da erzählte.

„Es ist offenbar legal, diese Brühe als ‚toskanisches Olivenöl' zu verkaufen, auch wenn im gar nicht so seltenen Extremfall kein Tropfen Öl aus einer Olive eines toskanischen Olivenbaums beigefügt wurde. Für die Herkunftsbezeichnung reicht es schon, dass einige wenige oder auch nur einer der Verarbeitungsprozesse des Öls in der Toskana oder irgendwo in Italien ausgeführt wurden."

KAPITEL SECHSUNDZWANZIG

Julia hatte sich richtig in Rage geredet. Sie zog eine Fotografie aus ihrem Mäppchen und legte sie vor Max auf den Tisch. Auf dem Bild war vor dem Hintergrund einer Halle ein riesiger Haufen einer bräunlich-schwarzen Substanz zu erkennen. Daneben sah man einen Bagger, der die braune Masse auf ein Förderband schaufelte.

„Rate mal, was das sein könnte!"

Die Masse auf dem Bild erinnerte Max an schmutzige Erde oder dunklen Schlamm.

„Das sieht aus wie Abfall von irgendetwas."

„Es ist tatsächlich Abfall, der entsteht, wenn man von den Bäumen gefallene Oliven so lange liegen lässt, bis sie matschig und faul geworden sind", bestätigte Julia. „Das kann je nach Olivensorte und klimatischen Bedingungen schon nach wenigen Tagen der Fall sein. Die am Boden liegenden Früchte werden mit Trax- und Baggerschaufeln zusammengekehrt, auf Lastwagen geworfen und", sie zeigte auf das Bild, „zu einer Ölpresse wie diesem Gebäude hier gekarrt. Da werden sie dann zu einem Brei zermanscht und kräftig durchgeknetet. Schliesslich wird in einer Zentrifuge die Flüssigkeit, also das Öl, von den festen Stoffen der Frucht getrennt."

Max studierte immer noch das vor ihm liegende Bild.

„Und was geschieht dann mit diesem Öl?“, fragte Max.

Julia trank einen Schluck und zeigte wieder auf die Fotografie.

„Dann“, meinte sie sarkastisch, „kommt es zu einer fast biblisch anmutende Verwandlung. Aus der faulig stinkenden Olivenbrühe wird erstklassiges Olivenöl, das meiste davon sogar mit dem höchsten Qualitätsprädikat ‚Extra Vergine‘ geadelt. Doch im Unterschied zu den biblischen Wundern weiß man hier, wie es abläuft. Beziehungsweise wie – entschuldige meine drastische Ausdrucksweise – aus flüssiger Scheiße erstklassiges toskanisches Olivenöl entsteht.“

Max konnte nur den Kopf schütteln.

„Und wie das?“

Julia nippte erneut kurz an ihrem Glas mit dem rubinroten Chianti.

„Die aus diesen Oliven gepresste Flüssigkeit darf man eigentlich nicht mehr als Nahrungsmittel bezeichnen. Sie hat durch die lange Oxidation, als die Früchte in Hitze und Dreck am Boden lagen, viel zu viel freie Fettsäuren aufgebaut. Es riecht auch so muffig und ranzig, dass niemand auf die Idee käme, es zum Trinken oder Kochen zu verwenden. Man bezeichnet solches Öl als ‚lampante‘. Der Begriff kommt aus der Zeit, als man dieses minderwertige Öl für Straßenbeleuchtungen und andere Lampen verwendete. Wenn man das minderwertige Öl aber mit den richtigen Substanzen vermischt, kann man seine Konsistenz und seinen Geschmack so verändern , dass es von ‚richtigem‘ Olivenöl kaum mehr zu unterscheiden ist.“

„Aber offenbar“, meinte Max, „kann man diese Betrügereien ja doch aufdecken, wenn alle Fachleute wissen, was abläuft und wie es gemacht wird?“

„Schon, wenn man das wirklich will“, meinte Julia. „Tatsächlich will niemand so genau hinschauen. Zwar steht Olivenöl ganz oben auf einer Liste der EU mit besonders betrugsanfälligen Produkten. Die laschen Gesetze verhindern aber eine wirkungsvolle Kontrolle und die Verfolgung von Betrügereien. Das beginnt schon mit den zahlreichen Manövern, mit denen riesige Mengen von Öl aus anderen Ländern ‚italianisiert' und anschließend einigermassen gesetzeskonform als ‚italienisches Olivenöl' deklariert werden."

„Und dieser ganze Prozess lohnt sich?", fragte Max weiter. „Das verlangt doch nach riesigen Chemielabors und Produktionsstätten, um genügend Öl zu einem so geringen Literpreis zu erhalten."

„Das lohnt sich offenbar sehr. Ob du's glaubst oder nicht, die Gewinnmargen beim Handel mit gepanschtem Olivenöl sind vergleichbar mit denjenigen im Drogenhandel. Und das bei einem für die Betrüger weit geringeren Risiko, erwischt und bestraft zu werden. Dank der riesigen Gewinne hat sich längst das organisierte Verbrechen in diesen Markt eingeschaltet. Erst damit haben die Betrügereien ihr gigantisches Ausmaß angenommen."

Da Max die Tastatur seines kleinen elektronischen Notizbuchs blind bediente, konnte er Julia während des Schreibens beobachten. Es war offenkundig, wie stark das Thema sie emotional berührte. Ihre Miene wechselte zwischen Ernsthaftigkeit, Besorgnis und Wut. Die dunklen Augen blitzten Max unter zusammengezogenen Augen wütend an, als sei er mitschuldig an dem gigantischen Betrug.

Während Julias Vortrag hatte sich die Dämmerung über die Landschaft vor der Veranda gesenkt. Es wurde nun rasch dunkel. Julia holte eine neue Flasche und füllte die schon wieder leeren Gläser. Sie setzte sich wieder neben Max auf die Holzbank, und beide schauten stumm den letzten Lichtstrahlen der hinter den Hügeln im Westen versunkenen Sonne zu. Ein kühler Abendwind strich hinauf zur Veranda. Nach einem Augenblick absoluter Stille setzte in den Bäumen um das Haus das abendliche, rasch anschwellende Konzert der Zikaden ein.

Max konnte den Blick kaum vom intensiven Spiel der Farben am Horizont abwenden, die mit ihren immer dunkler werdenden Schattierungen die nun rasch einbrechende Nacht ankündigten.

„Es ist unglaublich schön hier“, sagte er schließlich fast andächtig. Er suchte nach seinem Handy, um ein Bild vom Sonnenuntergang zu schießen. Doch dann ließ er es sein. Diese Stimmung konnte eine Fotografie nicht erfassen. Er musste das Bild in seinem Kopf speichern, nicht auf dem Handy. Nur so würde er es später abrufen und mit den damit verbundenen Gerüchen, Geräuschen und Gefühlen verbinden können.

Nach wenigen Minuten blieb von dem Farbenspektakel am Himmel nur ein schmaler, blutroter Streifen am Horizont, der noch einen Moment lang an den vergangenen Tag erinnerte. Er spürte, wie Julia auf der Bank etwas näher zu ihm hinrückte. Wie zufällig berührten sich ihre Körper. Dann lehnte sie den Kopf an seine Schulter.

„Ich habe das ja schon viele tausend Mal gesehen“, sagte sie leise. „Und doch überwältigt es mich jedes Mal wieder. Ich freue mich, dass es dir auch gefällt.“

Max legte ihr den Arm um die Schultern. Und wie selbstverständlich fanden sich ihre Lippen zu einem ersten zärtlichen Kuss.

Lange saßen sie wortlos nebeneinander auf der Bank und schauten zu, wie sich die Nacht über die fast unwirklich schöne Szenerie senkte. Er spürte die Wärme ihres Körpers an seiner Seite. Schließlich löste sich Julia von ihm und stand auf. Mit einem Lächeln streckte sie ihm die Hand entgegen.

„Kommst du mit?“

KAPITEL SIEBENUNDZWANZIG

Sonnenstrahlen, die durch das offene Fenster auf das Bett fielen, weckten Max. Er blinzelte ins Licht und versuchte, sich zu orientieren. Wo war er? Seine Hand tastete schlaftrunken neben sich. Offenbar lag er allein im Bett. Die noch warme Stelle neben sich verriet, dass Julia wohl gerade erst aufgestanden war.

Er schloss die Augen wieder und dachte zurück an die vergangene Nacht. Sie hatte ihn bei der Hand genommen und in ihr Schlafzimmer geführt. Der viele Wein war sicher mit verantwortlich für das hemmungslose Begehren, mit dem sie sich gegenseitig auszogen, ohne ihre Lippen voneinander zu lassen. Auch Julia hatte wohl wie er seit einiger Zeit keinen Sex mehr gehabt. Aber das allein war nicht der Grund, weshalb sie sich so lange und intensiv liebten. Ohne sagen zu können, weshalb, fühlten sie sich einander verbunden, als hätten sie schon Jahre ihres bisherigen Leben miteinander verbracht und sich jetzt nach einer langen Trennung wieder gefunden. Es war schon sehr spät in der Nacht gewesen, als sie verschwitzt und müde in enger Umarmung endlich eingeschlafen waren.

Er hörte Julia draußen hantieren. Der Duft von frisch gemahlenem Kaffee stieg ihm in die Nase. Sie kam zurück mit einem Tablett, darauf ein Körbchen mit Brotscheiben und zwei dampfenden Espressotassen. Noch immer nackt setzte sie sich neben ihn aufs Bett und rückte einen kleinen Schemel heran, auf den sie das Tablett stellte.

„Guten Morgen“, sagte sie mit ihrem strahlenden Lächeln. „Ich hoffe, du hast genauso gut geschlafen wie ich.“

Er streckte den Arm aus, packte mit einer Hand ihren Nacken und zog sie für einen langen Kuss zu sich hinunter, während seine andere Hand ihre Brüste suchten.

Lachend suchte sie sich ihm wieder zu entziehen. „Du hast wohl nie genug! Lass den Kaffee nicht kalt werden!“

Sie reichte ihm die kleine Espressotasse, die nicht mehr als zwei, drei kleine Schlückchen heißen und intensiv duftenden Kaffees enthielt.

„Ich weiß, ihr Nordländer seid ein anderes Frühstück gewohnt. Ich esse kaum je etwas nach dem Aufwachen. Mehr als Kaffee und ein wenig Brot kann ich dir deshalb nicht anbieten.“

Max ließ seine Blicke über ihren Körper wandern. In der Nacht hatte er das Fühlen dem Sehen vorgezogen. Nun lag das warme Licht der Morgensonne auf ihrem Körper. Für eine Italienerin ihres Alters war sie schlank geblieben. Die wilde Lockenmähne fiel nun ungebändigt auf ihre Schultern. Ihr Körper, den sie seinen Blicken ohne die geringste Hemmung präsentierte, war straff und weich zugleich. Die Muskeln ihrer Arme zeugten von harter Arbeit im Olivenhain. Ihre Brüste waren noch immer fest und füllten, wie er in der Nacht schon hatte feststellen können, seine beiden Hände gerade richtig aus.

„Das ist so schon gut“, beschwichtigte er sie. „Ich bin morgens auch kein großer Esser. Aber ich kann mir dennoch einiges vorstellen, das du mir noch anbieten könntest!“

Max stellte die Espressotasse auf den Schemel, der als provisorisches Nachttischchen diente, und zog sie wieder zu sich hinunter. Es dauerte keine Minute, bis sie dort fortfuhren, wo sie in der Nacht, von Müdigkeit übermannt, schliesslich eingeschlafen waren.

Etwas später sassen sie wieder auf der Veranda.

„Was hast du jetzt vor?“ fragte Julia.

Max zuckte mit den Schultern.

„Leonardo hat mir erzählt, dass man sich auf San Vicente zu einer Führung durch das Olivengut anmelden könne. Das wäre vielleicht etwas für mich. Oder was meinst du?“

„Das ist eine gute Idee“, bestätigte Julia. „Aber dann solltest du auch mit Don Felice sprechen!“

„Don Felice?“

Julia schien kurz nachzudenken. Für eine Sekunde schien es Max, als ob sie erwog, was sie ihm sagen solle und was nicht.

«Felice ist der Besitzer und Leiter von San Vicente. Das ist das bei weitem grösste Olivengut in dieser Gegend. Seine Olivenhaine umfassen zehntausende von Bäumen. Daneben produzieren sie auch noch einen sehr guten Chianti. Du hast die riesigen Rebberge vielleicht gesehen, als du bei San Gusmé vorbeigefahren bist.»

Max nickte bestätigend. Sie waren ihm gleich bei der ersten Vorbeifahrt aufgefallen.

«Sie sind wunderbar gepflegt, wie man das kaum je sieht, auch hier im Kernland des Chianti nicht.»

«Du sagst es. Die Leute auf San Vicente geben sich grosse Mühe, nicht nur erstklassige Produkte als ihren Oliven und Reben herzustellen, sondern ihre Pflanzungen auch optisch so schön wie möglich zu gestalten. Deshalb siehst du auf ihrem Gelände überall schön geschwungene Reihen von Reben, akkurat geschnitten und aufgebunden, oder lange, gepflegte Terrassen mit fast militärisch ausgerichteten Olivenbäume. Auch diese Bäume sind meist perfekt zugeschnitten, nicht nur weil sich die Oliven so besser ernten lassen, sondern auch weil der Gutsbesitzer grossen Wert darauf legt, mit seinem Besitz einen Beitrag zur Schönheit des Chianti zu leisten. Er hat auch das alte Gutsgebäude, das mehr einer grosszügigen Landvilla als einem Verwaltungsgebäude gleicht, vor einigen Jahren aufwändig restaurieren lassen. Die Ölpresse und der Weinkeller sind etwas vom Modernsten, das du hier im Chianti finden kannst.»

Max bemerkte, wie Julias Stimme und Gesicht bei der Beschreibung von San Vicente einen fast schwärmerische Note bekam. Der Gedanke blitzte durch seinen Kopf, ob der Gutsbesitzer ihr wohl mehr als nur nachbarlich nahestand. Der Gedanke liess ihn irgendwo in seinem Kopf einen ganz kleinen Stich verspüren, nur den Bruchteil eines Herzschlags lang, doch er verbannte den Gedanken gleich wieder aus seinem Kopf. Der professionelle Abschnitt in seinem Gehirn ermahnte ihn, dass ihn es hier um Fakten zu einem künftigen Interview für seine grosse Reportage gehe und er andere Gedanken gefälligst auszuschalten habe.

«San Vicente», hatte Julia ihre Erläuterung inzwischen fortgesetzt, «ist nicht nur das grösste, sondern auch das älteste Olivengut im Umkreis von Siena. Felice ist die fünfte Generation aus der Familie, die das Gut gegründet und in ununterbrochener Folge geleitet hat. Mit ihm,» und hier glaubte Max zu hören, wie sich ein feines Bedauern in ihre Stimme mischte, «wird diese Tradition wohl zu Ende gehen. Er ist seit längerem geschieden. Kinder hat er keine, abgesehen von einer unehelichen Tochter. Du hast Isa ja auf dem Wochenmarkt bei mir kennengelernt. Und von einer neuen Freundin oder Partnerin weiss man bisher nichts.»

Max hatte sich Notizen gemacht. Jetzt schaute er auf und lächelte Julia zu.

«Du scheinst ihn tatsächlich gut zu kennen!»

Wurde Julia etwas verlegen, oder bildete er sich das wieder nur ein? Doch Julia lächelte zurück.

«Nun, ich bin hier aufgewachsen. Ich kenne ihn, seit wir beide Kinder waren. Es ist kein Geheimnis, das wir mal eine Zeitlang zusammen waren. Aber das ist lange her. Er ist dann nach Bologna an die Universität gegangen, während ich hier geblieben bin und meinem Vater auf dem Gut geholfen habe. Er hat lange in der Stadt als Anwalt gearbeitet. Wir haben uns aus den Augen verloren, und als nach vielen Jahren sein Vater starb und er nach San Vicente zurückkam, war er verheiratet. Seine Ehe ist dann zwar rasch auseinander gegangen. Wir sind Freunde geblieben, aber wir sind nicht mehr zusammengekommen.»

Max war es fast ein wenig peinlich, sie mit seinem Fragen zu so viel Offenheit gebracht zu haben. Doch Julia schien nichts dabei zu sehen, ihm von ihrer Vergangenheit mit Felice zu erzählen. Dennoch suchte Max rasch wieder auf sichereren Boden zu gelangen.

«Wenn ich das so höre, muss San Vicente ja tatsächlich ein Mustergut sein. Ist der Betrieb denn auch so profitabel, dass sich der ganze Unterhalt und der sicher grosse Maschinenpark finanzieren lässt?»

Julia wiegte ihren Kopf.

«Das ist etwas, das wir Aussenstehenden uns manchmal auch fragen. Die Infrastrukturanlagen des Guts sind ausserordentlich gepflegt und auf dem neuesten Stand der Technik, soweit ich das beurteilen kann. Vor einigen Jahren, noch unter der Leitung von Felices Vater, machte San Vicente einen weniger guten Eindruck. Nicht dass es damals in einem schlechten Zustand gewesen war, aber eben auch nicht in einem besseren als die anderen Oliven- und Weingüter in der Umgebung. Man munkelte auch, dass San Vicente hohe Schulden bei den Banken in Castelnuovo und in Siena habe. Aber das waren Gerüchte, niemand wusste Näheres dazu. Dann ist der alte Besitzer gestorben. Felice war sein einziger Nachkomme, und so ging die Verantwortung für Besitz und Betrieb des Landguts auf ihn über.»

Julia nahm wieder einen Schluck aus ihrem Weinglas. Sie sah, dass auch Max' Glas fast leer war, und füllte beide Gläser trotz Max' angedeuteter, aber nicht sehr überzeugender Abwehr erneut bis zum Rand.

«Zuerst schien alles beim Alten zu bleiben», fuhr sie in ihrer Schilderung fort. «Doch dann, nach etwa zwei Jahren, kam es plötzlich zu einer für uns Dorfbewohner überraschenden Entwicklung. Ganze Arbeiterkolonnen tauchten in San Vicente auf. Binnen kurzer Zeit erlebten das Gutshaus und die Betriebsanlagen eine umfassende Sanierung und Modernisierung. Als ich einmal Gelegenheit hatte, die Produktionshalle zu besuchen, habe ich gewaltig staunen müssen. Die Halle kenne ich seit meiner Kindheit, weil wir dort immer auch unsere eigenen Oliven pressen und zu Öl verarbeiten durften. Das jahrhundertealte Gebäude war kaum wiederzuerkennen. Die alte Presse hatten sie herausgerissen und durch eine hochmoderne Anlage ersetzt. Auch die Öltanks wurden erneuert, genauso wie alle elektrischen oder sanitären Anlagen.»

Wieder legte Julia eine kurze Pause ein.

«Es gab noch viele andere Veränderungen in diesem Jahr. Die Zufahrt zum Gutshaus wurde frisch gepflastert und das Eingangstor zum Landgut sowie das alte Pförtnerhaus erneuert. Ein neuer, moderner Verkaufsshop entstand, wo die Besucher von San Vicente die vielen Produkte des Gutsbetriebs kaufen konnten. Und und und ... ich könnte noch viele Veränderungen aufzählen.»

«Klingt spannend», meinte Max anerkennend und kam nochmals auf seine vorherige Bemerkung zurück. «Der Gutsbesitzer muss ein wohlhabender Mann sein, um das alles finanzieren zu können!»

Diesmal antwortete Julia nicht sogleich. Sie verzog zweifelnd ihr Gesicht.

«Nun, Felice war ja früher Anwalt in Bologna, da hat er sicher gut verdient. Aber ich vermute, dass er grosse zusätzliche Finanzmittel erhalten hat. Sonst hätte er nicht derart viel investieren können. Woher dieses Geld kam, weiss niemand. Natürlich gab und gibt es immer wieder Gerüchte dazu.»

Sie legte wieder eine kurze Pause ein, als sei sie sich nicht sicher, wieviel sie Max über diese Finanzierung sagen solle.

«Ich habe Felice mal darauf angesprochen. Aber er ist mir ausgewichen und hat etwas von Investoren gesagt, mit denen zusammen er San Vicente zu neuer Grösse führen wolle. Ich habe dann nicht weiter nachgefragt. Doch über etwas haben wir im Dorf damals schon staunen müssen, als die Umbau- und Sanierungsarbeiten vor einigen Jahren begannen»

Max schaute sie gespannt an, während Julia mit ihrer Erzählung fortfuhr.

«Eines Tages traf ein kleiner, glatzköpfiger Kalabrese hier ein. Er stellte sich den Leuten auf dem Gut und im Dorf als Ingegnere Carrera vor. In der Lokalpresse konnte man kurz darauf lesen, dass er der neue Geschäftsführer und Verwalter auf San Vicente sei. Felice hatte sich offenbar auf die Position des Aufsichtsratsvorsitzenden zurückgezogen. Wir Aussenstehende haben das irgendwie auch verstanden, da er ja bisher nie in die operative Leitung des Guts involviert war und von der täglichen Arbeit wohl nicht so viel verstand. Der neue Verwalter übernahm auch die Bauleitung beim Umbau. Zu unserem Erstaunen setzte er für die ganzen Arbeiten fast ausschließlich ortsfremde Arbeiter ein, die in Minivans mit abgedunkelten Scheiben auf die Baustelle gefahren wurden. Diese Männerbrigaden kamen alle aus dem Süden, einige ihrer Hautfarbe nach auch aus Nordafrika.

Sie lebten jeweils für ein paar Wochen in Zelten auf dem eingezäunten Gebiet. Kontakte zum Dorf hatte nur ein einzelner kleiner Süditaliener, der jeden Morgen mit seinem Pickup ins Dorf zum lokalen Coop fuhr und große Mengen an Nahrungsmitteln und Getränken kaufte und zurück zur kleinen Zeltstadt transportierte. Nach einigen Wochen wurden die geheimnisvollen Arbeiter wieder abgeholt und verschwanden so unauffällig, wie sie gekommen waren.

Viele von uns fragten sich etwas ungehalten, ob denn die eigenen Leute nicht gut genug wären für diese sicher lukrativen Arbeiten auf San Vicente. Doch die Gemüter beruhigten sich wieder, als wir feststellten, dass mit der Sanierung der bestehenden alten Anlagen fast jeder Handwerksbetrieb im Dorf ebenfalls mit einem kleinen, gut bezahlten Auftrag bedacht wurde.»

„Kannst du mir ein Interview mit Don Felice organisieren?" fragte Max. „Da du ihn gut kennst, ist es vielleicht einfacher, wenn du mich bei ihm einführst und ihn um ein Gespräch bittest."

„Mache ich gerne", bestätigte Julia. „Ich rufe ihn an und frage nach einem Termin. Und für eine der Führungen durch San Vicente melde ich dich auch gleich an. Die macht übrigens meist Isa, die du bei mir auf dem Markt kennengelernt hast!"

KAPITEL ACHTUNDZWANZIG

Julia hatte ihm gleich für den Nachmittag des nächsten Tages einen Interviewtermin mit Don Felice organisieren können. Pünktlich zum vereinbarten Termin meldete sich Max in der Gutsvilla. Die Pförtnerin erklärte ihm den Weg zu Don Felices Büro im zweiten Stock des Gebäudes. Er stieg die breite, geschwungene Innentreppe hinauf. Die Bürotüre stand halb offen. Als er sich mit einem kurzen Klopfen anmeldete, kam Don Felice sogleich auf ihn zu und streckte ihm mit einem einladenden Lächeln die Hand zur Begrüssung entgegen.

«Bitte, kommen Sie herein!»

Felice war ein grossgewachsener, hagerer Mann. Er mochte in den Fünfzigern sein, obschon seine sportliche Figur und das sonnengebräunte, fast faltenlose Gesicht ihn jünger erscheinen liess. Sein noch volles Haar zeigte an den Schläfen die ersten grauen Haare. Er trug einen hellen, offensichtlich massgeschneiderten Anzug und ein weisses Hemd. Ein attraktiver Mann, dachte Max, als er den festen Händedruck Don Felices erwiderte, und musste unwillkürlich an Julia denken. Die beiden waren damals sicher ein schönes Paar gewesen.

Don Felice wies mit der Hand auf die kleine Sitzecke gegenüber den hohen, bis zum Boden reichenden Fenstern, die den Blick über die sich bis zum Horizont hinziehenden Olivenhainen und Rebberge freigaben, und schloss die Bürotür.

«Machen Sie es sich bequem! Darf ich Ihnen einen Kaffee anbieten, oder ein Glas von unserem wirklich hervorragenden Riserva? Den müssen Sie unbedingt probieren!»

Doch Max wehrte ab.

«Einen Espresso gerne. Für den Wein ist es mir noch etwas zu früh. Ich werde immer müde, wenn ich schon am frühen Nachmittag Wein trinke. Aber es wird sich sicher eine andere Gelegenheit bieten, Ihren Wein zu degustieren. Ich habe schon viel Gutes über Ihre Produkte gehört!»

Don Felice nickte, drückte auf den Knopf der Gegensprechanlage auf seinem Pult und bestellte, als eine krächzende Lautsprecherstimme sich meldete, zwei Espressi.

Max hatte sich noch nicht auf das kleine grüne Ledersofa gesetzt, sondern war zum Fenster getreten. Der Ausblick, der sich ihm bot, war einfach überwältigend. Die Nachmittagssonne tauchte die endlosen Reihen der Olivenbäume in ein warmes Licht. Die Äste bogen sich unter der Last der Oliven. Weit hinten war eine lange Reihe hoher Zypressen zu erkennen, die sich einen Hügel hinauf bis zum Horizont zog. Gleich vor dem Gutshaus begrenzten hohe Platanen den Vorplatz. Ihre Blätter hatten sich schon leicht zu verfärben begonnen. Etwas weiter weg erkannte Max ein grosses viereckiges Gebäude mit einem Schrägdach aus rotbraunen Ziegeln.

Don Felice war neben ihn getreten und folgte seinem Blick.

«Das ist unsere alte Produktionshalle mit der Olivenpresse. Das Gebäude stammt noch aus der Zeit meines Urgrossvaters. Aber im Innern haben wir natürlich alles erneuert und mit den neuesten Technologien ausgestattet.»

Er wies mit der Hand auf ein weiteres, gleich an den Ziegelbau anschliessendes Gebäude.

«Und das Gebäude dort hinter der Presse ist die Cantina, in der wir unsere Trauben verarbeiten. Natürlich», fügte er hinzu, «sind bei allen unseren Produktionsstätten nur noch die

Mauern alt. Wir arbeiten heute auch in der Weinproduktion mit modernster Technologie.»

Es klopfte. Ein junger Mann brachte ein Tablett mit den zwei Espressi, das er auf den Salontisch stellte. Felice bedankte sich und bat Max erneut, doch Platz zu nehmen. Auf dem Arbeitstisch am anderen Ende des grossen Raums klingelte dezent ein Telefon.

«Bitte entschuldigen Sie mich einen Moment. Den Anruf muss ich annehmen, es dauert nur kurz!»

Max setzte sich auf das Sofa, während Don Felice seinem Gesprächspartner einige Anweisungen zu irgendwelchen Lieferungen gab. Das Telefonat gab Max die Gelegenheit, sich unauffällig etwas umzublicken.

Der Raum erinnerte ihn eher an ein gemütliches Wohnzimmer eines alten Herrenhauses in der Umgebung von Florenz als an ein Büro. Oder an das Arbeitszimmer eines Aristokraten in einem der florentinischen Stadtpaläste, die man heute als touristische Sehenswürdigkeiten besuchen konnte. Der Boden bestand aus breiten Holzpanelen und einigen weichen Teppichen. Eichenbalken durchzogen die überhohe Decke. In einer Ecke standen ein ledernes Sofa, auf dem Max gerade sass, ein Tischchen und zwei mit dem gleichen Leder bezogene Sessel. Ein offener, russiger Kamin wurde offenbar nicht mehr genutzt, aber wild zuckende Gasflammen täuschten ein echtes Feuer vor. Ein großes Büchergestell nahm fast die ganze Breite der Wand gegenüber den vier großen Fenstern zum Vorplatz und der hohen Balkontür ein. Über eine etwa in halber Höhe des Gestells angebrachte Schiene konnte eine eingehängte Leiter verschoben werden, mit der auch die auf den oberen Regalbrettern stehenden Bücher gut erreichbar blieben. An der Stirnseite des Raums waren hinter dem antik wirkenden Arbeitspult zahlreiche aufwändig gerahmte schwarz -weiss Fotografien aufgehängt. Sie zeigten Szenen auf San Vicente, die mindestens hundert Jahre in der Vergangenheit lagen.

Don Felice hatte sein Telefongespräch beendet und setzte sich Max gegenüber.

«So, nun bin ich ganz für Sie da. Julia hat mir bei ihrem Anruf gesagt, dass Sie Journalist sind und sich für Oliven und Olivenöl interessieren. Erzählen Sie mir, was Sie vorhaben, dann schauen wir, wie ich Sie unterstützen kann!»

Max bedankte sich und schilderte ihm seinen Auftrag, für eine renommierte Zeitschrift einen grossen Bericht über toskanische Oliven zu schreiben. Don Felice hörte aufmerksam zu.

«Da haben Sie keine einfache Aufgabe übernommen. Aber eine spannende! Was wissen Sie inzwischen schon zum Thema Oliven und Olivenöl?»

«Noch nicht sehr viel», gestand Max und erzählte ihm von seinen Gesprächen mit Leonardo und Julia.

«Da haben Sie ja doch schon einiges an Vorarbeit geleistet! Wissen Sie was, am besten gehen wir gleich hinaus in den Olivenhain. Dann können wir uns am lebenden Objekt ansehen, was Sie wissen wollen!»

Das Angebot nahm Max gerne an. Sie nahmen beide den letzten kleinen Schluck des Kaffees und machten sich auf den Weg nach draussen. Don Felice winkte kurz der Pförtnerin zu, dann traten sie auf die Freitreppe der Gutsvilla hinaus. Die Sonne des warmen Septembernachmittags blendete sie einen Moment lang. Sie stiegen die wenigen Stufen hinunter und gingen um das Haus herum. Auf der anderen Seite der Gutsvilla reichte der Olivenhain bis fast zu den Mauern des Hauses.

Don Felice führte Max auf einem schmalen Pfad durch den terrassierten Hain hinauf zu einer kleinen Aussichtsplattform, die Ausblick auf einen Olivenhain bot, der sich über die Hügellandschaft fast bis zum Horizont hinzog. In der Ferne erkannte Max die eng zusammengedrückten Häuser von San Gusmé, dessen Kirchturm aus den Mauern des Weilers in den blauen Herbsthimmel ragte. Auf der anderen Seite war das etwas tiefer gelegene Städtchen Castelnuovo zu erkennen. Direkt unter ihnen lag das Gutshaus mit der Zypressenallee, die vom Zugangstor hinauf zum Parkplatz führte.

Man brauchte kein Fachmann zu sein, um zu erkennen, dass der Olivenhain in einem außerordentlich gepflegtem Zustand war. Die Olivenbäume zogen sich in langen, wie mit dem Lineal ausgerichteten Reihen den Hang entlang. Auch innerhalb der Baumreihen schien der Abstand zwischen den Bäumen fast zentimetergenau abgemessen zu sein. Wo die Hügel etwas steiler anstiegen, waren mit Steinmauern gesicherte Terrassen angelegt, auf denen die etwas mehr als mannshohen Bäume in zwei Reihen standen. Zwischen den Baumreihen verliefen braune Furchen, auf denen kaum ein Stein oder Unkraut zu erkennen war. Die Bäume hatten kräftige Stämme und dichtes, sorgsam ausgeschnittenes Astwerk. Sie waren alle nahezu gleich hoch und rundlich zugeschnitten. An den Zweigen der nächstgelegenen Bäume waren selbst von der Aussichtsplattform aus große dunkelgrüne Oliven auszumachen. Die Sonne wärmte den Boden, gleichzeitig strich eine kühle Brise durch die Baumreihen. Angenehmes Herbstwetter, dachte Max. Die Sommerhitze war definitiv vorbei.

Auf einem kleinen Plateau blieb der Gutsbesitzer stehen und lenkte Max‘ Aufmerksamkeit auf einen großen, knorrigen Olivenbaum.

„Das ist eines unserer ältesten Exemplare. Der Baum ist sicher dreihundert Jahre alt, vielleicht auch viel mehr.“

Max hatte ein kleines Notizheft mitgenommen, um die wichtigsten Informationen gleich notieren zu können.

„Man sagt, Olivenbäume können uralt werden?“

„Stimmt. Olivenbäume können mehr als tausend Jahre alt werden. Früchte tragen sie während hunderten von Jahren, wenn nicht eine Krankheit oder extrem widrige Wetterverhältnisse sie beeinträchtigen. Doch selbst wenn ein starker Frost, wie wir ihn hier auf dieser Höhe gelegentlich haben, einen Teil der Wurzeln erfrieren lässt, wachsen schon in den Folgejahren wieder neue Zweige aus dem knorrigen Stamm.»

Er zeigte wieder auf den Baum mit dem dicken Stamm.

„Solche Stämme entstehen, wenn man den Baum immer wieder drastisch zurückschneidet. Die Energie, die der Baum aus dem Boden zieht, geht dann in die Fruchtzweige anstatt in Wassertriebe, die zwar schnell in die Höhe wachsen, aber keine Früchte tragen. Gleichzeitig sorgt der regelmäßige Schnitt dafür, dass sich die Früchte auf einer vernünftigen Höhe ernten lassen und man nicht so hoch hinaufklettern muss."

Sie schlenderten durch die in langen Reihen und in gleichmäßigem Abstand zueinander gepflanzten Bäume. Don Felice erklärte Max die Grundlagen der Pflanzung, den Unterschied zwischen verschiedenen Olivensorten und viele andere Dinge, von denen Max noch nie etwas gehört hatte. Er erwähnte, dass Oliven seit jeher nicht nur in Italien, sondern in allen Regionen rund um das Mittelmeer angepflanzt wurden. Und dass es heute riesige Olivenhaine auch in Übersee gab, etwa in Südafrika, in Kalifornien oder Australien, die mit den alten Produzentenländern rund um das Mittelmeer konkurrierten und den Preis des 'flüssigen Goldes' verfallen liessen. Max erfuhr, wie man im Frühjahr den Boden vorbereiten musste, damit Wärme und Wasser zu den Wurzeln gelangen konnten. Er lernte, dass Olivenblüten nicht etwa durch Insekten, sondern durch den Wind bestäubt werden. Und er hörte, wie Hitze und Kälte, aber auch ein gewaltiges frühsommerliches Gewitter die empfindlichen Blüten und kleinen Früchte beschädigen können.

Don Felice pflückte eine Olive von einem Zweig und legte sie Max auf die Handfläche. Sie fühlte sich kühl und hart an.

„Wir sind hier einige hundert Meter über dem Meeresspiegel» sagte er. «Unsere Früchte sind deshalb später reif als diejenigen, welche am Meer oder weiter unten in Italien heranwachsen. Unsere Bäume tragen auch weniger Früchte als beispielsweise diejenigen in Kalabrien oder Apulien. Wenn Sie diese Olive mit den Fingern fest zusammenpressen, spüren Sie, dass sie zwar ein wenig nachgibt, aber noch nicht richtig reif ist. Wir werden dennoch schon in einem Monat mit der

Ernte beginnen, falls das Wetter mitspielt. Bis dann werden die Früchte noch einen großen Entwicklungsschritt machen. Wir ernten sie jedoch absichtlich, bevor sie richtig reif und weich sind. So erhalten wir eine bessere Ölqualität. Dafür nehmen wir die etwas geringere Ausbeute an Öl in Kauf."

Gemächlich schritten sie an den langen Reihen der Bäume entlang. Sie setzten sich auf eine verwitterte steinerne Bank ganz oben im Hain. Die Aussicht auf die Rebberge und Olivenhaine war phänomenal. Die Herbstsonne tauchte die Landschaft in ein warmes Licht. In sanften Wellen zogen sich die Rebhügel und Olivenhaine in vielen Schattierungen von Grün, Braun und Silber bis zum Horizont. Dazwischen konnte man immer wieder einzelne der wuchtigen Steinhäuser erkennen, deren Zugangswege oft mit eng nebeneinander stehenden Zypressen eingefasst waren.

Die beiden Männer ließen die Szenerie stumm auf sich einwirken. Felices Handy begann zu vibrieren. Er sprach ein paar Sätze in seinem toskanischen Dialekt, aus denen Max mitbekam, dass er wegen einer dringenden Sache ins Haus zurückgerufen wurde.

«Tut mir leid», sagte Felice. «Ich muss weg. Aber melden Sie sich ruhig wieder, wenn Sie spezifische Fragen zu San Vicente haben. Ich stehe Ihnen gerne wieder zur Verfügung.»

Er ging rasch hinunter zum Haus und verschwand in einem Hintereingang des Gebäudes, während Max sich unter einen der Olivenbäume setzte und seinen Blick wieder über die Postkartenlandschaft schweifen ließ.

Er lehnte sich mit dem Rücken an den dicken Baumstamm. Durch seine Jacke fühlte er die harte Rinde des Baumes. Es war ihm, als ob eine Kraft vom Stamm des alten Olivenbaums auf ihn überging.

Er konnte sich nicht erklären, warum er die Rückkehr in die Toskana so lange hinausgeschoben hatte. Und wie eine Rückkehr fühlte es sich für ihn wirklich an, als er jetzt so alleine im Schatten des großen Olivenbaums am Boden saß und auf die sich bis zum Horizont hinziehende Hügellandschaft blickte. Die Alltagsprobleme, der immer noch an ihm nagende Frust über die Entlassung und die finanziellen Sorgen rückten in den Hintergrund. Sein Weg in eine ungewisse Zukunft war ihm zwar keinen Deut klarer geworden. Aber das erschien ihm jetzt nicht mehr so wichtig. Die Vergangenheit war vorbei, die Zukunft noch nicht da.

Was in diesem Moment unter dem Olivenbaum für ihn zählte, war einzig das Jetzt.

KAPITEL NEUNUNDZWANZIG

Schon am nächsten Vormittag fuhr Max erneut nach San Vicente. Er parkte den Volvo unterhalb des Gutshauses auf der als Besucherparkplatz ausgeschilderten Abstellfläche. Obschon die Hauptsaison vorbei war, war der Parkplatz bereits gut besetzt. Offenbar war er nicht der Einzige, der an der bei der Einfahrt auf einer großen Tafel angekündigten vormittäglichen Führung durch das Landgut teilnehmen wollte. Viele Nummernschilder wiesen auf ausländische Besucher hin. Schweizer und deutsche Autokennzeichen waren in der Mehrzahl, doch er sah auch zahlreiche holländische und englische Schilder.

Er nahm Whisky an die Leine und folgte den Hinweistafeln über einen breiten, von Zypressen gesäumten Weg, der vom Parkplatz zum modernen Besucherpavillon führte, in den auch der Shop von San Vicente integriert war.

Vor einem schmalen Schalter mit der Überschrift „Biglietteria/Tickets" hatte sich bereits eine kleine Warteschlange gebildet. Auch Max entrichtete seinen Obolus, und die freundliche Kassiererin wies ihn zu einer Gruppe, die vor der geschwungenen Freitreppe zum Haupteingang des Gutsgebäudes auf den Beginn der Führung wartete. Unter einer der hohen Pinien vermittelte eine mehrfarbige Schautafel einen Überblick über die weitläufige Anlage.

Im Hintergrund schlug die Glocke einer kleinen Kapelle die Stunden. Mit dem zehnten Schlag öffnete sich eine in das mächtige hölzerne Portal des Gutshauses eingelassene Tür. Eine junge Frau in Jeans und einem roten T-Shirt, auf dem in großen Lettern über einem Olivenzweig mit schwarzen Oliven der Schriftzug „San Vicente“ zu lesen war, trat ins Freie und kam über die Treppe zur wartenden Gruppe hinunter.

Max erkannte sie sogleich wieder: Isa, die er vor einigen Tagen auf dem Markt zusammen mit Julia gesehen hatte. Er erinnerte sich, dass Julia ihm gesagt hatte, Isa sei eine Guida der Besucherführungen durch das Gut. Sie hatte sich ein Headset mit einem Mikrofon über die kurzen Haare gesteckt. Am Ledergürtel ihrer Hose war ein kleiner Verstärker fixiert.

Mit einem fröhlichen „Buongiorno e benvenuto!“ begrüßte sie die wartenden Besucher. „Herzlich willkommen auf San Vicente!“ Sie musterte kurz die wartende Gruppe, erkannte Max und schickte ihm mit einem angedeutete Lächeln einen Gruss, den er mit einem knappen Nicken erwiderte.

Dann stellte sie sich auf die unterste Treppenstufe und wandte sich der Besuchergruppe zu.

„Ich bin Isabella“, stellte sie sich auf Italienisch und Englisch vor. „Aber nennen Sie mich einfach Isa, wie alle meine Freunde hier. Für die nächsten zwei Stunden bin ich Ihre Führerin auf unserer Besichtigungstour durch San Vicente.“

Ihre Stimme klang trotz der leichten Verzerrung durch den Verstärker warm und angenehm. Auf dem Markt hatte Max sie gar nicht richtig angesehen, da seine Aufmerksamkeit dort Julia galt. Jetzt musterte er sie etwas eingehender, während er ihren Ausführungen lauschte. Selbst für eine Italienerin war sie eher klein. Ihre schlanke Figur gab ihr etwas Kindliches. Dunkelbraune Augen funkelten unter den kurz geschnittenen Haaren hervor. Auf den Oberarmen waren farbige Tätowierungen erkennbar. Die engen Jeans und das leuchtend rote Shirt mit dem Logo des Olivenguts betonten ihre attraktive Figur. Sie war jung, Max hatte sie schon auf dem Markt auf höchstens Mitte zwanzig geschätzt. Ihr Italienisch ohne den für die Toskana typischen Akzent ließ ihn vermuten, dass sie wohl nicht hier in der Umgebung aufgewachsen war.

Isa begann ihre Führung mit einigen Fakten zu San Vicente. So erfuhr Max, dass das Landgut seit fünf Generationen von derselben Familie bewirtschaftet wurde. Im Lauf der letzten hundert Jahren hatten die Besitzer überall in der näheren Umgebung Parzellen mit Olivenbäumen aufgekauft und in das Landgut integriert. So war San Vicente mit der Zeit zu einem der größten Olivengüter der Toskana geworden.

„Wir beginnen mit einer kleinen Degustation gleich hinter dem Haus."

Sie zeigte auf die Villa hinter sich.

„Nachher besuchen wir unsere Produktionsanlagen. Ich zeige Ihnen, wie aus den Früchten der Olivenbäume unser feines Olivenöl entsteht. Und zum Schluss", fügte sie mit einem kleinen Lächeln hinzu, "besuchen wir naturlich auch noch unseren Shop."

Sie führte die Gruppe auf einem gepflegten Kiesweg um das steinerne Gutshaus herum zu einem kleinen Rondell

„Vielleicht haben Sie schon gehört, dass der Olivenbaum eine der ältesten Nutzpflanzen der Menschheit ist. Wir haben Zeugnisse davon, dass bereits vor zehntausend Jahren Oliven geerntet und verarbeitet wurden. Die antike Mythologie ist voll von Hinweisen auf Oliven und Olivenbäumen. Denken Sie nur an Noah, dem die ausgesandte Taube einen Ölzweig brachte als Botschaft, dass die Sintflut vorbei und fruchtbares Land nicht mehr fern sei. Im alten Ägypten schenkte die Göttin Isis den Menschen das Wissen um den Anbau und Nutzen der Oliven. Die Olympioniken im alten Griechenland wurden mit Ölzweigen bekränzt. Und in vielen Kulturen salbte man sich mit Olivenöl, sei es aus religiösen oder eher praktischen Gründen, um die Haut vor der Sonne zu schützen oder verkrampfte Muskeln aufzuwärmen.»

„Etwas“, fügte sie hinzu, „das sich durchaus auch heute noch bewährt!“

Sie trat zu einem Baum neben dem Rondell, brach einen kleinen Zweig ab, prallvoll mit grünen und noch harten Oliven, und hielt ihn in die Höhe.

„Für uns Menschen hat der Olivenbaum mit seinen Früchten seit jeher einen hohen Symbolgehalt. Im Altertum stand die Olive und der Olivenbaum für Frieden, Liebe und Treue. Wir kennen alle die Friedenstaube, die der Maler Picasso so eindrücklich skizziert hat. Das sind nur einige Beispiele für den großen Symbolgehalt der Olive.“

Erneut machte sie eine kurze Pause in ihrem Vortrag.

„Und Olivenöl war schon immer nicht nur ein Nahrungsmittel, sondern auch ein Heilmittel für vielerlei Krankheiten und Gebrechen. Eine unüberschaubare Zahl von Pasten, Pillen und Salben auf der Basis von Olivenöl versprechen Linderung bei Schmerzen oder werden in Kosmetika verwendet.“

Sie lenkte mit einer Handbewegung die Blicke der Zuhörer auf die sich vor ihnen ausbreitende Landschaft.

„Unsere Olivenhaine erstrecken sich über einige hundert Hektar. Sie können von hier aus nur einen kleinen Teil unserer Pflanzungen sehen. Zu San Vicente gehören viele tausend Bäume. Von ihnen ernten wir jedes Jahr in den ersten zwei Novemberwochen einige hundert Tonnen Oliven. Daraus entsteht dann unser erstklassiges Olivenöl.“

Max kritzelte einige Stichworte in sein Notizubuch und dokumentierte das eine oder andere Detail, das Isa ihnen zeigte, mit einer raschen Fotografie. Ihn interessierte alles, was für seinen Essay nützlich sein konnte. Isas warme Stimme und der melodiöse Sprachfluss ihres italienischen Dialekts gefielen ihm.

„Alte Dokumente zeigen“, fuhr sie fort und wies erneut auf die weite Hügellandschaft, „dass hier bereits die Etrusker und nach ihnen die Römer Olivenhaine bewirtschaftet hatten. Aber die meisten unserer Bäume sind nur knapp vierzig Jahre alt. Sie wurden in den Achtzigerjahren des letzten Jahrhunderts gepflanzt. Ein kalter Winter hatte damals viele der Bäume in dieser Region so schwer geschädigt, dass sie gefällt werden mussten."

Sie zeigte auf den grossen Hain gleich hinter dem Gutshaus, den Max schon bei seinem Gespräch mit Felice kennengelernt hatte.

„Nur dort wachsen noch einige wirklich alte Bäume. Sie sind mehrere hundert Jahre alt. Vielleicht haben Sie schon gehört, dass Olivenbäume sogar tausend und mehr Jahre alt werden können. Die wohl berühmtesten Bäume stehen in Israel, im biblischen Garten von Gethsemane, wo Jesus der Überlieferung nach mit seinen Jüngern gebetet haben soll. Wissenschaftler haben bestätigt, dass die Bäume am Ölberg noch die Nachfahren von denen sind, die damals schon dort standen."

Max' Blicke schweiften über die endlosen Baumreihen der Olivenpflanzung. Die kleinen Blätter der Bäume schimmerten silbrig im Licht der Mittagssonne. Ein schwacher Wind bewegte sie und ließ den ganzen Hain wie lebendig erscheinen. Soldaten auf dem Exerzierfeld gleich standen die Bäume in Reih und Glied.

Als er seinen Blick wieder der Guida zuwendete, drehte die sich gerade um und bedeutete der Gruppe, ihr den Hang hinauf zur nächsten Station der Führung zu folgen. Nach einigen Minuten erreichten sie einen gekiesten Platz, auf dem zwei lange Holztische standen. Mitarbeiter des Guts waren daran, eine Reihe kleiner Degustationsgläser nebeneinander aufzustellen, hinter denen kleine Flaschen aus schwarz gefärbtem Glas standen.

KAPITEL DREISSIG

Isa stellte sich vor einen der Tische. Sie wartete, bis alle sich in einem Halbkreis um sie versammelt hatten.

„Für die meisten Menschen ist Olivenöl einfach Olivenöl", setzte sie zu ihrem nächsten Kurzvortrag an. „Aber so einfach ist es nicht. Oliven unterscheiden sich in vielen Merkmalen voneinander, ähnlich wie Weintrauben, wenn auch nicht so ausgeprägt. Es gibt weltweit mehr als tausend verschiedene Sorten von Oliven und dadurch auch unzählige Geschmacksrichtungen des Olivenöls. Bis heute ist der Handel mit Olivenöl im ganzen Mittelmeerraum eine wichtige Ertragsquelle für unsere Bauern."

Isa zeigte auf die dicht mit Früchten behangenen Zweige eines der Bäume.

„Die Olivensorte bei uns auf San Vicente heißt ‚Frantoio'. Es ist sozusagen die Ursorte der Toskana. Inzwischen wird sie aber auch in vielen anderen Gegenden Italiens angepflanzt. Sie ist etwas rauer im Geschmack, aber sehr widerstandsfähig und dadurch ideal für unsere klimatischen Verhältnisse."

Sie stellte sich hinter den Tisch und zeigte auf die akkurat ausgerichteten Reihen der bauchigen Degustationsgläser.

„Nehmen Sie eines der Gläser! Wir füllen Ihnen dann ein wenig vom Öl der letzten Ernte ins Glas."

Sie nahm selbst ein Glas in die Hand und zeigte, wie man Olivenöl degustierte.

„Halten Sie eine Hand über das Glas und schwenken sie es ein wenig."

Sie schwenkte das mit der Hand abgedeckte Glas mehrmals hin und her.

„Damit setzen Sie Aromastoffe frei, die im Olivenöl gebunden sind. Jetzt warten Sie eine halbe Minute, dann ziehen Sie die Hand weg und tauchen die Nase ins Glas. Für einen kurzen Augenblick sollten Sie das freigesetzte Aroma riechen können. Dann nehmen Sie einen winzigen Schluck des Öls in den Mund. Drehen Sie es im Gaumen hin und her und lassen Sie die vielfältigen Geschmackselemente auf sich einwirken. Schließlich schlucken Sie es. Sie werden den kratzigen Abgang im Hals spüren. Erstklassiges toskanisches Öl hat einen leicht pfeffrigen Geschmack. Oft riecht es nach Blüten, aber auch nach Artischocken oder nach frisch geschnittenem Gras."

Zusammen mit einem Mitarbeiter verteilte sie die Gläser und schenkte jedem ein wenig vom Olivenöl ein. Sie bedachte Max mit einem Lächeln, als sie auch ihm eine Ölprobe in sein Glas goss. Andächtig und mit ernster Miene, als seien sie alle professionelle Olivenöl-Tester, befolgten die Besucher ihre Anweisungen. Der eine oder andere musste ganz unprofessionell husten, weil er zu viel Öl auf einmal die Kehle hinunter rinnen ließ.

„Bei uns sagt man: ‚pizzica in gola' – es kratzt im Hals", lachte Isa verständnisvoll. „Das ist ein gutes Zeichen für die Qualität des Öls!"

Auch Max tat, wie ihm geheißen. Als er nach ausgiebigem Schwenken des Öls die Hand wegzog und die Nase im Glas versenkte, sog er eine Wolke von Düften in seine Nase hinauf. Er kannte den Geruch von Olivenöl nur von den kleinen Flaschen aus dem Supermarkt, die er manchmal für eine Salatsauce oder zum Anbraten eines Stück Fleisches kaufte. Dieses Öl schmeckte meist nach gar nichts. Das lag vielleicht auch daran, dass er bisher kaum darauf geachtet hatte, was genau er da einkaufte. Wie den meisten Konsumenten reichte es ihm, wenn er die beiden Schlagworte „Extra Vergine" und „kaltgepresst" auf dem Etikett fand und der Preis möglichst tief war. Mit all den Informationen, die er in den letzten Tagen von Leonardo, Julia und nun Isa erhalten hatte, würde er künftig ganz anders an die Wahl eines Olivenöls herangehen. Aber fortan würde er sowieso nur noch Öl aus Julias Produktion kaufen.

Während die anderen der Gruppe degustierten und die Guida mit Fragen löcherten, stieg Max einige Schritte den Olivenhain hinauf und blickte um sich. Weit hinten, fast am Horizont, sah er eine etwas größere Erhebung, die mit dunkelgrünen Bäumen überzogen war. Er konnte nicht erkennen, welche Art von Bäumen es war. Er holte seinen kleinen Feldstecher aus dem Rucksack und richtete ihn auf den Hügel. Zwischen den Bäumen hindurch sah er in der Ferne ein bewaldetes Tal und eine offenbar riesige, aber von hohen Bäumen fast verdeckte Ballonhalle. Sie erinnerte ihn an die großen Tennishallen seiner Heimat.

In diesem Moment trat Isa neben ihn. Sie hatte der Gruppe ein paar Minuten Zeit gegeben, um Fotos zu machen, und begrüßte Max nun auch noch persönlich.

„Schön, dich hier zu sehen, Max! Ich hoffe, du hast einige Dinge erfahren, die du für deine Arbeit brauchen kannst."

„Das habe ich!"

Er zeigte ihr sein vollgekritzeltes Notizbuch.

„Ich muss dir ein Kompliment machen. Du erzählst das alles so natürlich und spannend, dass man gar nicht anders kann, als aufmerksam zuzuhören."

Isa lachte geschmeichelt.

„Das freut mich. Wir werden sicher noch viele Gelegenheiten haben, zusammen mit Julia deine Kenntnisse weiter zu perfektionieren."

Max wies auf den dunkelgrün überwachsenen Hügel in der Ferne.

„Was ist das dort hinten? Sieht aus wie eine große Ballonhalle. Ich habe mir den Plan von San Vicente angesehen, als ich auf den Beginn der Führung wartete. Aber diesen Teil des Guts habe ich nirgends aufgeführt gesehen."

Isa blickte in die Richtung, die Max' Hand wies.

„Das ist ein kleines und ziemlich enges Tal. Wir nennen es Valle Castagna, wegen der vielen Kastanienbäume, die dort wachsen. Was genau dort ist, weiß ich auch nicht. Das Tal und die Zufahrt zur Halle sind vollständig abgesperrt. Uns ist der Zugang strikt verboten. Ein ehemaliger Mitarbeiter hat mal aus Neugier versucht, die Absperrungen zu überwinden und ins Valle Castagna zu gelangen. Er wurde vom Sicherheitsdienst abgefangen und sogleich entlassen. Wir haben nichts mehr von ihm gehört, seit er San Vicente verlassen hat. Natürlich haben wir uns gefragt, was dort abläuft. Manchmal sehen wir ganze Kolonnen von Tanklastwagen hin- und wieder zurückfahren. Man hat uns gesagt, dass dort ebenfalls Olivenöl verarbeitet werde. Aber nicht das von San Vicente. Mehr weiß ich auch nicht."

Max sagte nichts auf diese Information. Doch sein journalistischer Instinkt war geweckt. Er würde das Thema jedenfalls beim nächsten Gespräch mit dem Gutsbesitzer Don Felice ansprechen.

KAPITEL EINUNDDREISSIG

Nach Abschluss der Degustation führte Isa die Gruppe zurück zum Gutshaus und von dort in eine große Backsteinhalle, in deren Innern es dunkel und kühl war. Nur durch eine Reihe schlitzartiger Fenster unter dem Dach fiel ein wenig Tageslicht in das Gebäude. Doch als Isa die Halle betrat, schaltete sich automatisch die Neonbeleuchtung ein. An den Wänden standen große Edelstahltanks, in der Mitte der Halle auf dem betonierten Boden eine große unförmige Maschine, ebenfalls aus glänzendem Stahl.

Isa wartete, bis alle im Inneren der Halle waren. Sie rückte das Mikrofon an ihrem Headset zurecht und forderte die Teilnehmer auf, sich wieder im Halbkreis um sie herum aufzustellen.

„Das ist nun also unsere Produktionshalle. Hier entsteht aus den Oliven unser hochwertiges Olivenöl, das wir vorhin im Hain degustiert haben und das Sie“, fügte sie mit einem kleinen Lächeln hinzu, „nachher im Shop auch kaufen können.“

Sie zeigte auf ein an einer der Hallenwände aufgebautes Stahlgestell, auf dem einige hundert grosse grüne Plastikkisten gestapelt waren.

„Nach der Ernte, die in diesem Jahr wegen der widrigen

Wetterbedingungen des vergangenen Sommers etwas später beginnen wird, transportieren Traktoren diese mit Oliven gefüllten Kisten hierher vor die Halle.“

Sie wies auf das Förderband, das vom Halleneingang zur großen stählernen Anlage führte.

„Die Oliven kommen dann über dieses Förderband zur Olivenmühle.“

Sie ging einige Schritte weiter zur Hallenmitte vor das stählerne Ungetüm und wartete, bis die Gruppe sich wieder vor ihr aufgestellt hatte. Neben dem Förderband stand eine farbige Schautafel.

„Olivenmühle ist ein etwas nostalgischer Begriff für diese high-tech Maschine. Früher wurden die Oliven tatsächlich in einem System von übereinander liegenden Steinplatten vermahlen und gepresst. Von daher kommt auch die Bezeichnung ‚Ölmühle‘. Heute gewinnen wir das Öl in einem mehrstufigen Prozess, der in diesen Maschinen hier abläuft.“

Sie wies mit einem kleinen Rohrstock auf die Bilder der Schautafel.

„Mit einem Gebläse werden die Oliven zuerst von verbleibenden Zweigstückchen und Blättern befreit und dann in einem kalten Wasserbad gewaschen. Dann kommen sie in diese Schneideanlage hier“, sie zeigte auf einen Maschinenteil, „wo sie mit messerartigen Schlegeln zerkleinert und mit Walzen zu Brei vermanscht werden.“

Einer der Besucher meldete sich mit einer Frage. „Und was geschieht mit den Kernen?“

„Gute Frage“, antwortete Isa. „Die Fruchtsteine bleiben drin und werden ebenfalls zerkleinert. Das ist kein Problem. Dieser Olivenbrei geht weiter in den sogenannten Malaxier, eine Art Knetwerk, wo er einige Minuten lang gerührt und weiterbearbeitet wird. Dann kommt der Olivenbrei in den Dekanter.“

Sie wies auf einen großen runden Behälter.

„Das ist eine Zentrifuge, in der das Öl von Feststoffen und

Fruchtwasser getrennt wird. Jede einzelne Olive trägt Millionen feinster Wasser- und Öltröpfchen in sich, die sich im Lauf des Verarbeitungsprozesses zu größeren Tropfen zusammenfügen. Was übrig bleibt, ist einerseits das Öl, andererseits eine Maische, die immer noch ein wenig Öl enthält. Das Olivenöl lässt man nun etwas ruhen. Weil das verbliebene Fruchtwasser schwerer ist als das Öl, sinkt es auf den Boden des Gefäßes."

Sie zeigte erneut auf die Edelstahlgefäße.

„Das frische Olivenöl pumpen wir dann in diese großen Tanks hier, wobei es zusätzlich gefiltert wird. In den Tanks belassen wir es dann für einige Wochen. So können sich die feinen Schwebeteilchen, die noch in der Ölflüssigkeit sind, auf den Boden absenken. Bevor wir das Öl in Flaschen abfüllen, wird es nochmals über ein feines Sieb geleitet, um auch die letzten verbliebenen Verunreinigungen herauszufiltern."

Isas Ausführungen hatten bei ihren Zuhörern eine Menge Fragen aufgeworfen, die sie geduldig beantwortete. Sie erläuterte, warum es wichtig war, dass während der ganzen Verarbeitung kein Sauerstoff an den Fruchtbrei und die Ölflüssigkeit gelangte. Oder warum man den Brei vor dem Pressen etwas erhitzen musste, wobei die Temperatur nicht über achtundzwanzig Grad steigen durfte, wenn man das Öl als „kaltgepresst" verkaufen wollte. Und sie zeigte auf, wie die Qualität des so gewonnenen Öls von der Ernte bis zur Abfüllung von vielen Faktoren bestimmt wurde.

Schließlich blickte sie demonstrativ auf ihre Armbanduhr. Die Zeit für die Führung war fast abgelaufen. Die letzte Etappe führte durch den modernen Shop, wo die Besucher ihre Einkaufskörbe mit Olivenöl, Essoliven und anderen aus den Oliven des Guts gewonnen Produkten füllten.

Isa kam nochmals kurz zu Max, der vor dem Shop im Freien geblieben war.

„Ich verstehe natürlich, dass du nichts von unserem Öl kaufen willst", lachte sie. „Julia wird dich mit ihrem Öl versorgen. Unter uns gesagt und streng geheim: Ich finde es sogar noch besser als das von San Vicente! Aber das würde ich natürlich nie laut sagen!"

Nun musste auch Max lachen.

„Ich denke, wir testen das mal in einer Blindverkostung, was meinst du?"

Isa warf einen raschen Blick in den Shop, wo die ersten der Besucher mit ihren vollen Einkaufskörben vor der Kasse warteten.

„Gute Idee!" meinte sie. „Ci vediamo, Max! Ich muss zur Kasse!"

KAPITEL ZWEIUNDDREISSIG

Don Felice stand am großen Fenster im Salon des Gutshauses. Die Hände in den Taschen seiner Anzugshosen vergraben, schweifte sein Blick über die Rebberge und Olivenhaine in die Ferne, ohne dass er bewusst etwas von der Landschaft wahrnahm. Obschon es erst späterer Nachmittag war, kündigte sich schon die Abenddämmerung an. Im Laufe der vergangenen Stunden waren dunkle Wolken aufgezogen. Hin und wieder zuckte ein Blitz vom sich rasch verdunkelnden Himmel. Noch fernes, aber deutlich hörbares Donnergrollen ließ ein typisches Herbstgewitter erwarten.

Das Gespräch mit Carrera am Abend zuvor hatte ihn beunruhigt. Als er vor vielen Jahren den ungeschriebenen, aber von den neuen Herren von San Vicente klar formulierten Pakt akzeptiert hatte, hatte er seine Seele der Organisation verkauft. In der Hoffnung, sein Landgut und seinen Ruf zu retten, hatte er die lange Tradition und die Werte seiner Familie verraten. Doch das hatte er sich nicht eingestehen wollen. Damals nicht, als ihm das Wasser bis zum Hals stand, und auch nicht in den seither verflossenen Jahren, in denen seine Unternehmungen mit einem Mal wieder florierten.

Vor dem Hintergrund der vermeintlich so erfolgreichen Sanierung des Landguts war er in den Vorstand und später gar zum Präsidenten der lokalen Industrie- und Handelskammer gewählt worden. Wenn er nun an einem heißen Sommertag mit seinem Oldtimer mit offenem Verdeck durch das Chianti fuhr, winkten ihm überall Leute, die in den Rebbergen oder Olivenhainen arbeiteten, einen freundlichen Gruß zu, den er mit einem kurzen Druck auf die Hupe quittierte. Auch in den Dörfern erwiderten viele seinen mit einem knappen Nicken oder einer kurzen Handbewegung angedeuteten Gruß. Er kannte die meisten von ihnen, oft auch ihre Eltern und Kinder. Im selben Auto war er schon als kleiner Bub an der Seite seines Vaters über dieselben Straßen und durch dieselben Dörfer gefahren.

In ihren Augen war Don Felice immer noch der Padrone, auch wenn er wusste, dass sein Ansehen nie dasjenige seines Vaters erreichen würde. Sein Vater hatte den Ehrentitel des Padrone im wahrsten Sinn des Wortes gelebt. Er hatte sich nicht nur für sein eigenes Landgut, sondern auch für all die kleineren und größeren Bauern der Umgebung verantwortlich gefühlt, deren Ernten er zu fairen Preisen aufkaufte und in seine eigene Produktion einfließen ließ. Dazu musste er natürlich sicherstellen, dass die eingekauften Oliven den hohen qualitativen Standards seiner eigenen Produkte entsprachen. Er scheute sich nie, in traditioneller Gutsherrenart manchmal auch laut und herrisch den eigentlich unabhängigen Nachbarn seinen Willen aufzuzwingen. Doch das nahm ihm niemand übel. Die Bauern wussten, dass er ihnen dafür beistehen würde, wenn das Wetter oder ein Schädling die Ernte reduzieren oder, was leider immer mal vorkam, gar ganz vernichtete. Sein Vater hatte Streit geschlichtet, Infrastrukturprojekte und Dorffeste finanziert, Kredite gewährt und Absatzmöglichkeiten gesichert.

Felice hatte seinen Vater bewundert, wenn er ihn auf seinen Fahrten begleiten durfte. Und von klein auf hatte er gespürt, wie die Menschen auch ihm als designiertem Nachfolger Respekt entgegenbrachten. Wie viele von ihnen inzwischen wussten oder zumindest ahnten, dass er diesen Respekt längst nicht mehr verdiente, mochte er sich gar nicht vorstellen.

Am schlimmsten war, dass er seine Selbstachtung verloren hatte. Mit seinem faustischen Pakt hatte er das Erbe seiner Vorfahren vor dem Untergang bewahrt. Damit hatte er aber auch seine Selbstachtung verloren. Und er konnte sich nicht mehr darüber hinwegtäuschen, dass der Preis, den er für die Rettung von San Vicente bezahlen musste, viel zu hoch war.

Felice trat auf die schmale Terrasse heraus, die sich um den obersten Stock des Gutshauses zog. Mit der Hand fuhr er sich durch die Haare und massierte sich die Schläfen. Die verdammten Kopfschmerzen hatten ihn seit dem Erwachen heute morgen nicht mehr losgelassen.

Ein kühler Wind milderte die nachmittägliche Hitze, die noch immer von den steinernen Fassaden der alten Villa abstrahlte und von der Pflasterung des Hofes aufstieg. Er verschaffte auch ihm etwas Entspannung. Langsam schlenderte er die Terrasse entlang. Ein tiefer Frieden schien mit der einbrechenden Dämmerung die Landschaft zu überziehen. Das war sein Land, sein Olivenhain, sein Zuhause. Hier war er geboren und aufgewachsen. Er hatte nie etwas anderes gekannt, auch wenn er im Lauf seines Lebens viele Winkel der Welt gesehen hatte. Wie zum Teufel war er in dieses Schlamassel geraten?

Natürlich kannte er die Antwort. Er hatte einen Fehler gemacht, als er keinen Ausweg und keine andere Lösung mehr gesehen hatte. „Ändern kann ich eh nichts mehr, es ist nun mal so, wie es ist“, sagte er sich immer, wenn seine Schuldgefühle ihn zu überwältigen drohten. Die Rechnung war bislang aufgegangen. Vor allem für seine Geschäftspartner, aber wenn er ehrlich war, auch für ihn.

Eigentlich lief alles gut. Geld war kein Thema mehr. Der

Preis, den er für seinen Reichtum bezahlte, war ein Gefühl der Angst. Anfangs war es nicht mehr als eine leichte Beklemmung gewesen, die ihn gelegentlich überfiel, wenn er an seine Geschäftspartner dachte. Doch in letzter Zeit war das Angstgefühl stärker geworden und drohte ihn aufzufressen, ohne dass er einen Grund dafür hätte benennen können.

KAPITEL DREIUNDDREISSIG

Meist war Carrera alleine, wenn er sich nach Einbruch der Dunkelheit von seinem Büro im Gutsgebäude aus zu einem letzten Rundgang zur Ballonhalle und zum Produktionslabor im Valle Castagna aufmachte.

So auch in der Nacht nach dem Gespräch mit Don Felice und der Entdeckung des Datendiebstahls. Er hätte sowieso nicht schlafen können und machte sich auf den Weg durch die kühle Nacht zum Valle Castagna. Er stieg die stählerne Außentreppe an der Stirnwand der Ballonhalle hoch und betrat durch eine kleine Tür den Bürocontainer, der im Innern der Halle auf einem hohen Podest platziert war. Zwei Chemiker seines Teams saßen in ihren weißen Arbeitskitteln am Besprechungstisch, vor sich einen Stapel Papier und ihre Notebooks. Sie nickten ihm kurz zu, ohne ihr Gespräch zu unterbrechen. Offenbar diskutierten sie über eine Formel, nach der sie die für morgen geplante Abfüllung für einen Kunden zusammenstellen wollten.

Carrera erwidert ihren Gruß und trat durch die offene Bürotür auf die Plattform im Innern der Halle hinaus. Sogleich leuchteten die sensorgesteuerten Scheinwerfer auf und tauchten die Halle in gleißendes Licht. Unter der Plattform hörte er das Brummen der Kühlaggregate, mit denen die Tanks mit dem Olivenöl im Sommer gekühlt und im Winter auf einer konstanten Temperatur gehalten wurden. Sein Blick wanderte über die Reihe der silbern glänzenden Edelstahltanks. Breite Rohre führten durch die Seitenwand der Ballonhalle zum einige hundert Meter weiter im Innern des Valle Castagna gelegenen Produktionsbunker. Ein fauliger, leicht stechender Geruch nach Moos und überreifen Früchten lag in der Luft.

Rasch ging er zurück ins Büro und schloss die Türe hinter sich. Mit einigen tiefen Atemzügen in der klimatisierten Büroluft versuchte er den süßlich-fauligen Geruch aus seinen Lungen zu verdrängen.

„Alles in Ordnung?“ fragte er und trat zu den beiden Mitarbeitern.

Die beiden schauten von ihren Papieren auf.

„Grundsätzlich schon“, meinte der eine zögernd, ein glatzköpfiger Fettwanst mit einer überproportionierten Hornbrille, die er über die Nase vorgeschoben hatte, um die Zahlenreihen auf den vor ihm liegenden Tabellen besser lesen zu können.

Carrera runzelte die Stirn.

„Was heißt grundsätzlich? Gibt’s ein Problem?“

Der Glatzkopf schaute seinen Kollegen an. Dieser zögerte kurz, bevor er antwortete.

„Das Problem ist die Qualität der aktuellen Lieferung, die wir vorbereiten. Sie ist ja, wie wir wissen, bei jeder Lieferung schlecht. Aber dieses Mal ist sie saumäßig schlecht.“

Carrera angelte sich einen Hocker und setzte sich zu den beiden an den Tisch.

„Das ist nichts Neues. Deshalb seid ihr beiden ja da.“

Carrera war seit mehr als zwei Jahrzehnten im Geschäft mit Olivenöl tätig. Treffender müsste man vielleicht sagen: im Geschäft mit gepanschtem und gefälschtem Olivenöl. Er wusste, dass sich heute aus fast jedem Fettstoff mit geeigneten Verfahren ein Gebräu herstellen ließ, dessen Farbe, Geruch und Konsistenz sich selbst für Fachleute ohne weitergehende

Analysen kaum von einem Olivenöl guter Qualität unterscheiden ließ.

Er hatte das Metier in seiner Heimatstadt in Kalabrien kennengelernt. Die Organisation hatte gegen Ende des vergangenen Jahrhunderts feststellen müssen, dass ihr traditionelle Geschäftsmodell, das auf Entführungen und Erpressungen basierte, schwieriger und der Handel mit Drogen aufwändiger wurde. Innovative Köpfe hatten deshalb beschlossen, einen Teil der Aktivitäten der Organisation auf den nicht weniger lukrativen Betrug mit Lebensmitteln zu verlegen.

Der Brillenträger kratzte sich am Kopf und wühlte in seinen Papieren. Schließlich zog er einen eng bedruckten Bogen aus dem Stapel und zeigte Carrera eine Tabelle.

„Das ist der Säuregrad der Proben, die wir von der letzten Lieferung gezogen haben. Er ist viel zu hoch, um ihn mit unseren üblichen Maßnahmen auf das gesetzlich erlaubte Maß zu drücken."

Carrera überflog die Zahlenreihe. Er kannte die Grenzwerte, welche die Europäische Union für die verschiedenen Qualitätsstufen festgelegt hatte. Sie waren das Ergebnis fortwährender intensiver Lobbyarbeit, die zahlreiche am Geschäft interessierte Parteien seit Jahren im europäischen Parlament und in vielen nationalen Gremien leisteten. Selbst diese unzureichenden Werte wurden kaum je kontrolliert. Kritische Fragen stellten höchstens einige Konsumentenorganisationen, die gelegentlich Tests der gängigsten Olivenöle in den Regalen der Läden durchführten und anschließend alarmierende Berichte dazu publizierten. Wenn von zwanzig getesteten Olivenölen nur zwei oder drei als knapp befriedigend bewertet wurden, ging dann jeweils für ein paar Tage ein kollektiver Aufschrei durch die Medien. Bei den Großverteilern, welche die getesteten Produkte in den Regalen hatten, sankt kurzfristig der Umsatz. Doch nach ein paar Tagen war das Ganze wieder vergessen, und die Regale wurden erneut aufgestockt.

Carrera gab dem Chemiker das Blatt zurück.

„Da werden die üblichen Maßnahmen tatsächlich nicht reichen“, bestätigte er. „Was schlagt ihr vor?“

Der Fette wechselte wieder einen kurzen Blick mit seinem Kollegen.

„Am einfachsten wäre es, wir lassen das Olivenöl ganz weg und verwenden eine Mischung aus Soja- und Nussöl. Farbe und Geschmack können wir durch die Verarbeitung weiterer Beigaben so hinkriegen, wie das die Kunden erwarten. Wir haben dazu allerdings nicht genug Material an Lager.“

Jetzt mischte sich auch der zweite Chemiker ins Gespräch.

„Es gibt eine noch kostengünstigere Option,“ meinte er zögernd. „Wir könnten das Olivenöl mit einem Anteil an Mineralöl versetzen. Das reduziert den Säuregehalt des Gemisches. Auch das mit dem Geschmack würden wir so wahrscheinlich noch besser hinkriegen.“

Die Vorstellung, Motorenöl über seinen Salat zu träufeln, war selbst Carrera zuwider. Doch hier ging es nicht um seine persönlichen Empfindungen, sondern darum, die nächste Lieferung termingerecht hinzukriegen. Und zwar hinsichtlich Farbe, Konsistenz und Geschmack so, dass die Zwischenhändler und letztlich die Konsumenten an die vorgetäuschte Qualität des Öls glaubten.

„Kann man das nicht nachweisen?“

„Man kann alles nachweisen, wenn man will und genug Aufwand treibt. Aber es ist kompliziert und teuer. Die normalen Tests prüfen Olivenöl kaum je auf einen Mineralölzusatz. Minimale Verunreinigungen durch Mineralöl findet man sowieso in fast jedem Olivenöl.“

Als Carrera fragend die Augenbrauen hob, ergänzte er: „Das kann von Abgasen der Traktoren kommen, mit denen die Oliven in die Presse gefahren werden. Selbst von der Motorsäge, mit der Äste vom Baum gesägt werden, kann es zu mikroskopischen Verunreinigungen kommen.“

„Oder von Pflanzenschutzmitteln“, fügte sein Kollege hinzu. „Sie enthalten oft Paraffinöl. Das wird von der EU sogar im biologischen Landbau zugelassen."

Carrera wusste, dass nicht mehr viel Zeit blieb, bis die nächste Lieferung in die Tanklastwagen gepumpt und nach Norden losgeschickt werden musste. Die beiden Chemiker blickten ihn fragend an und warteten auf seine Entscheidung.

„Gut. Macht, was ihr für notwendig erachtet, um ein akzeptables Ergebnis zu erzielen. Wir müssen den Terminplan einhalten."

Er nahm eines der mit Zahlenreihen beschriebenen Blätter vom Tisch und suchte nach einer bestimmten Zahl. Es gab noch etwas anderes, das ihn beunruhigte.

„Wie sieht's aus mit dem Bodensatz? Wir müssen ihn dieses Mal etwas erhöhen. Bei der letzten Lieferung haben wir aufgrund der Warnung eines Informanten beim Zoll darauf verzichtet und die Tankwagen nur mit Öl befüllt. Unsere Abnehmer sind inzwischen ziemlich ungeduldig geworden."

„Wir sind bereit", bestätigte der Fette. „Geplant ist ein Verhältnis von fast eins zu drei. Das kompensiert den Ausfall vom letzten Mal. Allerdings mit einem entsprechend größeren Risiko, dass die Sache auffliegt, falls jemand Proben ziehen will."

Carrera wusste um das Risiko. Aber er vertraute darauf, dass die Organisation schon dafür sorgen würde, die Tanklaster ohne vertiefte Kontrollen über die Grenze zu bringen. Mit einem knappen Nicken signalisierte Carrera sein Einverständnis. Während er das Büro wieder verließ, tippten die beiden Chemiker bereits die Mischanweisungen für die Produktionsanlage in ihre Computer.

Auf dem Rückweg in sein Büro im Verwaltungsgebäude dachte er an die vielen Transporte, die er für die Organisation schon über die Alpen gelotst hatte. San Vicente war ein Knoten in einem vielstufigen Prozess, aber ein wichtiger. Er selbst hatte über die vergangenen Jahre den ganzen Prozess geplant, umgesetzt und immer weiter perfektioniert. Außer ihm und den beiden Chemikern kannte auf San Vicente niemand die ganze Wahrheit über die Transporte. Er hatte mit grossem Aufwand dafür gesorgt, dass kein Unbefugter Einblick in die Prozesse erhielt, die im Valle Castagna abliefen.

Doch mit Don Felices Einbruch in den abgeschotteten Bereich des Informatiksystems war eine verheerende Bresche in diesen Schutzwall geschlagen worden. Wie es ihm gelungen war, an die sensiblen Informationen zu kommen und sie auch noch herunterzuladen, war für Carrera ein Rätsel, um das er sich später kümmern musste.

Zuerst aber galt es sicherzustellen, dass diese Informationen nicht noch in weitere falsche Hände gelangen konnten.

KAPITEL VIERUNDDREISSIG

Die Tankwagen hatten die Autobahn verlassen und waren auf die Superstrada in Richtung Florenz abgebogen. Das Führungsfahrzeug gab die Geschwindigkeit vor. Natürlich hätten die Tanklaster schneller fahren können. Doch sie folgten einem detaillierten Zeitplan, den jeder Fahrer im Briefing vor der Abfahrt ausgehändigt bekommen hatte. Es ging nicht darum, das angestrebte Ziel in möglichst kurzer Zeit zu erreichen, sondern innerhalb eines definierten Zeitfensters am Zielort einzutreffen.

Kurz vor Anbruch der Morgendämmerung verließ der Konvoi die Autobahn und arbeitete sich die Landstraße zum Städtchen Castelnuovo hinauf. Von dort waren es nur noch wenige Kilometer bis zum Ziel. Die Tankwagen bewegten sich im Schritttempo vom Dorfausgang her in Richtung Monte Luco. Wenige Kilometer hinter dem Dorf bogen sie auf die schmale Zufahrtsstraße zum Landgut San Vicente ein. Der Pförtner der Nachtschicht hörte schon von weitem das Brummen der Motoren und ließ die beiden Torflügel zurückfahren, mit denen die fast zwei Kilometer lange gepflasterte Zufahrt zum Gutshaus abgesperrt war. Die Fahrzeuge passierten das Tor und bogen nach einigen hundert Metern in eine rechtwinklig abgehende schmale, von Bäumen und Büschen eines Mischwalds gesäumte Naturstraße ein.

Bereits kurz nach Mitternacht war die zuvor in der Dunkelheit liegende Ballonhalle erwacht. Zuerst gingen die Flutlichter in der Umgebung der Halle an und leuchteten das Vorgelände aus. Wenig später strahlte die Halle selbst im Licht der Innenbeleuchtung. Von aussen sah sie aus wie ein riesiges Ufo, das auf San Vicente gelandet war. Zwei zusätzliche Flutlichter auf hohen Stangen tauchten den Vorplatz vor dem Eingangstor der Halle in gleißendes Licht.

Die Kolonne der im Schritttempo aus der Dunkelheit heranrollenden Tankfahrzeuge stoppte vor dem Zufahrtstor. An der Stirnseite der Halle öffnete sich eine Tür, und ein Mann trat ins Freie. Er kam über den Vorplatz zum Fahrer des Führungsfahrzeugs, das dem Eingangstor zur Halle am nächsten stand, und begrüßte ihn mit einem Handschlag.

„Alles gut gegangen? Ihr seid spät dran!“

Carrera ärgerte sich jedes Mal, wenn ein Konvoi erst mit stundenlanger Verspätung eintraf, auch wenn die Fahrer normalerweise keine Schuld für ihrer Verspätung hatten. Meist war es ein Unfall oder ein anderes Ereignis, das zu einem der kilometerlangen Staus führte, für welche die Autostrada berüchtigt war. Aber trotzdem ärgerte ihn, ganz unitalienisch , jede Verspätung im minuziös geplanten Tagesablauf.

Der Mann aus dem Führungsfahrzeug zuckte lakonisch mit den Schultern.

„Sie wissen, der Verkehr ... Es gab mehrere Unfälle, wir haben viel Zeit verloren. Dafür haben uns keinerlei Kontrollen aufgehalten.“

Carrera nickte.

„Dann fangen wir gleich an. Es ist alles bereit.“

Er winkte den anderen Fahrern einen kurzen Gruß zu, drehte sich um und kehrte in die Halle zurück. Wenig später falteten sich die großen, hydraulisch betätigten Flügel des Hallentors zusammen und gaben den Weg ins Innere der Halle frei. Der Fahrer des ersten Tankwagens startete den Motor und rollte vorsichtig bis zu einer leuchtenden, im Hallenboden eingelassenen Markierung.

Arbeiter in Overalls bereiteten alles vor, um die einer nach dem andern in die Halle einfahrenden Trucks zu entleere. Sie öffneten den Einfüllstutzen des Tankfahrzeugs und pumpten den Tankinhalt in einen der großen Stahltanks, die an der Wand im Innern der Ballonhallen aufgereiht waren. Rasch verbreitete sich der Geruch ranzigen Olivenöls in der Halle. Die Arbeiter trugen einen weißen Mund- und Nasenschutz gegen den ätzenden Geruch. Auch der Fahrer schützte sich in der Kabine während des Entladungsprozesses mit einem Taschentuch, das er sich vor das Gesicht presste.

Carrera verfolgte, wie die eingespielte Mannschaft die Entladung des ersten Fahrzeugs einleitete. Es dauerte nur wenige Minuten, bis der Inhalt des Fahrzeugtanks in den riesigen Edelstahltank umgefüllt war. Der Einfüllstutzen wurde weggezogen, der Pumpenschlauch eingeklinkt und der Stahltank verschlossen. Der Fahrer startete erneut den Dieselmotor, und das Fahrzeug rollte in einem engen Wendekreis zum Ausgang und durch das erneut geöffnete Hallentor ins Freie, wo bereits das nächste Fahrzeug aus dem Konvoi zur Entladung vor der Einfahrt bereitstand.

KAPITEL FÜNFUNDDREISSIG

Don Felice verschloss die Türe seiner Wohnung in der obersten Etage des Gutsgebäudes. Immer zwei Stufen auf einmal nehmend ging er die geschwungene Treppe zum Eingang des Gutshauses hinunter. Das abendliche Licht malte Flecken und Striche auf die Wände des Treppenhauses. Durch die hohen Fenster konnte er in der Ferne die Mauern und Türme von Siena leuchten sehen.

Er winkte der Pförtnerin Francesca zu, die vor der Eingangstür in ihrer kleinen, mit einem gläsernen Schiebefenster abgeschlossenen Loge saß. Sie hob eine Hand zum Gruß, während sie mit der anderen versuchte, rasch die Zeitschrift zu verbergen, die sie am Lesen war.

Don Felice lächelte. Eine Pförtnerin brauchte es im Gutsgebäude von San Vicente eigentlich schon lange nicht mehr. Erst recht nicht, seit der Eingang des Gebäudes mit modernster Kameratechnik überwacht und mit den Bildschirmen der Verwaltungsbüros im oberen Stockwerk verbunden war. Doch die alte Francesca gehörte sozusagen zum Inventar des Olivenguts. Er erinnerte sich, wie er als Knabe oft bei ihr in der engen Loge gesessen und ihren Geschichten über das Landgut und seine früheren Bewohner gelauscht hatte. Meist ging es dabei um schauerliche Balladen von Krieg, Liebe, Verrat und Tod. Francesca schien ihm damals schon uralt zu sein. Die meisten altgedienten Mitarbeiter waren in den letzten Jahren ausgewechselt worden, doch sie beließ man auf seinen ausdrücklichen Wunsch hin auf ihrem Posten. Er wusste, die kleine, enge Pförtnerloge hinter dem zweiflügeligen Eingangstor zur Verwaltungsvilla war für sie weit mehr als einfach ein Arbeitsplatz. Hätte man sie in den verdienten Ruhestand geschickt, wäre sie wohl längst gestorben.

Als er ins Freie trat, spürte er die Abendkühle auf der im Schatten der großen Kastanienbäume liegenden Freitreppe. Es war ja schon bald Oktober. Die flirrende Hitze des Spätsommers war vorbei. Doch die Nachmittage in der Toskana konnten auch im Herbst angenehm warm, manchmal sogar heiß werden, speziell, wenn die Wüstenwinde Wärme und feinen roten Sandstaub aus der Sahara bis nach Italien trugen.

Mit energischen Schritten überquerte er den Kiesplatz und ging zur alten Remise hinüber. Noch zur Zeit seines Großvaters war hier ein kleiner Einspänner untergestellt gewesen. Vage erinnerte er sich daran, wie er als Bub zusammen mit den Großeltern sonntags ins Dorf und in die Kirche gefahren war. Emilio, ihr Gärtner, der auch als Kutscher diente, hatte dem Gefährt jeweils eines der Gutspferde vorgespannt. Er kutschierte sie auf die Piazza vor die Kirche, wo er von seinem Bock sprang, die kleine Treppe des Gefährts ausklappte und ihnen schwungvoll das Türchen öffnete. Zuerst stieg sein Großvater aus und reichte der Großmutter die Hand, um sie ebenfalls aussteigen zu lassen. Zuletzt sprang Felice aus dem Wagen. Dann wartete Emilio vor der Kirche, bis die Herrschaften wieder aus dem Portal traten und er sie zurück ins Gutshaus fahren konnte.

Später hatte sein Großvater das Gefährt durch eines der ersten italienischen Autos ersetzt, das auf den damals noch meist miserablen Straßen der Toskana unterwegs war. Ein leuchtend rotes Cabrio der Società Anonyma Lombarda

Fabbrica Automobili, die später unter dem Namen Alfa Romeo zu einer der großen Automobilfirmen Italiens wurde. Mit dem Gefährt machten sie lange Ausflüge durch das Chiantigebiet und die weitere Toskana. Regelmäßig kam es zu Volksaufläufen, wenn der Nonno mit Felice auf dem Beifahrersitz knatternd durch die Dörfer fuhr.

Nach dem Tod des Nonno ging mit dem Oliven- und Weingut auch der Oldtimer an seinen Vater über. Und als sein Vater gestorben war, übernahm Felice das inzwischen weltweit von Sammlern begehrte Fahrzeug. Er fuhr den Alfa mit der gleichen Begeisterung wie seine Vorfahren.

Im Dorf gab es eine kleine Autowerkstatt. Der inzwischen steinalte Mechaniker Nicolo wartete und pflegte den Oldtimer seit fast einem halben Jahrhundert. Er verfügte nicht nur über das dazu notwendige handwerkliche Geschick, sondern hatte sich mit der Zeit auch ein Lager an Spezialwerkzeugen und Ersatzteilen angelegt, die es sonst in keinem der modernen Garagenbetriebe mehr gab.

Auch Nicolo war natürlich längst schon im Rentenalter. Aber da wie bei vielen Italienern die Rente auch bei bescheidenen Ansprüchen zum Leben kaum ausreichte, führte er den Garagenbetrieb weiter. Sehr zur Freude all der vielen Fahrer von Pandas oder Apes, bei denen noch nicht Elektronik, sondern ein alter, grundsolider Ein- oder Zweizylinder-Motor das Fahrzeug antrieb. War einmal etwas defekt, konnte Nicolo weiterhelfen, anders als die modernen Garagisten, die beim Anblick der fahrenden Rostlauben vieler Bauern die Hände über dem Kopf zusammenschlugen und dem Kunden nur den Kauf eines neueren Modells empfehlen konnten.

Don Felice war überzeugt, dass Nicolo den Alfa warten und pflegen würde, bis ihm der Tod den Schraubenschlüssel aus den Händen nahm. „Wo kriegt man heute noch ein richtiges Auto in die Hände und nicht nur einen gestylten Computer“, pflegte der alte Mechaniker zu sagen. Und oft weigerte er sich, für kleinere Reparaturen eine Rechnung zu stellen. Seine

Freude an der Arbeit, meinte er, sei um vieles größer gewesen als der Aufwand, den er gehabt habe.

Im Winter blieb der Oldtimer in der Remise, nach ausgiebiger Vorbereitung in Nicolos Werkstatt und sorgfältig zugedeckt mit einem maßgeschneiderten Baumwolltuch. Doch solange das Wetter es zuließ, machte Don Felice mindestens einmal pro Woche eine längere Ausfahrt. Er bummelte auf meist holperigen Nebenstraßen vorbei an den Weinbergen und Olivenhainen des Chianti, über die Hügel der Crete Senese oder gelegentlich sogar durch die Maremma bis hinunter zum Meer.

In letzter Zeit war er immer häufiger losgefahren. Es schien ihm selbst, als wolle er dem auf ihm lastenden Druck davonfahren. Manchmal warf er seine Reisetasche auf die Rückbank des Cabrios und übernachtete irgendwo in einem der kleinen Dörfer im Hinterland der Küste oder im Arnotal.

KAPITEL SECHSUNDDREISSIG

Felice öffnete die Remise und klappte das Verdeck des Wagens zurück. Dann setzte er sich hinter das Steuerrad und ließ die sechs Zylinder unter der Kühlerhaube aufheulen.

Er stülpte sich die lederne Mütze über, zog die Brille mit den runden Gläsern über die Augen und steuerte den Wagen hinunter zum Tor. Don Felice winkte dem Pförtner zu, beschleunigte den Wagen und bog auf die Landstraße hinauf zum Monte Luco ein.

Auch heute löste sich der Druck in seinem Kopf, als er den Benzingeruch in der Nase und den kühlen Fahrtwind im Gesicht spürte. Er war spät dran. Die Sonne würde bald untergehen. Aber für eine kurze Runde über den Passo di Monte Luco und hinunter nach Gaiole würde es noch reichen, ehe die Nacht die Konturen der unbeleuchteten Bergstraße verschluckte.

Die Strecke hinauf zur Passhöhe und dann hinunter nach Gaiole hätte er sowieso mit geschlossenen Augen fahren können. Unzählige Male war er auf ihr in beiden Richtungen schon unterwegs gewesen. In den vergangenen Jahren war die Straße zu einer Provinzstraße heraufgestuft und entsprechend ausgebaut worden.

Früher war er mit seinem Oldtimer auch Rennen gefahren. Zweimal hatte er sogar bei der berühmten Oldtimer-Rallye Mille Miglia einen der begehrten Startplätze ergattern können. Doch inzwischen fuhr er den Wagen nur noch für kürzere Ausfahrten. Den Weg zum Pass und wieder hinunter nannte er bei sich „meine Rallyestrecke“. Je nachdem, wie man sie fuhr, verlangte die Route vom Fahrer einiges an fahrerischem Wissen und Können.

Er war oft ein wenig schnell unterwegs. Er wusste auch um die fatale Tendenz vieler Italiener, grundsätzlich zu weit links und in Kurven über die fehlende oder kaum mehr erkennbare Mittellinie hinaus zu fahren. Entsprechend vorsichtig schnitt er die Kurven an. Nach wenigen Minuten passierte er das kleine Dörfchen San Gusmé. Er schaltete den Motor in den zweiten Gang hinunter und drückte das Gaspedal bis zum Fahrzeugboden durch. Der Motor heulte auf, und wie ein entfesseltes Raubtier schoss der Alfa den Hang hinauf.

Bei der Verzweigung auf der Passhöhe wählte er die Abfahrt nach Gaiole. Hier waren die Kurven noch enger, dafür übersichtlicher und breiter ausgebaut. Er schaltete mit zunehmender Geschwindigkeit zwei Gänge hinauf und jagte den bei jeder Beschleunigung aufjaulenden Wagen im virtuosen Zusammenspiel von Bremsen, Kupplung und Gaspedal durch die Spitzkehren. Der Abendwind kühlte sein Gesicht, während Konzentration und Anspannung seinen Körper wärmten. Dank seiner guten Kenntnis der Straße und seinem fahrerischen Können konnte er die Spitzkehren in fast rennmäßigem Tempo befahren.

Vor jeder der unzähligen Haarnadelkurven schaltete er zurück, um mit dem im hohen Drehzahlbereich aufheulenden Motor die Bremsen zu unterstützen. Im Auslauf der Kurve drückte er erneut aufs Gaspedal. Der Motor beschleunigte das Fahrzeug für die kurze Gerade vor der sich bereits ankündigenden nächsten engen Kurve und ließ den Fahrer die über dreihundert Pferdestärken spüren.

Als er beim Einfahren zu einer der Spitzkehren die Geschwindigkeit wieder reduzieren wollte, merkte er, dass mit den Bremsen etwas nicht stimmte. Das Bremspedal drückte ins Leere. Dank der für einen Oldtimer überdurchschnittlich guten Straßenhaftung des Alfa schaffte er die nächste Kurve noch knapp. Doch als er im Auslauf der Kurve versuchte, mit dem Hinunterschalten in einen tieferen Gang den Motor zur Verlangsamung des Wagens einzusetzen, verlor er die Kontrolle über sein Gefährt. Der Alfa schleuderte über die niedrige Bordkante hinaus und flog in den unterhalb der Straße steil abfallenden, terrassierten Olivenhain. Nach einigen Metern in der Luft krachte der Wagen, viele Meter über dem abschüssigen Gelände, in die Äste einer mächtigen Eiche, die einst als Terrassenbegrenzung gepflanzt worden war, und brach unter der Wucht des Aufpralls auseinander. Felice wurde aus seinem Sitz gerissen, über die berstende Frontscheibe hinaus gegen den Baum geworfen und fiel durch Äste und Zweige hindurch zu Boden.

Der Aufprall am Baumstamm riss auch den Motorblock des Alfa aus seiner Halterung. Er erreichte nur Sekundenbruchteile nach dem Fahrer den Boden, fiel im steilen Gelände auf den bewusstlosen Felice und zermalmte seine Knochen.

KAPITEL SIEBENUNDDREISSIG

Es nieselte, als Max seinen Volvo auf einem der markierten Parkplätze der Piazza abstellte. Wie immer ließ er den Wagen unverschlossen. Er hatte noch nie von einem Autodiebstahl hier im Dorf gehört. Und sein unübersehbar in die Jahre gekommenes Gefährt würde ohnehin niemand entwenden.

Rasch ging er die wenigen Schritte über die Piazza zur Bar Centrale. In den vergangenen Tagen war er öfter hier eingekehrt, um an einem der kleinen Tischchen auf der Terrasse bei einem Espresso und einem leckeren Sandwich die Tageszeitungen zu überfliegen. Dennoch durfte er sich natürlich nicht zu den Stammgästen zählen wie die Gruppe längst pensionierter Männer, die den ganzen Vormittag hindurch in wechselnder Besetzung am immer gleichen Tisch neben dem Eingang zur Bar saßen und lautstark die Ereignisse in der großen weiten Welt kommentierten. Meist ohne etwas zu konsumieren, wie Max verschiedentlich festgestellt hatte. Aber das war überall in Italien so.

Wie jeden Tag grüßte Max die Runde mit einem freundlichen Kopfnicken, als er an ihnen vorbei ins Innere der Bar trat, um seine Bestellung aufzugeben. Und wie jeden Tag zeigte keiner der Rentner auch nur andeutungsweise, dass man Max und seinen Gruß wahrgenommen hatte. Ein Ausländer eben. Bevor jemand nicht sein erstes Jahrzehnt hier verbracht hatte, dachte Max, würde er wahrscheinlich auch nie einen Gruß erhalten. Aber das wäre in manchem kleinen Dorf daheim in der Schweiz auch nicht anders. Und er wusste, dass die Männerrunde seinen freundlichen Gruß durchaus registriert hatte.

Meist vertiefte er sich sogleich in den Corriere di Siena oder eine der anderen Tageszeitungen, die in der Bar auflagen. Das Gebrabbel der alten Männer am Stammtisch blendete er automatisch aus. Ihren Dialekt zu verstehen fiel ihm sowieso schwer. Doch gerade als er die aktuelle Titelgeschichte des Corriere zu einem neuen Skandal bei einem der Fußballvereine zu lesen begann, erregten einige Wortfetzen aus der Rentnerrunde seine Aufmerksamkeit.

“... immer schon gesagt, er fahre viel zu schnell ...“

Max drehte unauffällig den Kopf in Richtung des Stammtisches.

„Und weiß man schon, warum?“

„Der Wagen muss vollständig demoliert sein ....“

„Und Don Felice? Wer hat ihn gefunden?

„... sofort tot?“

Max legte die Zeitung auf den Tisch und stand auf. Ins Gespräch der Seniorenrunde wollte er sich nicht einmischen, deshalb ging er hinein zum Tresen, wo der Barrista gerade den Geschirrspüler ausräumte.

„Gianni, was höre ich da? Was ist heute Nacht passiert?“

Der Barmann blickte kurz auf, ein Tuch in der einen und ein frisch gespültes Bierglas in der anderen Hand.

„Ein Unfall. Oben am Monte Luco, bei einer der Spitzkehren hinunter nach Gaiole. Man sagt, es sei Don Felice mit seinem Oldtimer. Die Polizei hat den Wagen gestern Nacht noch geborgen und zur Untersuchung nach Siena gebracht.“

„Und Don Felice?“

Gianni begann das nächste Bierglas aus der Spülmaschine zu polieren.

„Tot, sagt man. Er soll übel zugerichtet sein. Kein Wunder, diese alten Autos haben ja keine Sicherheitsgurte. Von irgendwelchen sonstigen Assistenzsystemen gar nicht erst zu reden."

Max bedankte sich und ging zurück zu seinem Tischchen auf der Terrasse. Er musste an das Gespräch mit Don Felice denken. Und auch an Julia. Er ahnte, dass sein Tod sie hart treffen würde, auch wenn ihre Beziehung zu Felice schon lange zurücklag. Sie hatte ihm ja auch erzählt, dass Isa Felices uneheliche Tochter war, was er jedoch gegenüber anderen Leuten nie erwähnt.

„Ich habe nie verstanden, warum er sie gegen aussen nicht klar als seine Tochter deklariert", hatte sie ihm erzählt. „Jeder hier kennt ja die Geschichte. Damals, vor mehr als zwanzig Jahren, lebte Isas Mutter in Bologna, wo auch der junge Felice studierte. Sie hatten eine Zeit lang ein Verhältnis miteinander. Doch als sie schwanger wurde, wollte Felice sie nicht heiraten. Wie ich von Isa später hörte, ist er aber immer zu seiner Tochter gestanden und hat auch großzügige Alimente bezahlt. Ihre Mutter ist wenige Jahre später gestorben. Don Felice hat Isa eine Ausbildung in einem der teuren Internate in Mailand ermöglicht. Schließlich hat er sie hierhergeholt und ihr die Leitung des Shops und der Besichtigungstouren auf San Vicente übertragen. Ich habe sie schon als junges Mädchen kennengelernt, als sie manchmal ihre Schulferien auf San Vicente verbrachte. Für mich ist sie mit den Jahren zur Tochter geworden, die ich selbst nie hatte."

Max fragte sich, ob Julia schon vom Unfall Don Felices gehört hatte. Er griff nach seinem Handy, das vor ihm auf dem Tisch lag. Noch ehe er ihre Nummer antippen konnte, vibrierte das Gerät und signalisierte einen eingehenden Anruf.

Es war Julia.

KAPITEL ACHTUNDDREISSIG

Die Nachricht vom Unfalltod Don Felices hatte sich in Windeseile verbreitet. Isa erfuhr es beim Einkauf im Coop. Vor ihr in der Warteschlange zur Kasse stehende Frauen erzählten einander aufgeregt, was sie gehört hatten.

Keine achtete auf Isa. So merkte auch niemand, wie sie kreidebleich wurde. Ihre Beine drohten einzuknicken, und sie musste sich auf eine Getränkekiste setzen. Als sie sich wieder etwas gefasst hatte, ließ sie den halbvollen Einkaufswagen einfach stehen und eilte nach Hause. Sie setzte sich auf ihr Bett und brach in Tränen aus. Nachdem sie sich wieder einigermassen gefasst hatte, rief sie Julia an.

Diese war gerade im Olivenhain und prüfte die Früchte der Bäume. Zufrieden streifte sie mit der Hand über die prall gefüllten Äste. Hin und wieder brach sie eine Olive ab und testete deren Konsistenz. Noch waren sie zu hart für die Ernte. Doch sie würden in den kommenden Wochen noch viel an Größe und Reife gewinnen. Gerade genug, dass sie noch nicht zu reif für die Gewinnung von Öl der höchsten Qualitätsstufe sein würden, aber doch weich genug, um eine ausreichende Ausbeute an Öl zu versprechen.

Als ihr Handy in der Jackentasche vibrierte, schaute sie kurz aufs Display und nahm den Anruf entgegen.

„Isa, was gibt's?"

Sie hörte nur ein Schluchzen.

„Isa, was hast du? Was ist passiert? Von wo rufst du an?"

„Felice ist tot", sagte Isa mit tränenerstickter Stimme. „Ein Unfall, mit seinem Alfa. Gestern Abend. Ich hab's gerade gehört."

Ungläubig hielt Julia die freie Hand vor den Mund. Sie spürte ihren Puls ansteigen. Dann fasste sie sich wieder. „Wo bist du jetzt?"

„Bei mir", schluchzte Isa.

Julia war noch während des Telefonats zum Haus zurückgeeilt. Viele Fragen schossen ihr durch den Kopf. Aber jetzt war nicht der richtige Zeitpunkt dafür. Sie schwang sich in ihren Pickup und ließ den Motor aufheulen.

„Ich bin in ein paar Minuten bei dir!"

Im Fahren wählte sie Max´ Nummer.

„Max, ich bin auf dem Weg zu Isa! Sie sagt, Felice sei verunfallt. Er sei tot!"

Max erzählte, was er in der Bar über den Unfall gehört hatte. „Ich wollte dich gerade anrufen. Was ist mit Isa?"

„Sie ist daheim, sie hat mich gerade eben angerufen. Wahrscheinlich steht sie unter Schock. Ich bin auf dem Weg zu ihr. Kannst du auch kommen?"

Max war bereits von seinem Tischchen aufgestanden und griff nach seiner Jacke.

„Bin schon unterwegs."

Fast zeitgleich erreichten sie den Parkplatz vor dem Gutshaus. Sie stellten ihre Fahrzeuge ab, rannten zur Remise und die Treppe hinauf zu Isas Appartement.

Isa saß auf ihrem Bett und erwartete sie mit verweinten Augen. Julia setzte sich neben sie und nahm sie in die Arme. Isa schluchzte erneut auf, während Julia sie streichelte.

Julia löste sich von Isa, strich ihr eine Haarsträhne aus dem verweinten Gesicht und nahm ihre Hand.

„Erzähl uns, was passiert ist!"

Isa fasste sich so weit, dass sie berichten konnte, was sie im Coop gehört hatte. Dass Felice einen Unfall mit seinem Auto gehabt habe und dass er tot sei.

Wieder drückte Julia sie an sich. Erst jetzt schien die Nachricht vom Tod ihres Freundes und früheren Liebhabers sie wirklich zu erreichen. Auch ihr schossen die Tränen in die Augen, während sie den Kopf der schluchzenden Isa streichelte. Eine Weile sassen die beiden Frauen so nebeneinander, eng umschlungen und vereinigt im gemeinsamen Schmerz über den Verlust eines geliebten Menschen. Max stand etwas unbeholfen daneben und wusste nicht, was er sagen sollte.

Dann gab sich Julia einen Ruck und nestelte ihr Handy aus der Tasche.

„Ich rufe die Carabinieri an. Vielleicht können sie uns mehr zu dem Unfall sagen."

Julia kannte die Polizistin, die den Anruf entgegennahm. Ohne Umschweife fragte sie nach dem Autounfall, von dem sie gehört habe.

Mit betroffener Miene hörte sie zu, was die Polizistin ihr schilderte. Sie schüttelte ungläubig den Kopf, während sie Isas Blick suchte, die erneut leise zu weinen begonnen hatte. Dann bedankte sie sich und beendete das Gespräch. Sie setzte sich erneut neben Isa und ergriff ihre Hand. Jetzt zitterte auch ihre Stimme.

„Sie durfte mir keine Details nennen. Aber die Nachricht vom Unfall stimmt. Felice war mit seinem Alfa unterwegs vom Monte Luco hinunter nach Gaiole. Dabei muss er von der Straße abgekommen und einen Abhang hinuntergestürzt sein. Ein kurz darauf vorbeikommender Tourist hat das Fahrzeugwrack gesehen und Alarm geschlagen. Als Polizei und Rettungskräfte die Unfallstelle erreichten, sei Felice schon tot gewesen. Sie sichern derzeit noch die Spuren und bergen die

Reste des Fahrzeugs. Der Leichnam sei noch in der Nacht in die Gerichtsmedizin nach Siena überführt worden."

Sie drückte Isa an sich, die wieder zu weinen begonnen hatte, und strich ihr über den Kopf. Max hatte sich auf einen Sessel neben dem Bett gesetzt und schüttelte den Kopf.

„Du hast mir doch gesagt, Felice sei ein hervorragender Fahrer", meinte er. „Die Strecke vom Monte Luco hinunter ist sicher sehr kurvenreich. Aber ich denke, Felice ist sie unzählige Male gefahren."

Natürlich wusste er, dass es auch für einen geübten und mit einer Strecke vertrauten Fahrer viele Erklärungen für einen Unfall gab. Vielleicht hatte Felice einen Herzanfall erlitten. Oder eine kurze Übelkeit, die seine Aufmerksamkeit schmälerte. Vielleicht war ein Wildschwein oder ein anderes Tier aus dem Wald überraschend auf die Straße gesprungen. So etwas kam in dieser Gegend häufig vor, wie er gehört hatte. Oder Felice war für einen Sekundenbruchteil abgelenkt worden. Auch ein technisches Problem am Fahrzeug konnte der Grund des Unfalls sein. Vielleicht würde die Untersuchung des Unfallfahrzeugs oder die Obduktion einen Hinweis auf die Ursache des Unfalls ergeben.

Isa hatte sich wieder ein wenig gefasst. Julia reichte ihr ein Taschentuch, in das sie ausgiebig schnäuzte. Mit verweinten Augen blickte sie zu Max.

„Er war ein sehr guter Fahrer", bestätigte sie. „Er kannte jede einzelne Kurve der Passstrecke. Und vor allem war er ein sicherer Fahrer, auch wenn er immer etwas schnell unterwegs war."

Julia sah das genauso.

„Ich bin ja auch einige Male mit ihm mitgefahren. Er hat sein Auto wie ein rohes Ei behandelt. Nie wäre er ein Risiko eingegangen. Irgendetwas muss ihn abgelenkt haben. Anders kann ich mir den Unfall nicht erklären."

Isa schaute aus dem Fenster. Die letzten Sonnenstrahlen färbten den Himmel. Nachdenklich schüttelte sie den Kopf.

„Etwas an ihm war anders in letzter Zeit."

„Was meinst du damit?", wollte Julia wissen.

„Er wirkte zerstreut, manchmal fast abwesend. Als würde eine große Last auf ihm liegen. Ich habe ihn danach gefragt. Doch er hat nur abgewinkt. Er sei okay."

„Wann hast du ihn das letzte Mal gesehen?", fragte Max.

Isa dachte kurz nach. „Vor einigen Tagen. Er hat mich zum Abendessen eingeladen."

„Und da hat er dir nichts Spezielles gesagt oder angedeutet?"

KAPITEL NEUNUNDDREISSIG

Isa dachte zurück an den Abend, an dem sie ihren Vater zum letzten Mal getroffen hatte. Obschon sie beide fast täglich auf San Vicente waren, sahen sie sich nicht oft. Felice hatte sie bereits vor einigen Jahren offiziell als seine Tochter anerkannt. Doch sie hatten vereinbart, ihre verwandtschaftliche Beziehung vorläufig nicht gross nach aussen zu kommunizieren, um Gerede und Spekulationen der auch in der Toskana wie überall weit verbreiteten Lästermäuler zu vermeiden.

Für Isa spielte das keine große Rolle. Als sie noch in Bologna bei ihrer Mutter gelebt hatte, hatte Felice sie regelmäßig besucht. Manchmal hatten sie kleine Ausflüge zu dritt unternommen oder waren von ihm in ein gutes Restaurant in der Altstadt eingeladen worden.

In Bologna arbeitete sie in einem Kinderhort. Manchmal holte er sie nach der Arbeit ab und sie unternahmen einen kleinen Ausflug aufs Land, der meist in einem Restaurant mit einem feinen Abendessen endete. Hin und wieder telefonierten sie auch einfach miteinander. Auch wenn sie selten waren, freute Isa sich immer über die Anrufe.

Dass ihr Vater sie diskret auch finanziell unterstützt hatte, sprachen beide nie an. Aber sie war froh um den Zuschuss, denn trotz ihrer guten Ausbildung hangelte sie sich wie die meisten ihrer Altersgenossen von einer Teilzeitbeschäftigung zur nächsten. Die dabei erzielten Einnahmen reichten knapp zum Überleben. Dank den Zahlungen ihres Vaters konnte sie sich ein etwas komfortableres Leben leisten und sogar den einen oder anderen ihrer Freunde ein wenig unterstützen.

Als Felice sich entschloss, zurück nach San Vicente zu ziehen und die Leitung des Landguts zu übernehmen, war der Kontakt lockerer geworden, aber nie abgebrochen. Manchmal trafen sie sich in Bologna, oder sie verbrachte während der Ferien ein paar Tage auf San Vicente.

Vor einigen Jahren hatte er sie bei einem ihrer Besuche gefragt, ob sie die Leitung des kleinen Shops übernehmen wolle. Die bisherige Leiterin war schwanger geworden und mit ihrem Mann in eine andere Stadt gezogen. Man suchte jemanden für die Leitung des Shops.

Felices Angebot hatte sie überrascht, und sie hatte sich Bedenkzeit ausbedungen. Sie spürte, dass er sie gerne um sich haben wollte. Und auch sie gestand sich ein, dass es sie reizen würde, auf San Vicente und in der Nähe ihres Vaters zu arbeiten. Einige Tage später hatte sie ihn zurückgerufen und zugesagt. Sie kündigte ihre Stelle in Bologna und zog nach San Vicente. In der alten Remise gleich hinter dem Shop bezog sie ein kleines, gemütliches Appartement.

Seither war sie die Chefin des kleinen „Olio & Vino San Vicente“. Die Arbeit war einfach und nahezu stresslos. Ihre Kunden waren Touristen aus allen Ländern und Kontinenten, die auf ihren Blitzreisen durch die Toskana immer öfter nicht nur Siena, sondern auch die malerischen Abschnitte der ‚Strada del Vino e dell‘ Olio Chianti Classico’, wie die Route durch das Gebiet des Chianti Classico in den Fremdenführern genannt wurde, besuchten. Das kleine Städtchen Castelnuovo und die beiden nur wenige Kilometer entfernten mittelalterlichen Orte San Gusmé und Villa-a-Sesta waren in allen Reiseführern vermerkt und mit Sternchen hoch bewertet. Während der langen Saison vom Frühling bis zum Herbst stürmten die Touristen den Shop, um sich mit dem gutem Wein und Olivenöl des Landguts einzudecken. Daneben gab es auch Kosmetika und zahlreiche andere Nahrungsmittel zu kaufen, alles natürlich aus der gutseigenen Olivenproduktion.

An jenem Abend vor ein paar Tagen hatte Felice sie überraschend zu einem Nachtessen in die ‚Bottega del 30', das beste Restaurant weit und breit, eingeladen. Während der Hauptsaison war es meist auf Tage hinaus ausgebucht. Aber jetzt im Herbst war es kein Problem, einen ruhigen Tisch zu bekommen, auf den Don Felice bestanden hatte.

„Wir haben heute doch keinen besonderen Tag, oder?", hatte sie am Telefon noch gescherzt. „Mein nächster Geburtstag kommt noch, und deiner ist lange vorbei. Was also verschafft mir das Vergnügen?"

Er hatte ebenfalls gelacht und das Treffen als „einfach so, man braucht ja nicht immer einen speziellen Anlass, um sich mal wieder zu sehen" bezeichnet.

„Aber", fuhr er fort, „es gibt schon einen Grund, weshalb ich mit dir reden möchte. Das will ich dir jedoch nicht am Telefon erläutern."

KAPITEL VIERZIG

Isa und ihr Vater trafen sich zur vereinbarten Zeit auf dem Parkplatz vor dem pittoresk inmitten ausgedehnter Rebberge und Olivenhaine gelegenen Weiler. Die wenigen Gassen waren zu schmal, als dass an den Mauern der eng zusammengebauten Häuser noch Autos geparkt werden konnten. Da der Wetterbericht ein Gewitter angekündigt hatte, liess Felice den Oldtimer in der Remise und fuhr die kurze Stecke durch die Rebberge von San Vicente zum gewählten Restaurant in einem Pickup des Landguts. Sie gingen zusammen über die Piazza und vorbei an der Kirche, deren Glocke mit ihrem rostigen Ton gerade die achte Abendstunde ankündigte. Das Restaurant lag nur wenige Schritte von der Piazza entfernt.

Die Wirtin Elena, deren Küche regelmäßig hohe Auszeichnungen gewann, begrüßte sie mit großer Herzlichkeit. Sie war gleichzeitig Chefköchin und Besitzerin des schönen alten Steinhauses, das sie schon vor Jahrzehnten zum Restaurant umgebaut hatte. Aus der Küche roch es verlockend nach Pasta und Trüffeln. Ein Kellner führte sie zu ihrem Tisch im windgeschützten Innenhof, dessen Steinmauern immer noch die Wärme der nachmittäglichen Herbstsonne abstrahlten.

Kaum hatten sie sich auf den gepolsterten Stühlen niedergelassen, stand Elena auch schon vor ihnen. In der Hand hielt sie einen Zettel mit den Menüvariationen, die man heute bestellen konnte, in der anderen ein kleines Tablett mit den vom Haus offerierten Prosecco. Isa liebte diese Trattorien und Osterien, bei denen der Gast keine schwere Speisekarte mit unzähligen Wahlmöglichkeiten in die Hand gedrückt bekam, dafür Wirt oder Wirtin ganz direkt am Tisch aufzählte, was die Küche heute an Antipasti, Primi und Secondi anzubieten hatte.

Die Wirtin beschrieb ihnen das heutige Angebot und wartete auf ihre Bestellungen.

„Braucht ihr noch ein wenig Zeit? Wenn ihr etwas anderes im Kopf habt, sagt es mir. Vielleicht haben wir die Zutaten im Haus, dann machen wir auch das gerne für euch!"

Isa wählte als Vorspeise einen gemischten Teller Antipasti.

„Oh", sagte Don Felice. „Das hätte ich auch gewählt."

„Dann machen wir doch eine Platte für zwei", schlug Elena vor. „Jeder pickt sich heraus, was er besonders mag."

Sie machte sich Notizen und begann die Bestellungen von Vor- und Hauptgang abzufragen.

„Für Dessert und Kaffee komme ich dann nach dem Hauptgang noch mal vorbei."

Sie nickte den beiden freundlich zu und ging in die Küche.

Isa und ihr Vater stießen mit dem gekühlten Prosecco an und probierten den ersten Schluck.

„Worüber wolltest du denn mit mir reden?" fragte Isa neugierig.

Felice schüttelte den Kopf.

„Nicht jetzt. Genießen wir erst das Essen. Beim Kaffee ist es noch früh genug."

Das Essen war wie erwartet köstlich. Isa erzählte von ihrer geplanten Reise durch Südfrankreich, die sie im kommenden Sommer zusammen mit einer Freundin machen wollte. Felice schilderte ihr seinen Plan, im nächsten Jahr wieder zu versuchen, mit seinem Oldtimer ins Feld der Mille Miglia aufgenommen zu werden.

„Ist das schwierig?“, fragte Isa zurück.

„Ja, sehr. Es gibt viele Anforderungen, die sowohl das Auto als auch die Crew erfüllen müssen.“

Dann blickte er sie mit einem Lächeln fragend an.

„Dazu brauche ich natürlich einen Copiloten. Oder eine Copilotin. Vielleicht dich?“

Sie lachte etwas zweifelnd.

„Das kann ich doch gar nicht!“

„Wir müssten schon zusammen ein wenig üben“, meinte er. „Aber es wäre doch toll, wenn wir etwas gemeinsam unternehmen könnten! Überleg‘ es dir. Du brauchst nicht jetzt zu antworten. Ich werde dich später noch mal fragen.“

Der Kellner brachte die zwei kleinen Espressotassen, die den Abschluss des Essens markierten, und stellte eine Flasche Grappa auf den Tisch. Dann räusperte sich Felice, und seine Miene wurde ernst.

„Aber das ist nicht das, worüber ich mit dir sprechen wollte.“

Er nahm ein in der Mitte gefaltetes Couvert aus seinem Jackett und legte es vor sich auf den Tisch. Es war mit Klebband verschlossen und zusätzlich ganz altmodisch am Falz mit Siegellack versehen.

Erstaunt sah sie ihren Vater an, dem es ganz ungewohnt schwerzufallen schien, die richtigen Worte zu finden.

„Es geht um San Vicente. Besser gesagt um das, was dort seit einigen Jahren geschieht. Hinter der schönen Fassade des Landguts, die du kennst, läuft nicht alles so, wie es sollte. Ich will und kann hier nicht ins Detail gehen. In den vergangenen Jahren habe ich versucht, die Sache in die richtige Richtung zu lenken. Aber ich musste erkennen, dass meine Möglichkeiten sehr begrenzt sind. Um genau zu sein: Sie sind fast null.“

Isa hatte keine Ahnung, wovon er sprach. Fragend schaute sie ihren Vater an.

„Was läuft nicht richtig? Was meinst du mit der ‚Sache’? Und warum kannst du nichts machen?“, fragte sie verständnislos. „Du bist doch der Chef! Das Landgut gehört dir. Du kannst auf San Vicente tun, was du willst!“

Don Felice antwortete mit einem Blick, aus dem Resignation, wenn nicht gar Verzweiflung sprach. Nahezu unmerklich schüttelte er den Kopf.

„Natürlich verstehst du das nicht. Wie solltest du auch. Aber es ist leider so, dass ich auf San Vicente nichts mehr selber entscheiden kann. Es geht um finanzielle Dinge, und das Ganze ist ziemlich kompliziert. Ich will dich damit nicht belasten.“

Isa blickte ihn noch immer verständnislos an.

„Du machst mir Angst! Wovor musst du mich schützen? Bist du in Gefahr? Kann ich etwas tun, um dir zu helfen?“

Er brachte ein kleines Lächeln zustande und streichelte ganz kurz ihre Hand, die auf dem Tisch lag. Dann schüttelte er den Kopf und straffte die Schultern.

„Nein, ich bin nicht in Gefahr“, sagte er, wobei er sogleich sah, dass sie ihm nicht glaubte. „Und für den Moment kannst du mir nicht helfen. Ich werde dir das Ganze später einmal in aller Ruhe erklären. Ich habe lange gezögert, dir überhaupt etwas zu sagen. Du kannst ja nichts tun. Und Wissen kann in diesem Fall auch gefährlich sein.“

Er zeigte auf das Couvert, das vor ihm auf dem Tisch lag.

„Das Couvert hier werde ich bei einer Vertrauensperson hinterlegen. Es enthält Informationen, die vielleicht einmal wichtig werden. Wenn mir etwas zustoßen sollte, wird jemand, dem ich vertraue, dir das Couvert mit den Unterlagen übergeben. Du wirst dann entscheiden, was weiter damit geschehen soll.“

Jetzt war Isa erst recht beunruhigt. „Du bist also doch in Gefahr! Warum? Wer bedroht dich?“

Wieder schüttelte Felice den Kopf. Er sah müde aus. Isa wurde plötzlich bewusst, dass er alt geworden war.

„Nein, mache dir keine Sorgen. Ich bin nicht in Gefahr.“

Doch es war Isa klar, dass er nicht die Wahrheit sagte.

KAPITEL EINUNDVIERZIG

Eine ganze Weile saßen Max, Julia und Isa stumm um den kleinen Tisch und dachten über das Gehörte nach. Dann gab sich Julia einen Ruck.

„Irgendetwas stimmt nicht mit diesem Unfall. Ich spüre es. Und die Schilderung eures Abendessens bestätigt mein Gefühl."

Nach einer kurzen Pause fügte sie hinzu: „Wir sollten mit Nicolo sprechen. Vielleicht kann er uns mehr sagen."

Max schaute sie fragend an. „Wer ist Nicolo?"

„Unser Automechaniker. Du hast sicher die kleine Garage beim Dorfeingang bemerkt. Das ist sein Reich. Er kennt Felice und seinen Oldtimer schon ewig. Vielleicht kann er uns etwas zum Auto oder zum Unfall sagen."

Isa nickte. „Gehen wir doch gleich zu ihm!"

Sie trocknete ihre Tränen und spülte im Badezimmer die verweinten Augen aus. Dann machten sie sich in Julias Pickup auf den Weg zu Nicolo.

Sie stellten den Wagen direkt vor das geöffnete Eingangstor und traten in die Werkstatt. Im Halbdunkel sahen sie ein wildes Durcheinander von Werkzeugen, Ersatzteilen, alten und neuen Reifen und undefinierbaren Büchsen, Dosen und Fässern. Nicolo lag auf einem mit Rollen versehenen Brett unter einer Hebebühne, auf der eine große Limousine aufgebockt war. Mit seiner Stablampe beleuchtete er den Unterboden des Fahrzeugs und klopfte ihn mit einem kleinen Hämmerchen auf rostige Stellen ab.

Als Isa mit ihren beiden Begleitern die Werkstatt betrat, schaute Nicolo kurz auf und rollte sich unter dem Lancia hervor. Er stand auf und wischte sich die öligen Hände am Overall ab, der einmal blau gewesen sein musste, inzwischen aber von undefinierbarer Farbe war. Er streckte ihnen den Unterarm entgegen, da seine rechte Hand schwarz vom Öl und Schmutz des Wagenbodens war, den er am untersuchen war.

Isa drückte ihn kurz am Ellenbogen.

„Buongiorno, Nicolo! Stören wir dich? Wir können warten oder später wieder vorbeikommen."

Er schüttelte den Kopf und begrüßte die drei. Isa und Julia kannte er natürlich, Max stellte sich ihm als Freund der beiden vor.

„Du störst nicht", meinte Nicolo. „Tut mir leid, das mit Felice. Ich habe es gleich heute morgen gehört und mir gleich gedacht, dass du wohl vorbeikommen wirst, sobald du es erfahren hast."

In einer Ecke der Werkstatt stand ein kleiner Tisch mit blechernen Klappstühlen. Nicolo stapelte die Papiere auf dem Tisch, wischte die Stühle mit einem Papiertuch ab und lud seine Besucher mit einer Handbewegung ein, Platz zu nehmen.

„Einen Kaffee kann ich euch leider nicht anbieten. Die Maschine ist seit einigen Tagen defekt."

Isa schaute ihn mit ernsten Augen an.

„Warum hast du mich erwartet?"

Nicolo kratzte sich umständlich am Hinterkopf und schien nach den richtigen Worten zu suchen.

„Ich weiss momentan auch nicht mehr als ihr. Aber mein Bauchgefühl sagt mir, dass mit diesem Unfall etwas nicht stimmt", meinte er schließlich.

Jetzt war es Julia, die mit gekrauster Stirn nachfragte.

„Was meinst du damit?"

„Felice hat mir den Alfa erst vor knapp einer Woche zum Grundservice vorbeigebracht. Ich habe das Fahrzeug wie immer gewartet. Es war tipptopp in Schuss."

Er schüttelte kurz den Kopf.

„Vor allem die Bremsen habe ich sehr sorgfältig geprüft. Die Bremsscheiben habe ich ersetzt, obschon sie noch bis zum nächsten Frühjahr ausreichend gut gewesen wären. Er benutzte den Wagen ja in letzter Zeit nicht mehr so viel wie früher. Deshalb war ich irritiert, als ich hörte, dass man den Unfall auf Bremsversagen zurückführt. Ich habe heute morgen bei den Carabinieri angerufen und gefragt, ob ich das Wrack nach der Freigabe in meine Werkstatt holen dürfe. Sie wissen ja dort, dass ich jede Schraube von diesem Wagen kenne. Deshalb habe ich ihnen angeboten, das Fahrzeug zu untersuchen, um so vielleicht die Unfallursache feststellen zu können."

Er blickte seine drei Besucher mit einem Blick an, der Unverständnis signalisierte.

„Erstaunlicherweise haben sie meine Hilfe abgelehnt. Sie sagten mir, dass sie derzeit noch die Spuren des Unfalls sichern und die Reste des Fahrzeugs bergen müssen."

„Warum denn das?" fragte Julia. „Wäre doch naheliegend, dich bei den Untersuchungen beizuziehen. Haben sie gesagt, warum sie deine Unterstützung nicht wollen?"

Erneut schüttelte er den Kopf.

„Nein. Sie sagten, der Wagen bliebe beschlagnahmt, bis ihre Experten ihn untersucht hätten. Darauf fragte ich, wo sich das Wrack und die gesammelten Einzelteile nun befänden. Auch das dürften sie mir nicht sagen, war die Antwort. Und man bedeutete mir ganz direkt, ich solle mich aus der ganzen Sache heraushalten, wenn ich nicht in Schwierigkeiten geraten wolle. Ich habe dann, kurz bevor ihr gekommen seid, einen guten Bekannten aus der Verwaltung angerufen, der an der Bergung des Wagens beteiligt war. Er hat mir gesagt, dass unmittelbar nach dem Bekanntwerden des Unfalls noch im Morgengrauen eine fast hundert Kilometer entfernt liegende Werkstatt aus Florenz mit der Bergung des Wracks und der Untersuchung der Unfallursache beauftragt worden war. Normalerweise macht das ja die Polizei selbst und zieht dann einen lokalen Fachmann hinzu. Den Grund für diese Entscheidung konnte er mir nicht sagen. Sie hätten klare Anweisungen von oben bekommen. Jedenfalls hat bisher niemand hier eine Ahnung, wie es zum Unfall gekommen ist."

Nicolos Ausführungen erstaunten Isa und Julia nicht. Dass sich der Alfa vor seiner Unglücksfahrt in einem hervorragenden Zustand befunden habe und erst vor kurzem gewartet worden sei, bestätigte ihren Verdacht. Sie hatten sich ja beide bei mehreren Gelegenheiten überzeugen können, dass Felice ein geübter Fahrer war. Und Felice war die Strecke nach Gaiole schon so oft gefahren, dass er sie mit all ihren Kurven und Risiken sicher fast auswendig kannte.

„Was ist deine Meinung? Warum hätte Felice die Beherrschung über das Fahrzeug verlieren können?", fragte Julia.

Nicolo schwieg eine ganze Weile, bevor er antwortete.

„Wenn du mich fragst, war das kein Unfall. Ich kenne Felice seit einer Ewigkeit. Ich weiß, wie vorsichtig er fuhr, und dass er ein ausgezeichneter Fahrer war. Nachdem ich das von der Bergung gehört habe, bin ich heute früh selbst zur Unfallstelle hochgefahren. Die Beamten der Spurensicherung kletterten noch irgendwo im Gelände herum. Ich habe meinen Wagen ein wenig abseits abgestellt und habe die letzten paar hundert Meter von Felices Fahrt zu Fuß abgeschritten. Dabei habe ich die Fahrbahnoberfläche sehr genau untersucht."

Die drei blickten ihn gespannt an.

„Und hast du etwas gesehen?" fragte Julia.

Nicolo schüttelte den Kopf.

„Nichts. Gerade das ist ja das Erstaunliche. Es gab auf der Straße keinerlei Spuren eines Ölverlusts. Am meisten wundert mich, dass ich auf den letzten Metern vor dem Absturz kein noch so geringes Anzeichen einer Bremsspur gefunden habe. Der Alfa muss ungebremst über den Straßenrand hinausgeschossen sein. So etwas ist nur möglich, wenn entweder tatsächlich die Bremsen versagten oder wenn Felice Sekunden vor dem Erreichen der Kurve das Bewusstsein verloren hat."

Julia blickte aus dem Halbdunkel der Werkstatt ins Freie vor dem Werkstatttor. Man hörte den Herbstwind die Blätter im Hof umherwirbeln. Hin und wieder rauschte ein Fahrzeug vorbei.

„Das war kein Unfall", sagte Isa schließlich in die Stille hinein und schaute Julia und Max an.

Nicolo nickte.

„Das sehe ich auch so."

KAPITEL ZWEIUNDVIERZIG

Don Felices Leichnam blieb für einen Tag in der Obduktion im Provinzspital von Siena. Dann wurde er in einen Holzsarg gelegt und vom beauftragten Leichenbestatter für die Aufbahrung präpariert.

Carrera hatte einen Mitarbeiter des Guts mit der Vorbereitung und Überwachung der Bestattung beauftragt. Er hatte ihm für seine Anordnungen freie Hand gegeben und als einzige Vorgabe bestimmt, dass der Leichnam nicht in Felices Wohnung in der Gutsvilla aufgebahrt werden solle. Er wollte verhindern, dass für die Leichenwache und den zu erwartenden Strom von Bekannten und Neugierigen eine große Zahl von Menschen nach San Vicente kamen. Sie würden unter dem Vorwand, dem Verstorbenen die letzte Ehre erweisen zu wollen, zufälligerweise oder absichtlich die Nase in Dinge stecken, die man bei den durchorganisierten Führungen im Olivenhain nicht erfahren konnte.

Ein schwarzer Leichenwagen mit getönten Scheiben brachte den toten Felice zurück nach Castelnuovo. Am Dorfeingang wurde der Wagen auf einen Parkplatz geleitet. Der Sarg wurde ausgeladen und von vier Trägern geschultert. Angeführt vom Dorfpfarrer und zwei Weihrauchgefäße schwingenden Ministranten begleiteten ihn in einer langen Prozession Dorfbewohnern und ehemalige Mitarbeitern von San Vicente durch das Dorf zur Kirche ‚San Clemente e Santi', die mitten im Dorf an der kleinen Piazza Matteotti lag. Der tote Felice wurde vor dem Altar inmitten eines Meeres von Kerzen und Kränzen aufgebahrt. Einige seiner früheren Mitarbeiter hatten die Totenwache übernommen. Im Lauf der folgenden Stunden und bis weit in die Nacht hinein erwiesen Dorfbewohner, Mitarbeiter und Bekannte aus umliegenden Gemeinden dem Verstorbenen im geöffneten Sarg die letzte Ehre.

Wie in Italien üblich fand die Beerdigung rasch statt. Der Abdankungsgottesdienst war gleich für den nächsten Morgen festgelegt worden. Viele der Einwohner von Castelnuovo wollten den Verstorbenen auf seinem letzten Weg begleiten. Längst nicht alle fanden im schummrigen Innern der Kirche Platz. Viele harrten draußen auf der Piazza aus und lauschten der mit einem scheppernden Lautsprecher übertragenen Predigt des Padre.

Isa blickte möglichst unauffällig um sich und sah ganz hinten im Kirchenschiff Carrera hinter einer Säule stehen. Für einen Sekundenbruchteil trafen sich ihre Blicke. Doch als sie während der Liturgie erneut in seine Richtung blickte, war er verschwunden.

Julia und Max hatten sich in einen der hintersten Kirchenbänke gesetzt. Max spürte, wie nahe der Tod Felices Julia ging. Sie hatte ihm nichts über die Zeit erzählt, als sie und Felice enger miteinander verbunden waren. Und er mochte sie nicht fragen. Sie würde ihm irgendeinmal vielleicht mehr erzählen. Und wenn nicht, war es für ihn auch in Ordnung. Das gehörte zu einem anderen Lebensabschnitt und ging ihn nichts an. So ergriff er nur Julias Hand und hielt sie fest, während ihr die Tränen über die Wangen liefen.

KAPITEL DREIUNDVIERZIG

In der Nacht nach der Abdankung und anschließenden Beerdigung Don Felices in der Familiengruft hatte das Wetter umgeschlagen. Bei Max' morgendlichem Blick aus dem Fenster verdeckte Nebel die Sicht auf die bewaldeten Hügel. Es regnete leicht, das Thermometer vor dem Fenster war auf kühle zehn Grad gefallen. Wie so oft in der Toskana musste der Spätsommer über Nacht dem Herbst weichen.

Max schaute gerade zu, wie der erste Espresso des Tages in die Tasse tröpfelte, als sein Handy auf dem Tisch vibrierte. Er warf einen Blick auf den Bildschirm. Eine SMS von Julia.

„Bist du schon wach?"

Max lächelte und tippte auf Julias Nummer, die den Anruf gleich nach dem ersten Läuten entgegennahm.

„Buongiorno! Sicher bin ich wach. Und du?"

„Wach ja, aufgestanden noch nicht. Ich liege im Bett."

„Allein?"

„Du bist frech! Du wolltest ja gestern nicht zu mir kommen. Es wäre wärmer unter meiner Decke, wenn du bei mir wärest!"

Max nickte zustimmend, auch wenn Julia das ja nicht sehen konnte.

„Wo du recht hast, hast du recht. Ich bereue es, glaub mir! Hier oben ist es saukalt. Und wenn ich aus dem Fenster blicke, wird mir auch nicht wärmer."

Julias Stimme bekam einen ernsteren Ton.

„Isa hat mich angerufen, vor einer halben Stunde. Gestern nach der Abdankung, als sie sich von uns verabschiedet hatte, habe sie auf der Piazza eine ihr unbekannte Frau angesprochen. Sie habe sich als Rechtsanwältin aus Siena vorgestellt und ihr gesagt, sie sei viele Jahre lang die Anwältin von Don Felice gewesen. Und sie habe Isa gebeten, in den nächsten Tagen bei ihr in der Kanzlei vorbeizukommen."

„Hat sie einen Grund genannt?"

„Das habe ich Isa auch gefragt. Doch Isa war wahrscheinlich noch verwirrt und aufgewühlt von der Abdankung und hat sich nicht alles gemerkt, was die Unbekannte ihr sagte. Sie hat aber zugesagt, bei ihr vorbeizukommen, und keine weiteren Fragen gestellt. Sie will nicht alleine hingehen und hat mich gefragt, ob wir sie begleiten würden."

Wieder nickte Max kurz seinem Handy zu.

„Einverstanden. Vielleicht kommen wir so an neue Informationen zum Unfall. Hast du Isa gefragt, wann sie nach Siena will?"

„Nein, noch nicht. Ich wollte erst mit dir sprechen."

„Ich bin flexibel."

„Ich rufe sie gleich zurück. Was hast du jetzt vor? Komm doch einfach zu mir hinunter. Bis du da bist, weiß ich mehr."

Max war einverstanden.

„Ich mache mich sogleich auf den Weg. Bis nachher!"

Es war noch keine halbe Stunde vergangen seit dem Telefongespräch, als Julia das unverwechselbare Motorengeräusch des alten Volvo hörte. Max fuhr die Zufahrt hinauf und stoppte den Wagen direkt vor dem Treppenaufgang zur Veranda. Julia öffnete die Tür, und schon lagen sie sich wieder in den Armen.

„Es ist schon viel zu lange her seit dem letzten Mal!",

meinte Julia mit gespielt vorwurfsvoller Stimme. „Du beginnst doch nicht schon, mich zu vernachlässigen, oder?"

Max fasste ihren Nacken und zwang ihren Mund auf seine Lippen. Dann packte er sie und trug das zappelnde und in gespielter Empörung kreischende Frauenbündel durch den Gang ins Schlafzimmer, wo er sie umstandslos auf ihr noch zerwühltes Bett warf.

Der weitere Verlauf ihrer Begrüßung war absehbar. Doch da hörten sie draußen den Motor eines weiteren Autos, das die Auffahrt zum Haus hinauf tuckerte. Es war, ebenso unverkennbar, der Cinquecento von Isa.

Julia setzte sich mit Bedauern im Blick wieder auf und ordnete das von Max zerzauste Haar.

„Unglückliches Timing," meinte sie lachend.

Auch Max stand auf.

„Aufgeschoben ist ja nicht aufgehoben!"

Julia lächelte ihm zu und ging hinaus, um Isa zu begrüßen. Max wartete im Wohnzimmer und umarmte Isa zur Begrüssung, während Julia in der Küche verschwand, um für alle einen starken Espresso zuzubereiten.

Sie setzten sich an den polierten Tisch. Als jeder sein dampfendes Tässchen vor sich hatte, bat Max Isa, ihm die Begegnung mit der Anwältin zu schildern.

Isa trank zuerst einen Schluck, bevor sie zu erzählen begann.

„Nachdem ihr beide weggefahren seid, hat eine Frau auf der anderen Seite der Piazza auf mich gewartet. Ich habe sie erst bemerkt, als sie mich ansprach. Sie wusste, dass ich Felices Tochter bin, und drückte mir ihr Beileid aus. Dann sagte sie mir, sie sei viele Jahre lang Felices Anwältin gewesen. Sie informierte mich, dass mein Vater ein Testament bei ihr hinterlegt habe. Außerdem hätte sie noch andere Unterlagen, die im Falle eines überraschenden Todes für mich bestimmt seien."

Sie nestelte in ihrer Handtasche und legte eine Visitenkarte vor Max und Julia auf den Tisch.

Julia griff nach ihrer Lesebrille und las laut:

„Avvocata Dottoressa Angelina Barolo, Via dei Mille Santi 112, Siena."

Max schaute Isa und Julia fragend an.

„Sagt euch der Name etwas?"

Julia verneinte die Frage, und auch Isa schüttelte den Kopf.

„Felice hat sie nie erwähnt. Aber sie sagte mir, dass Felice ihr kurz vor seinem Tod einen verschlossenen Umschlag zur Verwahrung überreicht habe. Er habe sie angewiesen, mir den Umschlag auszuhändigen, falls ihm etwas zustoßen sollte."

„Und du hast keine Ahnung, was in diesem Umschlag steckt?"

Isa schüttelte den Kopf.

„Nein. Aber es könnte der Umschlag sein, den Felice mir bei unserem letzten Nachtessen gezeigt hat."

Julia blickte Isa gespannt an.

„Und was geschah dann?"

„Nichts weiter. Sie bat mich erneut, so rasch wie möglich bei ihr in Siena vorbeizukommen. Das sagte ich ihr zu. Sie drückte mir erneut ihr Beileid aus und verabschiedete sich. Ich bin dann nach Hause gefahren und habe mich hingelegt. Ich muss eingeschlafen sein. Als ich wieder aufwachte, war es bereits kurz vor Mitternacht."

Sie schaute zu Julia.

„Heute Morgen habe ich dann als Erstes dich angerufen."

Max griff nach der Visitenkarte. „Hast du schon einen Termin ausgemacht?"

„Nein. Aber ich kann sie jetzt gleich anrufen und fragen, wann ich vorbeikommen kann."

Sie blickte Julia und Max bittend an.

„Ich möchte aber nicht alleine hingehen. Könntet ihr mich nicht begleiten?"

Julia ergriff Isas Hand und streichelte sie zärtlich.

„Natürlich kommen wir mit."

Sie blickte kurz zu Max, der zustimmend nickte.

„Danke!“, sagte Isa erleichtert. Sie aktivierte den Lautsprecher ihres Handys und rief die auf der Visitenkarte stehende Kanzleinummer der Anwältin an.

Eine Frauenstimme meldete sich. Die Kanzleimitarbeiterin wusste sogleich, worum es ging. Sie versicherte, Isa könne jederzeit vorbeikommen. Auch jetzt gleich, wenn sie wolle.

Isa bedankte sich und sagte, dass sie sich noch heute Vormittag bei ihr melden werde. Max stürzte den letzten Schluck des inzwischen kalten Kaffees hinunter.

„Dann nichts wie los!“

KAPITEL VIERUNDVIERZIG

Sie fuhren mit Julias Pickup nach Siena und stellten den Wagen im Santa Caterina-Parkhaus ab. Whisky musste für einmal im Auto warten, was er mit einem enttäuschten Winseln quittierte. Über die langen Rolltreppen gelangten sie direkt vor die Außenmauern der Altstadt. Auch um diese Jahreszeit und trotz des schlechten Wetters zog ein schier endloser Strom von Touristen über die Via Banchi di Sopra, eine der Hauptgassen Sienas. Die drei schlängelten sich durch Gruppen asiatischer Touristen, die einer Fähnchen schwingenden Reiseleiterin folgten. Während die Japaner zur berühmten Piazza del Campo geschleust wurden, bogen Max, Julia und Isa rechts von deren Hauptgasse ab und folgten der kurzen Via Pellegrini hinauf bis fast zum Dom.

Die Kanzlei lag wenige Schritte vom Domplatz entfernt in einem großen, aufwändig restaurierten Stadtpalazzo. Er musste früher einem reichen Aristokraten gehört haben, aber jetzt war es ein Geschäftshaus. Ein unscheinbares Messingschild neben dem zweiflügeligen Tor aus hellem Kastanienholz bestätigte, dass sie ihr Ziel erreicht hatten. Max blickte kurz auf die unauffällig über dem Tor angebrachte Kamera. Dann drückte er den Knopf der Gegensprechanlage.

Ein kurzes Knacken war aus dem Lautsprecher zu vernehmen, und eine Frauenstimme meldete sich.

„Pronto?“

Isa neigte den Kopf zum Mikrofon, stellte sich vor und wies auf den vereinbarten Termin mit der Dottoressa hin.

„Ich habe zwei Freunde mitgebracht. Sie dürfen doch auch mitkommen?“

„Einen Moment, bitte.“

Die Rezeptionistin schien erst nachfragen zu müssen, ob die beiden Begleiter mit hinauf in die Kanzlei kommen durften. Es knackte erneut im Lautsprecher, und gleichzeitig ertönte ein leises Summen, das die Entriegelung des Eingangstors anzeigte.

„Va bene. Gehen Sie durch den Innenhof zur Eingangstüre auf der anderen Hofseite und nehmen Sie dort den Aufzug. Er bringt Sie direkt zu uns hoch.“

Von einem surrenden Elektromotörchen angetrieben öffnete sich ein Torflügel und gab den Blick durch eine Passage auf den gepflasterten Innenhof frei. Auf der gegenüberliegenden Hofseite war ein weiterer Durchgang zu sehen, an dessen Ende sie die gläserne Türe eines Personenlifts erkannten. Sie gingen über den Hof und drückten im Aufzug den Knopf unter einem kleinen Schild mit dem Kanzleinamen.

Die Rezeptionistin erwartete sie oben vor dem Lift, dessen Türe sich direkt in den Empfangsbereich der Kanzlei öffnete. Sie wies auf eine großzügig ausgestaltete Sitzgruppe mit mehreren Ledersesseln.

„Bitte setzen Sie sich für einen kurzen Moment. Ich werde Sie anmelden. Darf ich Ihnen inzwischen etwas zu trinken anbieten?“

Alle drei verneinten. Die Empfangsdame ging zurück zu ihrem Arbeitsplatz und sprach leise in ein Mikrofon. Sekunden später öffnete sich eine der Bürotüren. Eine ältere, gut gekleidete Frau trat auf sie zu und begrüßte sie mit einem freundlichen Lächeln.

„Ich bin Angelina Barolo. Piacere, freut mich, Sie kennenzulernen! Bitte kommen Sie doch gleich mit."

Sie ging ihnen durch einen kurzen Gang voraus zu einem Konferenzzimmer und bat, am mit schönen Holzintarsien gestalteten Tisch Platz zu nehmen. Eine Mitarbeiterin huschte herein und brachte ihr einen Aktenordner. Die Anwältin setzte ihre Brille auf und bat Isa um ihren Personalausweis.

„Ich muss Sie formell identifizieren", meinte sie freundlich. Dann nahm sie einige Papiere und ein weißes Couvert aus dem Ordner und legte alles vor sich auf den Tisch. Sie blickte kurz über den Rand ihrer Brille hinweg auf die drei Besucher und wendete sich Isa zu.

„Meine Informationen sind eigentlich nur für Sie gedacht. Aber da Sie selbst Ihre Freunde mitgebracht haben, gehe ich davon aus, dass es in Ordnung ist, wenn sie mithören, was ich Ihnen zu sagen habe?"

Isa nickte.

„Ich habe hier zwei Unterlagen für Sie. Das eine ist das Testament Ihres verstorbenen Vaters. Das andere ist dieser Briefumschlag hier. Ich habe ihn im Auftrag von Don Felice aufbewahrt und kenne den Inhalt nicht. Sind Sie einverstanden, dass ich mit dem Testament beginne?"

Isa nickte, und die Anwältin fügte hinzu:

„Das Gesetz verlangt, dass ich es vorlese, bevor ich es Ihnen übergebe."

Die Anwältin begann mit der Verlesung des kurzgefassten Testaments. In verwinkelter Juristensprache abgefasst besagte es, dass Isa als einzige noch lebende Verwandte von Don Felice Alleinerbin seines Vermögens war. Zum Nachlass gehörten neben einer stattlichen Summe Geld und einem Wertpapierdepot auch Felices Anteile am Landgut San Vicente.

Isa vernahm die Worte der Anwältin, die mit monotoner Stimme den Text des Testaments verlas, wie durch einen Kokon aus Watte. Bilder ihres Vaters tauchten vor ihr auf. Don Felice, der selbstbewusste, starke Gutsbesitzer, den die

Menschen in seinem Umfeld respektierten und bewunderten. Und der alte, unsichere, fast ein wenig verzweifelt wirkende Mann , den sie bei ihrem gemeinsamen Abendessen vor gut einer Woche zum letzten Mal gesehen hatte. Was war geschehen in der Zeit zwischen den beiden Bildern ? Was hatte seinen Willen, seine Kraft gebrochen?

Die Anwältin merkte, dass Isa ihren Worten nicht mehr folgen konnte, und unterbrach die Verlesung.

„Ist alles in Ordnung mit Ihnen?“, erkundigte sie sich.

Isa schreckte aus ihren Gedanken auf. Tränen liefen über ihre Wangen.

„Entschuldigung. Aber ich musste an meine letzte Begegnung mit meinem Vater denken. Er war so anders, als ich ihn gekannt habe. So ...“, sie stockte und suchte nach dem richtigen Wort, „so gehetzt, hilflos. Als hätte er Angst vor etwas. Oder vor jemandem.“

Sie wischte sich die Tränen aus den Augen und schnäuzte sich die Nase.

„Und jetzt ist er tot. Ermordet, wie es aussieht. Er hat sich zu Recht gefürchtet. Und ich habe ihm nicht helfen können.“

Julia legte einen Arm um Isas Schulter und drückte sie an sich.

„Wie hättest du ihm auch helfen können? Er wollte dich nicht mit seinen Sorgen nicht belasten. Er hat gewusst, dass du nichts für ihn tun konntest, und wollte dich nicht auch noch in seine Probleme mit hineinziehen. Du darfst dir keine Vorwürfe machen.“

Isa gab sich einen Ruck. Sie schnäuzte erneut in ihr Taschentuch und blickte zu Julia und Max.

„Ich weiß es ja. Aber ich will wissen, was und vor allem wer hinter seinem Tod steckt. Ich werde es herausfinden. Und wenn ich es weiß ...“

Ihre Gesichtszüge verhärteten sich, und sie zog die Augenlider zu schmalen Spalten zusammen. Mit wieder gefestigter Stimme wendete sie sich der Anwältin zu.

„Bitte, machen Sie weiter. Ich bin wieder okay."

Die Verlesung des Testaments war schon fast beendet. Ein paar formale Floskeln schlossen den Text ab. Die Anwältin legte die Papierbogen vor sich auf den Tisch und legte ihre Lesebrille daneben. Dann schaute sie wieder Isa an.

„Ich muss Sie formell fragen, ob Sie Ihr Erbe antreten wollen."

Als sie sah, wie unsicher Isa schien, fügte sie hinzu:

„Lassen Sie sich Zeit, sie müssen mir nicht gleich antworten. Das Gesetz räumt Ihnen eine Frist ein, bis wann Sie sich erklären müssen."

Sie machte wieder eine kurze Pause.

„Ich habe Ihren Vater sehr lange gekannt", sagte sie, und es war nicht klar, ob sie zu sich selbst oder zu ihren Besuchern sprach. „Er hat mir in geschäftlichen und privaten Angelegenheiten viel Vertrauen geschenkt. Aber alles weiß ich über ihn auch nicht. In den letzten Jahren hat er mich weniger häufig kontaktiert. Ich habe ihn nach dem Grund gefragt, aber er meinte lapidar, es gäbe nichts. Vor allem, was San Vicente betrifft, hat er mir in den letzten Jahren wohl manches nicht gesagt, das ich hätte wissen müssen, um seine Interessen optimal wahrnehmen zu können. Aber er hat es so gewollt, und ich musste es akzeptieren."

Jetzt klang auch ihre Stimme etwas bedrückt. Max vermutete, dass die Beziehung zwischen Don Felice und der Anwältin einst wohl über das rein Geschäftliche hinausgegangen war. Auf jeden Fall war sie ihm nahegestanden, das spürte nicht nur Max.

Die Anwältin fand rasch zu einem professionellen Ton zurück und wandte sich wieder Isa zu.

„Ich empfehle Ihnen, mit der formellen Erklärung noch zuzuwarten, ob Sie das Erbe annehmen oder ablehnen wollen. Dann haben wir Zeit, die finanziellen Hintergründe und Besitzverhältnisse von San Vicente ein wenig genauer abzuklären."

„Gibt es denn da Probleme?“

Die Anwältin zuckte mit den Schultern.

„Ich weiß es nicht. Don Felice hat mir davon nichts gesagt, und ich habe ihn auch nicht gefragt. Aber ich habe Vermutungen, und die sollten wir abklären. Ihr Einverständnis vorausgesetzt natürlich.“

Isa nickte, und die Anwältin notierte die Zustimmung im Protokoll. Dann nahm sie den Briefumschlag und streckte ihn über den Tisch Isa hin, die ihn zögernd entgegennahm.

„Ihr Name steht darauf. Don Felice hat mich gebeten, diesen verschlossenen und versiegelten Umschlag bei mir aufzubewahren und ihn im Falle seines Todes an Sie zu übergeben. Was ich hiermit getan habe.“

Sie schaute kurz zu Julia und Max.

„Ich erwähne Sie beide als Zeugen im Protokoll, wenn Sie nichts dagegen haben.“

Beide nickten. Dann schauten alle Isa an, die unschlüssig den Umschlag in den Händen hielt. Es war unverkennbar der gleich Umschlag, den ihr Vater ihr bei ihrem letzten Zusammentreffen gezeigt hatte.

Sie zögerte, doch schließlich brach sie das Siegel und öffnete den Umschlag. Sie zog einen gefalteten und beschriebenen Papierbogen heraus und ein Sichtmäppchen, das mit eng beschriebenen Papieren gefüllt war.

Der Brief war von Felice. Isa erkannte sogleich die Handschrift ihres Vaters. Mit einem verzweifelten Kopfschütteln streckte sie das Papier Julia zu.

„Bitte, lies du es vor. Ich kann es nicht.“

KAPITEL FÜNFUNDVIERZIG

Julia nahm den Briefbogen entgegen und begann Felices Worte vorzulesen.

„Liebe Isa,

Wenn du diese Zeilen liest, werde ich tot sein. Du musst davon ausgehen, dass ich nicht freiwillig aus dem Leben geschieden bin. Man hat mich getötet. Weshalb es dazu kam, ist eine lange Geschichte, deren Einzelheiten du nicht zu wissen brauchst.

Ich habe vor vielen Jahren einen großen Fehler gemacht. Als ich nach dem Tod meines Vaters Besitz und Leitung des Landguts übernommen hatte, stand San Vicente kurz vor dem Bankrott. Ich brauchte dringend neues Kapital, um den Betrieb weiterführen zu können.

Um San Vicente vor dem Konkurs zu retten, habe ich mich in die Hände von Leuten begeben, die von Anfang an beabsichtigt haben, den guten Ruf des Landguts und seiner Produkte für ihre kriminellen Aktivitäten zu nutzen. Seit sie meine Schulden übernommen und Mittel für die Modernisierung und den weiteren Ausbau investiert hatten, war San Vicente in der Hand der ´Ndrangheta. Ihr Vertreter Carrera hat hinter der Fassade des Landguts einen Knotenpunkt ihrer internationalen

Betrügereien mit Olivenöl aufgebaut. Im Valle Castagna haben sie neue Betriebsgebäude errichtet, zu denen niemand von uns je Zutritt hatte. Dort gibt es auch ein großes Labor zur Herstellung von gepanschtem und gefälschtem Olivenöl.

Mit der Zeit habe ich einiges über die betrügerischen Aktivitäten der Organisation auf San Vicente herausgefunden. Das Öl wird aus Tunesien, Spanien und anderen Ländern mit Schiffen nach Kalabrien gebracht. Im Hafen wird es auf Tankfahrzeuge umgeladen, die es dann zu uns nach San Vicente transportieren.

Dieses Öl ist von extrem schlechter Qualität. Es dürfte nicht als Nahrungsmittel verkauft werden. Nachdem es bei uns angekommen ist, wird es von Chemikern so gemischt und aufgepeppt, dass es wie unser eigenes gutes Öl mit dem Prädikat Extra Vergine in die nordeuropäischen Länder verkauft werden kann. Anschließend wird es erneut auf die Tankfahrzeuge verladen und im Norden Italiens, wo die Organisation eine weitere Fabrik betreibt, in Flaschen abgefüllt und etikettiert.

Ich versuche mit aller Kraft, mich und San Vicente wieder aus der Umklammerung durch die Organisation zu lösen und hoffe inständig, dass du diesen Brief nie lesen musst. Aber wenn mir etwas zustösst, sollst du wissen, warum und durch wen ich ermordet wurde.

Es tut mir unendlich leid, dass es so gekommen ist und ich keine Möglichkeit mehr habe, unsere Beziehung zueinander zu vertiefen. Nun ist es zu spät. Als ich damals in meiner Verzweiflung über meine finanziellen Probleme die Mafia nach San Vicente holte, habe ich einen Fehler gemacht, den ich jetzt mit meinem Leben bezahlt habe.

Ich liebe dich!

Dein Vater Felice."

KAPITEL SECHSUNDVIERZIG

Julia legt den Brief vor sich auf den Tisch. Lange schwiegen sie alle betroffen. Schließlich sagte Julia mit leiser Stimme:

„Das erklärt vieles, was wir in den vergangenen Jahren nicht verstehen konnten."

„Wie meinst du das?", wollte Max wissen.

„Die Lastwagenkonvois zum Beispiel. Sie kommen immer bei Dunkelheit, meist in der zweiten Hälfte der Nacht, als wollten sie nicht bemerkt werden. Aber man sieht und hört sie natürlich, sowohl bei der Ankunft wie auch bei der Abreise am nächsten Abend. Manchmal haben wir auch einen oder mehrere Fahrer gesehen, wenn sie kurz ins Dorf kamen, um Zigaretten oder sonst etwas einzukaufen. Doch sie reden kaum je mit jemandem von uns. Und kurz darauf sind sie wieder weg."

Sie blickte zu Isa.

„Du hast sie sicher auch gesehen."

Isa hatte sich wieder gefasst und nickte.

„Natürlich. Mit einem der Fahrer habe ich vor ein paar Wochen sogar gesprochen."

Julia und Max blickten sie fragend an.

„Ich habe ihn zufällig im Coop kennengelernt. Während ich

meine Einkäufe einpackte, bezahlte er seine Zigaretten. Als ich aus dem Laden kam, stand er draußen und rauchte. Er sprach mich an, und wir wechselten ein paar Worte. Dann lud er mich zu einem Kaffee ein. Wir gingen in die Bar Centrale und plauderten ein wenig miteinander."

„Was weißt du von ihm?", wollte Max wissen.

„Eigentlich nichts. Er heißt Antonio. Als ich ihn fragte, was er hier mache, sagte er nur, er fahre einen der großen Tankwagen. Doch es war deutlich, dass er nicht über sich und seine Arbeit reden wollte. So fragte ich nicht weiter. Wir sprachen über das Wetter, die bevorstehende Olivenernte und andere Belanglosigkeiten. Er fragte mich nach meiner Arbeit, und ich sagte ihm, dass ich im Verkaufsshop von San Vicente arbeite. Ich fand ihn eigentlich ganz sympathisch."

„Wann war das?" fragte Julia.

„Es ist schon eine Weile her, einige Wochen, genau weiß ich es nicht mehr."

„Und hast du ihn seither wieder getroffen?"

Isa schüttelte den Kopf.

„Er hat mir seine Handynummer gegeben und gefragt, ob er mich mal im Shop besuchen dürfe. Ich habe diese Frage einfach übergangen, weil er mich nicht interessierte, und mich für den Kaffee bedankt. Seither habe ich nichts mehr von ihm gehört."

„Das hilft uns nicht weiter", sagte Max nachdenklich. „Nehmen wir mal an, das ist alles so, wie es Don Felice im Brief beschreibt."

Er erhielt sogleich einen empörten Blick von Isa und fügte rasch hinzu:

„Natürlich ist es so. Ich zweifle nicht daran. Aber ein hieb- und stichfester Beweis für das, was offenbar auf San Vicente abläuft, ist dieser Brief noch nicht."

Wieder blieb es lange still in der Runde. Diesmal war es die Anwältin, die sich zuerst äußerte.

„Der Brief weist immerhin unmissverständlich auf kriminelle Machenschaften hin. Und ich denke", fügte sie hinzu und blätterte durch die Papiere im Sichtmäppchen, „diese Unterlagen hier, die Felice dem Brief beigelegt hat, werden das bestätigen. Was genau da drin steht, verstehe ich auch noch nicht. Es sind Zahlen und Formeln, von denen ich nicht weiss, was sie bedeuten. Am besten wir schalten die Polizei ein."

Julia wiegte zweifelnd den Kopf.

„Mir ist unwohl beim Gedanken, dass irgendwelche Behörden jetzt schon diese Unterlagen erhalten", meinte sie schliesslich. „Wir wissen ja nicht, ob korrupte Mitarbeiter der Behörden in die Machenschaften auf San Vicente involviert sind. Die Art und Weise, wie sie die Ermittlungen um Felices Tod angegangen sind, erscheint mir seltsam. Die Betrügereien, die der Brief schildert, sind so groß, dass sie kaum ohne tatkräftige Unterstützung durch die Behörden möglich wären. Und wir wissen nicht, wem wir vertrauen können."

Die Anwältin wusste, dass Julia recht hatte. Zwar war die Korruption in der Toskana weniger verbreitet als in anderen Landesteilen. Doch wenn Don Felice recht hatte mit seinen Behauptungen, mussten sie sicherstellen, dass der Brief nicht in die falschen Hände gelangte.

„Es gibt in Florenz eine Brigade der Guardia Finanza, die sich speziell mit Lebensmittelbetrug befasst", meinte sie schließlich. „Ich kenne den Leiter dieser Sondereinheit. Er ist ganz sicher nicht korrupt. Ich denke, ihm könnten wir uns anvertrauen."

Nach kurzem Nachdenken nickten die drei zustimmend. Die Anwältin griff zum Telefonhörer. Sie legte den Anruf auf den Lautsprecher. Doch es stellte sich heraus, dass der Offizier, den sie sprechen wollte, für einige Tage auf einer Fortbildung im Ausland war. Die Mitarbeiterin, die den Anruf entgegengenommen hatte, weigerte sich, der Anwältin die private Handynummer oder die Mailadresse des Capitano herauszugeben, und schlug ihr einen anderen Gesprächspartner vor. Doch die

Anwältin bestand darauf, mit ihrem Vertrauensmann sprechen zu können. Sie wollte auch nicht offenlegen, worum es ging und weshalb sie den Capitano so dringend sprechen musste. Sie bat darum, ihm eine Nachricht zu hinterlassen mit derBitte, sie nach seiner Rückkehr sogleich zurückzurufen.

Nachdem man ihr das zugesichert hatte, beendete sie das Gespräch.

„Dann müssen wir halt warten, bis er wieder zurück ist. Auf ein paar Tage kommt es nicht an. Sobald er da ist, bitte ich ihn, hierher zu kommen. Dann setzen wir uns zusammen und besprechen gemeinsam mit ihm die weiteren Schritte. Ich sehe nicht, was wir momentan sonst noch tun könnten."

Mit Blick zu Isa fügte sie hinzu: „Aus rechtlicher Sicht ist der Brief leider nicht viel mehr als eine Behauptung. Auch wenn ich überzeugt bin, dass alles so ist, wie es Don Felice festgehalten hat. Aber das müssen Fachleute beurteilen. Wenn die Polizei der Sache nachgehen will, wird sie harte Beweise brauchen. Und die wird sie sich erst beschaffen müssen."

Max und Julia nickten.

Isa sagte nichts. Zweifellos hatte die Anwältin recht. Doch der Beweis eines Betrugsfalls auf San Vicente war das eine. Weit wichtiger war für sie die Aufklärung des Mordes an ihrem Vater. Dass es kein Unfall, sondern ein geplanter Mord war, war für sie bereits nach dem Gespräch mit dem alten Mechaniker klar gewesen. Der Brief war eine weitere Bestätigung ihrer Vermutung.

Sie verabschiedeten sich von der Anwältin. Als sie zurück zum Parkhaus gingen, regnete es wieder. Die Karawane der Touristen war nicht kleiner geworden. Aber jetzt trugen alle Plastikpelerinen mit Werbeaufdrucken, oder sie suchten sich mit Regenschirmen gegen die Nässe zu schützen. Ein kühler Wind wirbelte in den engen Gassen Papierabfälle vor sich her. Graue Wolken hingen bis fast zu den Türmen der Kathedrale hinunter. Ein Hauch von Winter lag über der Stadt, obwohl es noch nicht einmal Oktober war.

Das Wetter passte zu ihrer Stimmung. Schweigend fuhren sie zurück nach Castelnuovo. Als sie das Dorf erreichten, fragte Julia, ob Isa nicht noch auf einen Kaffee zu ihr kommen wolle. Sie wollte sie jetzt nicht alleine lassen.

Doch Isa lehnte dankend ab und bat, sie am Tor von San Vicente aussteigen zu lassen. Sie habe Kopfschmerzen und wolle noch ein wenig durch den Regen laufen.

Alleine.

KAPITEL SIEBENUNDVIERZIG

Isas Appartement im ersten Stock der Remise hatte nur zwei Zimmer: einen Wohnraum mit einer integrierten Küchenzeile und ein kleines Schlafzimmer, in dem ein breites Bett mit einem Nachttischchen und ein alter Holzschrank standen. Zwei verglaste, bis zum Boden reichende Türflügel sorgten für genügend Licht. Sie führten auf eine schmale Terrasse und öffneten den Blick auf den hinter dem Haus liegenden Olivenhain. Auf der Terrasse stand ein runder Tisch aus Eisen und zwei ebenfalls eiserne Stühle mit weichen Sitzkissen.

Sie zog sich um, lief die Treppe vor ihrem Appartement wieder hinunter und holte ihr Fahrrad, das sie in einem Nebenraum der Remise abgestellt hatte. Wann immer sie etwas stark beschäftigte, schwang sie sich auf ihr Fahrrad und radelte los. Körperliche Anstrengung half ihr meist rasch, den Kopf wieder freizubekommen und Abstand zu den Ereignissen und Gedanken zu gewinnen, die sie belasteten.

Der Regen hatte aufgehört, aber die Luft hatte sich deutlich abgekühlt. Isa radelte die Zufahrt zum Gut hinunter und passierte das Eingangstor. Sie folgte der Straße in Richtung Monte

Luco. Auf genau diesem Weg, ging es ihr durch den Kopf, war Felice vor ein paar Tagen in den Tod gefahren.

Gleich zu Beginn stieg die Straße hinauf nach San Gusmé. Dank ihrem regelmäßigen Training auf dem Fahrrad meisterte sie den Anstieg durch die Weinberge und Olivenhaine ohne große Anstrengung. Nach ein paar Kilometern bog sie in eine steinige und vom Regen ausgewaschene Naturstraße ein. Sie führte einen langgezogenen Hügel hinauf zu einem Plateau, das von einem Kranz eng zusammenstehender, sehr alter Zypressen eingefasst war. Auf der einen Seite des grasüberwachsenen Plateaus standen die Reste einer Kapelle, in der Mitte ein gemauerter Turm, zu dessen Kanzel eine wackelige, mit einem rostigen und wenig vertrauenserweckenden Geländer versehene Treppe hinaufführte.

Isa lehnte ihr Rad an einen Baum und setzte sich auf einen Steinblock am Rande des Plateaus. Von hier aus hatte man bei gutem Wetter einen phantastischen Ausblick über die Hügel des Chianti bis hin zum Monte Amiata am Horizont. Diesmal sah man wegen des schlechten Wetters nur bis zu den Mauern des Dörfchens San Gusmé, das unter ihr am Fuß des Hügels lag. Das Plateau war seit ihrer Kindheit einer ihrer Lieblingsplätze. Sie spürte die Kraft, die von den mächtigen Bäumen auf sie überging und ihren Kopf von schweren Gedanken befreite.

Das war auch dieses Mal so. Nach kurzer Zeit beruhigte sich ihr Herzschlag, und der Druck im Kopf ließ nach. Sie schloss die Augen, atmete ein paarmal kräftig durch und nahm einen Schluck aus der Wasserflasche, die am Rahmen ihres Bikes befestigt war.

Wieder zurück in ihrer Wohnung holte sie sich ein Glas Limonade und setzte sich an den hölzernen Küchentisch. Aus dem Gespräch in Siena hatte sich ein Wort in ihrem Gehirn eingebrannt: Beweise! Sie brauchte hieb- und stichfeste Beweise für die kriminellen Aktivitäten, die auf San Vicente stattfanden.

In ihren Augen war der Brief ihres Vaters Beweis genug.

Doch ihr war klar, dass ein unvoreingenommener Dritter das anders sehen konnte. Erst recht ein Staatsanwalt. Und wenn der Gutsverwalter und seine mafiöse Organisation die Behörden korrumpiert hatten, wovon sie ausgehen musste, würde Felices Brief mitsamt den Unterlagen sang- und klanglos verschwinden, falls sie so dumm wären, ihn auf einem Kommissariat oder Polizeiposten der näheren Umgebung abzugeben. Die Organisation würde sicherstellen, dass eine Untersuchung gar nicht erst eingeleitet oder endlos verschleppt und schließlich im Sand verlaufen würde.

Es gab nur einen Weg, um an zusätzliches Beweismaterial zu kommen. Sie musste in die geheimnisvolle Produktionshalle im Valle Castagna. Wenn irgendwo Informationen zu den von Felice erwähnten dubiosen Machenschaften zu finden waren, dann in dieser riesigen fensterlosen Ballonhalle, die keiner aus der Stammbelegschaft von San Vicente je von innen gesehen hatte.

Sie musste wieder an das Gespräch mit Felice denken. Er hatte gewusst, dass er in Gefahr war. Hätte sie doch nur etwas mehr nachgefragt! Kalte Wut stieg in ihr auf. Sie würde das Geheimnis von San Vicente lüften und herausfinden, wer für den Tod ihres Vaters verantwortlich war. Und sie würde dafür sorgen, dass die Schuldigen ihr Verbrechen büßen mussten. Dass sein Tod kein Unfall war, sondern ein kaltblütig vorbereiteter und ausgeführter Mord, war für Isa inzwischen so sicher wie das Amen in der Kirche. Nur beweisen konnte sie es nicht.

Noch nicht.

KAPITEL ACHTUNDVIERZIG

Wie die anderen Fahrer des Konvois war Antonio ein Kalabrese. In seinem Heimatdorf gab es kaum Arbeit für einen jungen Mann. Doch dank der Beziehungen seiner weit verzweigten Familie hatte er eine seriöse Ausbildung als Lastwagenfahrer absolvieren können.

Er gehörte dadurch unter seinen Fahrerkollegen zu jener kleinen Minderheit, welche ihren Führerschein nach Absolvierung aller staatlichen Prüfungen legal erhalten hatte. „Tangenti", wie man die üblichen Schmiergeldzahlungen nannte, hatte er keine leisten müssen, um zu seiner Fahrerlaubnis zu kommen. Die meisten seiner Arbeitskollegen lernten das Steuern der schweren Fahrzeuge einfach durch ‚learning by doing', zuerst als Beifahrer, und nach einiger Zeit saßen sie bereits selbst hinter dem Steuer. Die Summe, die man dem zuständigen Beamten für die Ausstellung des staatlichen Führerscheins bezahlen musste, war zwar niedriger als die Kosten von Fahrstunden. Sein Vater hatte jedoch darauf bestanden, dass er eine ordentliche Fahrerausbildung absolvierte. Nicht nur aus Sicherheitsgründen, sondern auch, weil er nachher die besseren Jobs mit den teureren und damit auch wieder sichereren Fahrzeugen erhalten würde.

Einige Monate nach seiner Fahrprüfung bot ihm ein entfernter Verwandter einen Job als Lastwagenfahrer für ein kalabrisches Consorzio an. Die Konditionen waren im Vergleich mit den Gelegenheitsjobs, die er sonst ergattern konnte, sehr attraktiv. Die Firma, für die er künftig arbeiten sollte, hatte ihren Sitz in Catanzaro, der größten Stadt Kalabriens. Sie war, wie ihm sein Onkel vage umschrieb, im Olivengeschäft tätig.

Antonio musste nicht lange überlegen und unterschrieb den Vertrag, den ihm sein Onkel vorlegte. Den Passus mit den Geheimhaltungsvorschriften überflog er nur kurz. Es war ihm klar, dass er über das, was er bei den Transportfahrten sehen oder erleben würde, niemandem etwas erzählen durfte. Doch warum sollte er auch? Er war im Stammland einer der mächtigsten Organisation des organisierten Verbrechens aufgewachsen. Verschwiegenheit wurde einem hier sozusagen mit der Muttermilch eingeflößt. Im Übrigen war es ihm egal, was er in seinem Umfeld sah, hörte oder miterlebte. Er wollte einzig einen sicheren Job mit einem genauso sicheren Einkommen.

Die Firma unterhielt eine große Flotte identischer Tanklastwagen, die einzeln oder in Konvois täglich im Einsatz waren. Den ersten Transport in einem Konvoi von einem halben Dutzend Tanklastwagen von einem apulischen Hafen hinauf in die Toskana hatte er noch als Beifahrer eines erfahrenen Kollegen absolviert. Auf der mehr als tausend Kilometer langen Rückfahrt hatte er streckenweise selbst das Steuer übernehmen dürfen. Und bereits wenige Tage später saß er allein in einem der fünfachsigen Kolosse.

Die Trucker machten diese Reise das ganze Jahr hindurch fast jede zweite Woche. Immer mit demselben Ziel, das sie frühestens um Mitternacht und spätestens vor Anbruch der Morgendämmerung erreichen mussten. Der Job war gut bezahlt. Die Fahrzeuge gehörten zum Besten, was es momentan an Lastwagen-Technologie zu kaufen gab. Die Zugfahrzeuge waren mit allen Assistenzsystemen ausgestattet, die auf dem Markt verfügbar waren. Sie hielten automatisch ihre Geschwindigkeit und den Abstand zum vorderen Fahrzeug des Konvois. Vom GPS gesteuert, folgten sie der vorbestimmten Route. Sie reagierten selbstständig bei Baustellen oder Verkehrsbeschränkungen. Diese Nachtfahrten in den klimatisierten, komfortablen und geräuscharmen Kabinen waren nicht zu vergleichen mit anderen, weit stressigeren Transporten auf den tagsüber notorisch überfüllten italienischen Autobahnen.

Ausgangspunkt der Fahrten war meist ein kalabrischer Industriehafen, gelegentlich auch eine der zahlreichen baufälligen Hafenanlagen in einer apulischen Bucht. Aus Tankschiffen, deren Alter man am Rostgürtel unter der Wasserlinie ablesen konnte, wurde Olivenöl in die Tanks der Lastwagen gepumpt. Manchmal wurden die Fahrzeuge auch in einem der großen Tanklager im Hinterland der jeweiligen Hafenanlage beladen.

Ziel der Fahrten war die toskanische Oliven-Fattoria San Vicente in der Nähe von Siena. Dort wurden die Fahrzeuge entladen. Die Fahrer hatten einen oder zwei Tage Pause, bevor die Tanks wieder gefüllt wurden und sie zum zweiten Teil ihrer Tour aufbrachen, der sie nordwärts ins Südtirol führte. In einer großen Abfüllanlage in der Nähe von Bozen wurden die Tanks erneut entleert, und die Fahrzeuge kehrten leer wieder in einen Terminal in Süditalien zurück, auf dessen Mauern der gleiche Olivenzweig prangte, der auch auf den silbernen Tanks der Fahrzeuge und dem Cockpit der Zugmaschinen zu sehen war.

Für ihre Fracht interessierte sich keiner der Fahrer. Olivenöl halt, so viel wussten sie, und dass es dem oft fauligen Geruch nach von minderwertiger Qualität sein musste. Es wurde im Hafen aus dem Bauch der Tankschiffe in ihre Fahrzeuge umgeladen. Woher es kam, was mit ihm geschah und für wen es bestimmt war, ging sie nichts an. Es interessierte auch niemanden, weshalb ein so großer Aufwand für die Sicherheit eines so billigen Frachtguts wie drittklassigem Olivenöl betrieben wurde. Keiner stellte Fragen, auf die er ohnehin keine

Antwort erhalten würde und die den gut bezahlten Job gefährden konnten.

KAPITEL NEUNUNDVIERZIG

Die nächtliche Ankunft eines neuen Lastwagenkonvois auf San Vicente wurde nie zum voraus angekündigt. Da Isas Appartement unweit der Zufahrt zum Gut lag, hörte sie oft das Brummen der Motoren, wenn die Lastwagen, meist spät nachts, das Eingangstor passierten und dann, lange bevor sie vom Gutshaus aus gesehen werden konnten, in den schmalen Fahrweg zum Valle Castagna abbogen.

Als sie kurz nach der Beerdigung ihres Vaters vom Shop aus sah, wie Carrera und zwei seiner Mitarbeiter mehrmals von ihren Büros im Gutsgebäude in Richtung des Valle Castagna gingen, nach einigen Stunden zurückkehrten und wieder aufbrachen, wusste sie, dass die Ankunft des nächsten Konvois unmittelbar bevorstand. In der Nacht öffnete sie ihr zur Zufahrt hin gelegenes Fenster und wartete, bis sie hörte, wie die Lastwagen sich näherten und sie in der Ferne deren Scheinwerfer erkennen konnte. Sie schloss das Fenster wieder und legte sich schlafen.

Am nächsten Vormittag suchte sie den Zettel hervor, auf dem der Lastwagenfahrer Antonio ihr damals die Nummer seines Handys notiert hatte. Sie schickte ihm eine kurze Nachricht mit der Frage, ob er abends Zeit und Lust auf ein gemeinsames Essen in einer Pizzeria im Dorf habe.

Die SMS mit seiner freudigen Zusage kam noch in der gleichen Minute zurück.

Als Isa abends mit einigen Minuten Verspätung das Lokal betrat, hatte Antonio sich schon an einem Tisch ganz hinten im Gastraum platziert. Er stand sogleich auf und streckte ihr die Hand zur Begrüßung entgegen. Sie schenkte ihm ein strahlendes Lächeln.

„Bin ich zu spät?“, fragte sie kokett und setzte sich ihm gegenüber an den Tisch.

„Nein, nein, überhaupt nicht“, beeilte er sich zu versichern. Er hatte die Speisekarte vor sich liegen und bereits ein Glas Bier getrunken. Franco, der Wirt, kam mit einer weiteren Speisekarte und begrüßte Isa.

Isa sah, dass Antonio etwas verlegen war. Sie vermutete, dass er noch nicht oft mit jungen Frauen allein in einem Restaurant gewesen war. Während sie die Speisekarte aufklappte, lächelte sie ihn erneut an.

„Die Pizzas hier sind phantastisch. Wollen wir davor eine Antipasti-Platte für zwei bestellen? Und was meinst du zu einem Glas Wein?“

Ohne seine Antwort abzuwarten drehte sie den Kopf und bedeutete Franco, der im Hintergrund wartete, die Bestellungen aufzunehmen. Sie bestellten, wie von Isa vorgeschlagen, einen großen Teller Antipasti ‚per due‘ und jeder für eine Pizza, zusammen mit einer Karaffe Rosso della Casa. Der Wirt bedankte sich und verschwand mit der Bestellung in der Küche.

Einen Moment lang schwiegen beide. Antonios Verlegenheit war fast mit Händen zu greifen. Isa sagte mit Absicht nichts und schaute ihn nur freundlich an. Schließlich brach sie das Schweigen mit einem herausfordernden Lächeln.

„Schön, dass es geklappt hat! Wann bist du denn angekommen?“

Natürlich wusste sie genau, wann der Konvoi eingetroffen war. Und sie wusste auch, dass er in der folgenden Nacht wieder weiterfahren würde. Aber sie musste Antonio mit etwas Smalltalk über seine Verlegenheit hinweghelfen, wenn sie ihm die Informationen entlocken wollte, die sie brauchte. So ließ sie ihn mit gespieltem Interesse von der langen Fahrt aus dem Süden bis hierher erzählen. Immer wieder unterbrach sie ihn mit Fragen und vermittelte ihm das Gefühl, dass nichts auf der Welt sie mehr interessiere als seine Erlebnisse auf dem Weg hierher.

Franco brachte die Antipasti. Mit ihren Gabeln pickten sie die Fleisch- und Käsehäppchen auf ihre Teller. Isa hatte nicht zufällig die Platte für zwei vorgeschlagen. Dass sie beide von derselben Holzplatte aßen, sorgte für einen Hauch von Intimität zwischen ihnen. Die half ihr, um ihm weitere Details zu seiner für den nächsten Abend anstehenden Weiterfahrt zu entlocken. Auch den Wein, den Franco mit den Antipasti auf den Tisch gestellt hatte, hatte sie mit der Absicht bestellt, ihm etwas die Zunge zu lockern, obschon sie ja gesehen hatte, dass er vermutlich lieber ein weiteres Bier getrunken hätte.

Antonio schenkte beiden ein großes Glas aus der Karaffe ein. Während sie die Antipasti und später die Pizza vertilgten, trank er den Wein mit den großen Schlucken eines passionierten Biertrinkers. Er merkte kaum mehr, wie sie ihm immer wieder nachschenkte, während Isa jeweils nur kurz an ihrem Glas nippte.

Antonio wurde von Glas zu Glas sichtlich lockerer. Franco stellte auf einen diskreten Wink von Isa hin die zweite Karaffe vor die beiden. Dass fast nur er redetet, während Isa lediglich Fragen stellte, schien ihm nicht aufzufallen. Gewiss fühlte er sich geschmeichelt, dass eine attraktive junge Frau sich für sein Leben und seinen Job interessierte. Er erzählte ihr von seiner Familie, vom kleinen kalabrischen Dorf, in dem er aufgewachsen war, und von seinem Onkel, der ihm den Job bei der Transportfirma verschafft hatte.

Das alles interessierte Isa zwar nicht. Doch sie hing mit großen Augen an seinen Lippen und hörte ihm aufmerksam zu. Schließlich lenkte sie mit ihren Fragen das Gespräch auf die Öltransporte. Dabei stellte sich zu Isas Enttäuschung heraus, dass Antonio nicht sehr viel von dem Geschäft wusste, in das er als ein kleines Rädchen in einer großen Organisation eingebunden war. Als sie beim Dessert angelangt waren und Antonio unübersehbar schon ziemlich betrunken war, kam sie wie zufällig auf den Punkt zu sprechen, für den sie dieses ganze Rendezvous inszeniert hatte.

„Und wann genau musst du morgen wieder weiter?"

Antonio war zu betrunken, um darüber nachzudenken, weshalb sie ihm diese Fragen stellte. Bereitwillig gab er Auskunft.

„Morgen kurz vor Mitternacht werden die Tanks wieder gefüllt. Anschließend fahren wir los, diesmal nordwärts. Wir sollen schon vor dem Tagesanbruch im Südtirol sein."

Hoffnungsvoll fügte er hinzu: „Aber wir können uns gut vorher noch mal treffen. Ich bin morgen den ganzen Tag über und auch abends frei."

Isa nickte und lächelte ihm zu, ohne auf sein Angebot einzugehen. Stattdessen blickte sie mit gespielter Enttäuschung auf ihre Armbanduhr.

„Oh, schon so spät? Ich muss gehen."

Sie sah die Irritation in Antonios Augen. Er hatte sich den weiteren Verlauf des Abends wahrscheinlich ein wenig anders vorgestellt. Bevor er nach dem Grund ihres plötzlichen Aufbruchs fragen konnte, legte sie ganz kurz über den Tisch hinweg ihre Hand auf die seinige. Und mit einem tiefen Blick in seine Augen, in denen die Enttäuschung über das abrupte Ende ihres gemeinsamen Abends zu sehen war, fügte sie hinzu:

„Ein anderes Mal haben wir sicher mehr Zeit. Diesmal geht's leider nicht. Weißt du schon, wann du wieder hier sein wirst?"

Seine Enttäuschung war unübersehbar. Doch es war ihm

als Süditaliener klar, dass er von einer jungen Frau beim ersten Treffen nicht gleich das erwarten konnte, was er sich uneingestanden eben doch erhofft hatte. So sagte er ihr, während er sich rasch von seinem Stuhl erhob, dass er voraussichtlich in gut zwei Wochen mit dem nächsten Konvoi wieder in San Vicente eintreffen werde.

„Super! Schick mir doch eine SMS", sagte Isa und stand rasch auf. „Und vielen Dank für den schönen Abend!"

Sie schenkte ihm ein letztes Lächeln, drehte sich um und ging mit raschen Schritten zum Ausgang, ohne noch einmal zurückzublicken.

Auf der Rückfahrt nach San Vicente dachte sie daran, wie Antonio morgen zusammen mit seinen Kollegen seinen Truck wieder beladen und dann die Nacht hindurch nordwärts fahren würde.

Er würde sie schneller wieder treffen, als er sich das erhoffte. Aber das konnte er an diesem Abend noch nicht wissen.

KAPITEL FÜNFZIG

Es ging auf Mitternacht zu, als sie sich auf den Weg zur Ballonhalle machte. Sie hatte kurz erwogen, Julia über ihr Vorhaben zu informieren. Doch es war ihr klar, dass ihre Freundin ihrem Plan nie zugestimmt hätte. Sie wäre strikte dagegen gewesen und hätte sie mit vielen zutreffenden Argumenten von ihrem Plan abzubringen versucht.

In der Deckung der Büsche schlich sich Isa bis dicht vor das elektrische Schiebetor, das den Zugang zum Warteplatz vor der Ballonhalle versperrte und durch das die Tankwagen heute Nacht wieder zur Halle einfahren würden. Sie hatte sich minutiös auf den geplanten Einbruch vorbereitet. Über ihre schwarze Jogginghose und den Sweater hatte sie ihre dunkle Regenjacke angezogen. Sie nahm die ebenfalls schwarze Mütze aus der Jackentasche, stülpte sie sich über den Kopf und streifte sie bis zum Hals hinunter. Zu Hause hatte sie zwei kleine Gucklöcher hineingeschnitten, durch die sie nun das Vorgelände der Ballonhalle absuchte.

Sie warf einen Blick auf die Leuchtziffern ihrer Armbanduhr. Mitternacht. Dank Antonio wusste sie, dass der Ladevorgang der Tanklaster unmittelbar bevorstand. Tatsächlich verging nur wenig Zeit, bis sie das dumpfe Brummen der Tankwagen hörte, die sich vom tiefer gelegenen Rastplatz in Richtung der Ballonhalle in Bewegung setzten. Die Motorengeräusche wurden lauter, und Minuten später sah sie durch das Geäst der Oleanderbüsche, wie die ersten Scheinwerfer über die Olivenbäume huschten. Das Schiebetor im Sperrzaun glitt geräuschlos zur Seite und machte den Weg zur Ballonhalle frei. Die schweren Trucks rollten im Schritttempo auf das Hallentor zu, vor dem das erste Fahrzeug stoppte.

Isa war sich bewusst, dass sie ein gewaltiges Risiko einging. Aber jetzt war es zu spät, um darüber nachzudenken. Das Falttor der Ballonhalle öffnete sich. Der vorderste Tankwagen rollte auf die Halle zu und verschwand im Innern, während sich das Tor hinter dem silbernen Aufleger wieder schloss.

Durch den Oleanderbusch sah sie das zweite Fahrzeug an sich vorbeirollen und Richtung Hallentor fahren. Sie konnte nicht erkennen, wer am Steuer saß. Doch alle Fahrer hatten, wie es bei Truckern üblich war, ein Schild mit dem Vornamen hinter die Frontscheibe ihres Fahrzeugs geklemmt.

Auf dem beleuchteten Schild des dritten Fahrzeugs stand der Name, auf den sie wartete: Antonio. Ihr Herz schlug mit einer Intensität, als hätte sie gerade einen langen Sprint hinter sich. Jede Faser ihres Körpers war aufs Äußerste angespannt.

Als sie das Falttor ein weiteres Mal zurückgleiten sah und das Fahrzeug vor Antonios Truck sich in Richtung der Halle in Bewegung setzte, sprang sie hinter dem Busch hervor auf das Trittbrett von Antonios Zugmaschine. Blitzschnell öffnete sie die Beifahrertür eine Spaltbreite und schwang sich ins Cockpit.

Antonio war so überrascht von der schwarzen, maskierten Gestalt, die er plötzlich neben sich sah, dass er im ersten Moment nur entsetzt Mund und Augen aufsperren konnte. Sie kniete sich vor dem Beifahrersitz auf den Boden und zog die Mütze vom Gesicht, damit er sie erkannte.

„Fahr weiter!“, fuhr sie ihn mit unterdrückter Stimme an.

Das Hallentor hatte sich hinter dem zweiten der eingefahrenen Tankwagen bereits wieder geschlossen. Das erste, bereits beladene Fahrzeug rollte an Antonios Truck vorbei. Der Fahrer blickte kurz zu Antonios Cockpit hinüber. Durch die verdunkelten Scheiben der Fahrerkabine konnte er die Umrisse von Antonios Oberkörper wahrnehmen. Dass sein Kollege ungläubig zum Beifahrersitz starrte, vermochte er nicht zu erkennen.

Isa duckte sich vor den Beifahrersitz, damit sie von außen nicht sichtbar war. Sie schaute Antonio direkt in die noch immer vor Schreck und Überraschung aufgerissenen Augen.

„Los, fahr vorwärts! Wenn sie mich hier finden, sind wir beide dran!“ zischte sie.

Reflexartig drückte Antonio aufs Gaspedal und rollte auf das wieder weit geöffnete Hallentor zu. Der zweite betankte Laster hatte die Halle bereits verlassen, und der Arbeiter am Tor bedeutete Antonio bereits ungeduldig, er solle vorwärtsmachen. Antonio steuerte den Wagen ins gleißende Licht der Halle bis zur weißen Markierung, mit der die Ladeposition am Boden gekennzeichnet war. Während der Betankung durften die Fahrer weder das Fenster öffnen noch das Cockpit verlassen.

Isa hatte sich auf dem Boden vor dem Beifahrersitz zusammengekauert und blickte ihn von unten herauf an. Antonio hatte sich immer noch nicht von seinem Schrecken erholt. Er hörte, wie hinten an seinem Fahrzeug die Tanköffnung entriegelt und der große Schlauch eingeklinkt wurde, über den der Tank des Trucks gefüllt werden sollte.

„Was zum Teufel soll das?“, zischte Antonio schließlich mit unterdrückter Stimme, obschon ihn draußen niemand hätte hören können.

„Ich will in der Halle bleiben, wenn du wieder hinausfährst“, antwortete Isa ihm mit ebenfalls leiser Stimme. „Ich erklär’s dir später. Sag mir, wenn es günstig ist und ich ungesehen aussteigen kann. Du fährst nach dem Befüllen deines Tanks einfach wieder ins Freie. Niemand wird mich sehen, und niemand wird je etwas davon erfahren.“

„Du bist total verrückt! Wenn sie dich finden, sind wir beide tot!“

„Mag sein“ antwortete sie leise. „Aber du hängst jetzt mit drin, ob du willst oder nicht. Sie dürfen mich nicht finden. Aber wenn du ruhig bleibst und mir hilfst, passiert uns beiden nichts.“

KAPITEL EINUNDFÜNFZIG

Sie hatte recht, das war Antonio klar. Wenn man Isa in seinem Truck fand, würde niemand ihm glauben, dass er sie nicht absichtlich hereingeschmuggelt hatte. Die Konsequenzen daraus wollte er sich lieber nicht ausmalen. Besser, er spielte mit. Wenn sein blinder Passagier erst mal wieder raus aus seinem Cockpit war, konnte er sich immer noch überlegen, was er tun sollte.

„Duck dich und warte auf mein Zeichen", sagte er angespannt. „Wenn ich wieder hinausfahre, gibt es eine Stelle, wo du ganz kurz Deckung hast. Auf deiner Seite steht dann eine Reihe hoher Regale mit Werkzeugen und irgendwelchen Kästen."

Er warf einen Blick aus dem Seitenfenster und beobachtete im Rückspiegel die Männer, die den Tankvorgang überwachten.

„Zwischen zwei der Regalen gibt es einen kleinen Zwischenraum. Da kannst du ungesehen aussteigen. Ich kann den Wagen nicht anhalten, das würde auffallen. Aber ich rolle sowieso nur im Schritttempo aus der Halle."

Er spürte sein Herz bis zum Kopf hinauf schlagen. Das Ganze war schlicht verrückt! Er selbst war verrückt, dass er mitspielte und Isa nicht einfach ans Messer lieferte. Aber nicht so verrückt, dass er sich nicht ahnte, was die Konsequenzen für sie, aber auch für ihn sein würden, würde er sie jetzt noch verraten.

Er beugte sich zum Beifahrersitz hinüber.

„Ich gebe dir ein Zeichen. Du öffnest die Tür einen Spalt weit und schlüpfst heraus. Du musst sofort im Zwischenraum des Hochregals verschwinden und dich hinter den Kästen verstecken. Ich kann dir nur für wenige Sekunden Deckung geben, dann musst du verschwunden sein."

Isa signalisierte mit erhobenem Daumen, dass sie verstanden hatte. Der Ladevorgang würde noch einige Minuten benötigen. Durch die verschlossenen Cockpitscheiben hörte er das Geräusch der Pumpe, die das Olivenöl aus einem der großen stählernen Tanks in sein Fahrzeug fließen ließ.

Er wandte sich wieder Isa zu. „Jetzt sag mir endlich, was das soll!"

Er sah Isa im Halbdunkel vor dem Beifahrersitz den Kopf schütteln.

„Später", sagte sie leise. „Wir sehen uns bei deiner nächsten Tour, falls alles gut läuft. Komm zu mir in den Shop! Dann erkläre ich's dir."

Sie drehte sich vorsichtig zur Beifahrertür und machte sich bereit, auf das Zeichen von Antonio die Tür einen Spalt breit zu öffnen und hinauszugleiten.

Antonio sah im Rückspiegel, wie der Ladeschlauch sich vom Tank des Trucks löste und angehoben wurde. Einer der Männer winkte ihm mit erhobenem Daumen zu. Gleichzeitig hörte er, wie hinten jemand mit einem Gegenstand zweimal kurz auf den Tank des Auflegers schlug. Das war das Zeichen, dass der Ladevorgang abgeschlossen war und er den Truck entlang der vorgezeichneten Spur am Hallenboden zur Ausfahrt rollen konnte.

Er startete den Motor und fuhr im Schritttempo den wie auf einer Flugzeugpiste mit gelber Leuchtfarbe angezeichneten Bogen zur anderen Seite der Halle. Langsam rollte er auf das

Hallentor zu, das sich, von einem Sensor gesteuert, wieder zu öffnen begann.

Im Seitenspiegel sah er, dass die beiden Arbeiter, die die Beladung überwacht hatten, mit den großen Öltanks beschäftigt waren. Carrera, der den Ladevorgang der Tankfahrzeuge von der kleinen Terrasse vor dem Bürocontainer aus überwacht hatte, drehte sich um und verschwand im Innern des Hallenbüros.

Noch hätte Antonio den Truck stoppen und Isa der Hallenmannschaft ausliefern können. Doch er war sich sicher, dass er damit nicht nur ihr Leben, sondern auch seines gefährdet hätte. Er konnte nur hoffen, dass Isas Plan gelang, auch wenn er keine Ahnung hatte, was genau sie beabsichtigte. Und ob sie selbst wusste, was sie da tat.

Er steuerte die Zugmaschine leicht schräg ein wenig näher an die Wand mit den Regalen. Es waren nur wenige Zentimeter, um die er von der am Hallenboden angezeichneten Idealroute abwich. Aber es reichte, um Isa durch das kaum wahrnehmbare Schrägstellen des Fahrzeugs für einige Sekunden Deckung zu geben. Inzwischen war das Hallentor wieder geöffnet worden. Während die Zugmaschine auf die Ideallinie einbog, bot der immer noch leicht schräg zur Wand stehende Tankaufleger Isa für einen kurzen Moment Deckung.

Für einen Sekundenbruchteil schaute er zu Isa hinüber.

„Jetzt!“, zischte er ihr zu.

Blitzschnell öffnete sie die Beifahrertüre einen Spalt breit. Geschmeidig wie eine Schlange glitt sie aus dem Cockpit. Von außen gab sie der Türe einen kleinen Stoß, um sie wieder ins Schloss fallen zu lassen. Während er langsam die letzten Meter zum Tor zurücklegte, sah er die schwarze Gestalt im Rückspiegel zwischen den Regalen verschwinden. Er blickte kurz zur anderen Hallenseite. Offenbar hatte niemand den kleinen Zwischenfall wahrgenommen. Das nächste Tankfahrzeug war bereits in die Halle eingefahren und wurde zur Beladung vorbereitet.

Erst als er wieder auf dem Vorplatz war und das Tor der Ballonhalle sich hinter ihm geschlossen hatte, fiel die Anspannung von ihm ab, und er begann am ganzen Körper zu zittern. Er schaffte es gerade noch, den Truck zum Warteraum zu steuern, von dem aus die beladenen Tankwagen bald wegfahren würden. Erschöpft lehnte er sich in seinem Sitz zurück. Für einen Moment schloss er die Augen und bekreuzigte sich.

„Porca puttana!" entfuhr es ihm. Er wusste nicht, ob er damit sich selbst meinte oder Isa, die sich nun irgendwo in der Ballonhalle versteckte.

Sie würde diese Halle nicht mehr lebend verlassen, da war er sich sicher.

KAPITEL ZWEIUNDFÜNFZIG

Isa duckte sich hinter die Regale, die mit Werkzeugen und Kleingeräten vollgestopft waren und ihr Deckung boten, ohne den Blick auf die andere Seite der Halle zu versperren.

Niemand schien Verdacht geschöpft zu haben. Die letzten beiden Tankwagen wurden beladen und rollten im gleichen Prozedere wie zuvor Antonios Fahrzeug aus der Halle in die Nacht hinaus. Durch eine kleine Spalte zwischen öligen Plastikgefäßen sah sie zwei Männer in leuchtend gelben Overalls an den Stahltanks hantieren. Den Geräuschen nach wurden Deckel verschlossen und Einfüllstutzen fixiert. Einer notierte etwas auf seinem Klemmbrett.

Nach einem kurzen Wortwechsel, von dem sie nichts verstehen konnte, sah sie plötzlich einen der beiden auf sich zukommen. Erschrocken duckte sie sich tiefer hinter das Regal, obschon sie wusste, dass man sie in ihrem unbeleuchteten Versteck aus dem grellen Licht der Halle heraus unmöglich sehen konnte. Sie hörte, wie der Mann einen Gegenstand auf dem Gestell deponierte und zu seinem Kollegen zurückkehrte. Nach einer Weile, die Isa wie eine kleine Ewigkeit vorkam, stiegen die beiden die Treppe zur Plattform hinauf. Isa hörte, wie eine Tür geöffnet wurde und wieder ins Schloss fiel.

Es wurde still. Nach einer Weile gingen die Hallenlichter aus.

Vorsichtig spähte Isa zwischen zwei Regalen hervor. Sie sah, dass oben auf der Plattform so etwas wie ein Container stand, mit einer Tür und zwei Fenstern zur Halle. Sie sah die Umrisse von Menschen, die hinter den hell erleuchteten Fenstern hin und her liefen. Wahrscheinlich die Männer, die sie vorhin gesehen hatte, vermutete sie. Schließlich hörte sie eine Türe zuschlagen. Das Licht im Container erlosch, und die Halle lag im Dunkeln. Die zahlreichen grünen, gelben und roten Anzeigen an den Tanks und Kontrollpanels sorgten zusammen mit einer schwachen Notbeleuchtung für genug Licht, um die Umrisse der Tankanlage und den hellen Hallenboden wahrzunehmen.

Isa setzte sich in ihrem Versteck auf eine Holzpalette und wartete. Bevor sie die nächsten Schritte ihres Plans einleitete, wollte sie sicher sein, dass nicht einer der Männer oder gar Carrera nochmals in die Halle zurückkehrten.

Nach gut einer Viertelstunde richtete sie sich wieder auf und stülpte die dünne, schwarze Wollmütze wieder über ihren Kopf. Als schwarzgekleideter Schatten arbeitete sie sich vorsichtig den schmalen Durchgang zwischen Hochregalen und Außenwand der Halle entlang zur Büroplattform vor. Nur das leise Summen eines Generators war zu hören. Oben auf der Plattform sah sie rote und grüne Lämpchen leuchten.

Sie hatte eine kleine, lichtstarke Taschenlampe dabei. Doch sie knipste sie nicht an, da sie befürchtete, durch den Lichtkegel einen Sensor zu aktivieren und sich zu verraten. Ihre Augen hatten sich inzwischen an die Dunkelheit gewöhnt. Immer wieder hielt sie inne und lugte zwischen den Gestellen zur anderen Hallenseite mit den großen Tanks hinüber.

Der Raum unter der Plattform war mit Werkzeugkisten, Reinigungsmaterial und Geräten vollgestellt. An einer Holzkiste lehnte eine zusammengeklappte Leiter aus Aluminium. Vorsichtig entfaltete sie diese und lehnte sie an eine der Metallverstrebungen, mit denen die Plattform gestützt wurde. Die Leiter war nicht ganz so hoch wie die Plattform. Aber von der obersten Sprosse aus würde sie sich bis zum Boden der Plattform hochziehen können. So musste sie nicht die Stahltreppe benutzen, die wohl ebenfalls mit Sensoren gesichert war.

In einer der offenen Kisten fand sie einen Besen. Mit ihm in der Hand kletterte sie die Leiter hinauf bis zur obersten Sprosse. Dann streckte sie den Besenstiel über den Rand der Plattform.

Kaum ragte der Besen ein kleines Stück über den Rand hinaus, gingen in der ganzen Halle die Flutlichter an. Aus dem Bürocontainer hörte sie den Pfeifton einer Sirene. Rasch kletterte sie wieder zum Hallenboden hinunter, zog die Leiter von der Plattform weg und duckte sich hinter eine der Werkzeugkisten. Minuten später hörte sie Schritte über sich. Jemand hatte von außerhalb der Halle den Bürocontainer betreten, öffnete die Türe und trat auf die Plattform hinaus. Wahrscheinlich ein Nachtwächter. Isa stellte sich vor, wie er über ihrem Kopf auf der Plattform stehend mit seinen Blicken die Halle absuchte, um die Ursache des Alarms herauszufinden. Sie hörte ihn etwas vor sich hin murmeln, bevor er ins Büro zurückkehrte. Das Licht in der Halle und im Container erlosch, die Außentür des Büros wurde zugeschlagen und erneut verriegelt.

Sie wartete wieder einige Minuten. Dann stieg sie erneut auf der Leiter nach oben und löste wie beim ersten Mal mit dem Besenstiel den Alarm aus. Diesmal war sie kaum wieder unten in ihrem Versteck, als die Außentür zum Büro geöffnet wurde und der ganze Vorgang sich wiederholte.

Beim dritten Alarm hörte Isa die verärgerte Stimme des Nachtwächters, der ein paar Flüche ausstieß. Diesmal wollte er der Ursache offenbar genauer auf den Grund gehen. Von ihrem Versteck aus konnte sie sehen, wie er über die Metalltreppe zum Hallenboden hinabstieg und die Halle in Richtung Toreinfahrt abzuschreiten begann. In der Hand hielt er eine starke

Lampe, deren Lichtkegel über die Installationen an beiden Hallenwänden tanzte.

Als er die Mitte der Halle erreichte, hörte Isa mit einem Mal ein wildes Flattern. Der Wächter musste einen Vogel aufgescheucht haben, der sich bei geöffnetem Tor in die Halle verirrt und nicht mehr hinausgefunden hatte.

Der Wächter bedachte das Tier mit einem lauten Fluch und warf mit ein paar Steinchen nach ihm. Aber das schien das gestresste Flugobjekt nicht zu beeindrucken. Es zog sich in den Schutz der Halleninstallationen zurück. Offensichtlich hatte der Wächter inzwischen keine Lust mehr, der Sache weiter nachzugehen. Das Tier würde die ganze Nacht hindurch vergeblich nach einem Ausgang suchen, den es erst am nächsten Morgen finden konnte, wenn das große Hallentor wieder geöffnet würde. Bei jedem Umherflattern würde es erneut Alarm auslösen. Er brummte etwas vor sich hin und stieg die Leiter zum Büro hinauf. Wieder gingen die Lichter aus, und sie hörte, wie er die Außentür verschloss.

Isa schickte dem Vogel einen stummen Dank und wartete eine weitere Viertelstunde. Als sie überzeugt war, dass der Wächter weit genug entfernt war, kletterte sie wieder mit dem Besen in der Hand die Leiter hinauf und testete die Alarmanlage.

Sie hatte richtig vermutet: diesmal blieb alles ruhig. Die drei Fehlalarme hatten den Nachtwächter so genervt, dass er die Anlage kurzerhand ausgeschaltet ließ. Er musste ja damit rechnen, dass das Geflatter des eingesperrten Tiers ihn die ganze Nacht hindurch immer wieder in die Halle zurück gezwungen hätte. Isa lächelte bei dem Gedanken an den armen Kerl und wünschte ihm eine ruhige Nacht.

Sie selbst würde das nicht haben, denn sie hatte noch einiges vor.

KAPITEL DREIUNDFÜNFZIG

Während der Alarmphasen, als die Halle hell erleuchtet war, hatte sie aus ihrem Versteck heraus Teile des inneren Ausbaus erkennen können. Jetzt, nachdem sie sicher war, dass die Alarmanlage ausgeschaltet war, wagte sie sich aus dem Dunkel des Hochregals hinaus und leuchtete mit dem Licht ihrer Stablampe das Innere ab.

Auf der Gegenseite erkannte sie die lange Reihe riesiger, glänzender Stahltanks, die das Licht ihrer Lampe spiegelten. Auf der Höhe der Einfüllstutzen waren sie durch einen schmalen Steg aus eisernen, gelochten Elementen miteinander verbunden, auf dem man von einem Tank zum nächsten gelangen konnte. Zwischen den Tanks führten mit Handläufen versehene Leitern vom Hallenboden zum Verbindungssteg hinauf. Von jedem der Tanks gingen dicke Rohre durch die Hallenwand ins Freie. Über der ganzen Anlage lag ein unangenehmer Geruch von ranzigem Olivenöl.

Nachdem sie sich einen ersten Überblick verschafft hatte, ging Isa wieder zur Treppe, die zur Plattform führte. Sie hielt die Stablampe zwischen den Zähnen, fasste die beiden Handläufe und kletterte die Treppe hinauf, die so steil war, dass sie mehr einer Leiter glich. Nun stand sie auf einer schmalen

Plattform, ebenfalls ganz aus Stahl, mit den gleichen gelochten Bodenplatten, die sie schon beim Verbindungssteg zwischen den Tanks gesehen hatte. Sie sah, dass dieser Verbindungssteg der Hallenwand entlang zur Plattform führte, die mit einem hüfthohen Geländer gesichert war.

Sie stand nun direkt vor dem Bürocontainer, der die ganze hintere Stirnseite der Halle einnahm. Eine große Fensterfront gab aus dem Büro heraus den Blick auf die Plattform und ins Halleninnere frei. Eine kleine Tür in der Mitte verband das Büro mit der davor liegenden Plattform.

Isa drückte vorsichtig die Klinke. Zu ihrem Erstaunen war die Tür nicht abgeschlossen. Sie hatte sich überlegt, eines der Fenster des Bürocontainers einzuschlagen, um ins Innere zu gelangen. Doch das war gar nicht nötig. Noch einmal blickte sie vorsichtig um sich, dann betrat sie den Container. Der Lichtstrahl ihrer Lampe streifte zwei große Arbeitstische, auf denen Computerbildschirme standen. An der hinteren Bürowand sah sie ein mit Aktenordnern vollgestelltes Regal sowie einen Kubus auf Rollen mit Ausziehschubladen. Der Schlüssel steckte in der obersten Schublade, vermutlich vergessen von den Männern, die sie vorhin im Containerbüro gesehen hatte. Aber vielleicht schlossen sie ihre Unterlagen auch nicht ein, weil sie davon ausgingen, dass sowieso kein Unbefugter das Büro betreten konnte.

Sie öffnete die oberste Schublade und sah, dass sie mit Monatsdaten beschriebene Folder enthielt. Eine weitere Mappe mit Unterlagen lag auf einem Schreibtisch. Isa zog einige Schriftstücke heraus und legte sie vor sich auf die Tischplatte. Mit ihrem Handy fotografierte sie alle Unterlagen, die sie in den Arbeitsmappen fand. Sie legte sie die Papiere zurück und holte sich die nächste Mappe zum Tisch.

Während der nächsten Stunde arbeitete sie mit höchster Konzentration. Dann fasste sie alle fotografierten Papiere in einem File zusammen, das sie ohne weitere Kommentare an Julias E-Mailkonto weiterleitete.

Schließlich legte sie die Unterlagen wieder an ihren Platz zurück. Was genau sie da gescannt und weiterleitet hatte, wusste sie nicht. Sie hoffte einfach, so zusätzliche und beweiskräftige Informationen zur Aufklärung der Machenschaften auf San Vicente zu finden. Und vielleicht kam sie so zumindest indirekt auch zu Hinweisen auf das Motiv für den Mord an ihrem Vater.

Sie zog die Bürotür hinter sich zu und trat wieder auf die Plattform hinaus. Mit der Stablampe leuchtete sie den großen Stahltanks entlang, von denen der süßlich-faulige Geruch nach ranzigem Olivenöl ausging, der in der ganzen Halle zu riechen war.

Ein kurzer Blick auf ihre Armbanduhr zeigte, dass es kurz nach drei Uhr morgens war. Sie war schon seit mehr als zwei Stunden in der Halle. Wie sie wieder aus der Halle ins Freie gelangen würde, wusste sie noch nicht. Doch es blieb noch genug Zeit, um das herauszufinden.

Und wenn sie nun schon mal da war, dachte sie, konnte sie auch noch einen raschen Blick in einen der Tanks werfen.

KAPITEL VIERUNDFÜNFZIG

Ein kurzer Blick auf seine Uhr zeigte Carrera, dass es inzwischen drei Uhr morgens geworden war. Leise stöhnend lehnte er sich im Ledersessel zurück und massierte sich mit den Fingerspitzen die Schläfen. Wie schon oft plagte ihn eine heftige Migräneattacke, nachdem die Ladeoperationen abgeschlossen war und die Anspannung nachliess. Er beschloss, für die nächsten paar Stunden in das kleine Appartement zurückzukehren, das er im Dorf gemietet hatte.

Im Aufstehen fiel sein Blick routinemässig auf einen der Monitore, die auf seiner Pultplatte standen.

Mit einem Schlag fiel die Müdigkeit von ihm ab. Wo normalerweise ein kleiner grüner Punkt leuchtete, blinkte ihm ein ebenso kleiner, nun aber roter Punkt entgegen. Er tippte mit dem Zeigefinger darauf. Die Meldung, die auf dem Bildschirm erschien, hätte er gar nicht erst zu lesen gebraucht. Er wusste, was das rote Warnlicht bedeutete. Etwas mit der elektronischen Überwachung der Ballonhalle stimmte nicht.

Carrera zog die Tastatur zu sich heran Er öffnete eine der Applikationen und tippte einige Befehle ins System. Auf dem Bildschirm öffnete sich ein Kaleidoskop von Fenstern der verschiedenen Überwachungskameras, die das Innere der Ballonhalle und deren Umgebung abdeckten. Die nachtsichtfähigen Außenkameras übertrugen die grauen Konturen der Halle und ihrer direkten Umgebung.

Zu seinem Erstaunen blieben die Bilder aller Innenkameras schwarz. Natürlich war es noch Nacht. Doch in der Halle gab es eine Notbeleuchtung. Sie war zwar schwach, aber hell genug, damit die hochauflösenden Webcams zumindest Umrisse erfassen konnten. Carrera versuchte einzelne der Kameras anzusteuern. Keine reagierte auf seine Befehle, die Bildschirmfenster blieben schwarz.

Dafür gab es nur eine Erklärung. Das Alarmsystem musste ausgefallen sein, oder es war vorsätzlich ausgeschaltet worden.

Mit einem weiteren Befehl öffnete Carrera die Aufzeichnungen des Abends. Er spulte sie zurück bis zum Zeitpunkt, als der letzte Tankwagen die Halle verlassen und der Schichtleiter das Hallentor wieder geschlossen hatte. Dann startete er einen Schnelldurchlauf für alle Kameras. Konzentriert verfolgte er die vor ihm ablaufenden Videos in den Fenstern des Monitors. Plötzlich tippte er auf die Stoppfunktion und dann auf eines der Fenster, das sich sogleich über den ganzen Bildschirm hinweg öffnete, während die Bilder der anderen Kameras sich zu winzigen Icons am unteren Bildschirmrand zusammenzogen.

Das Video der Nachtsichtkamera zeigte, wie die Lichter in der Halle schlagartig angingen. Auf der Büroplattform begann eine Sirene zu heulen. Wenig später sah man den diensthabenden Nachtwächter auf die Plattform treten und um sich blicken. Er schien etwas zu murmeln, dann drehte er sich um und ging ins Büro zurück. Die Lichter wurden ausgeschaltet, und die Bilder zeigten wieder die schemenhaften Umrisse der Halleninstallationen. Carrera ging davon aus, dass der Wächter im Office die Alarmanlage wieder scharf stellte und dann in seinen Warteraum zurückging oder zu einer der nächtlichen Kontrollrunden durch San Vicente aufbrach.

Carrera spulte die Aufzeichnung vorwärts. Wenig später

wiederholte sich der ganze Vorgang. Der Alarm ging los, die Lichter schalteten sich ein, und der Nachtwächter erschien auf der Plattform. Carrera liess die Aufzeichnung wieder zurücklaufen. Plötzlich entfuhr ihm ein Überraschungslaut. Er spulte erneut zurück und wechselte in einen Slow-Motion-Modus. Was er sah, ließ seinen Puls schlagartig weiter ansteigen.

Eine der Wärmebild-Kameras erfasste zwischen den Regalen eine Silhouette, die sich langsam in Richtung Büroempore vorarbeitete. Man sah den im Wärmebild rot leuchtenden Fleck nur in den Sekundenbruchteilen, in denen er an den schmalen Lücken zwischen den Lagergestellen vorbeihuschte. Carrera zoomte das Bild heran, wobei es noch unschärfer wurde, als es im Dämmerlicht der Halle ohnehin war.

Auf dem Bild der Kamera, die auf die Plattform gerichtet war, erschien nun die Spitze eines Besens. Prompt lösten die Sensoren den Alarm aus. Der ganze Ablauf wiederholte sich kurz darauf noch zweimal, bis der Nachtwächter nach dem dritten Alarm die Geduld zu verlieren schien. Nachdem er wieder im Büro verschwunden war, schalteten sich die Überwachungskameras aus. Offenbar hatte er das Alarm- und Überwachungssystem ganz abgestellt, um endlich Ruhe zu haben.

Carrera warf einen Blick auf die Uhr. Seit dem letzten dokumentierten Alarm waren fast zwei Stunden vergangen. Was war in dieser Zeit in der Halle geschehen? Wo war die Gestalt, deren Umrisse er auf der Aufzeichnung gesehen hatte? Und vor allem: Wer war das?

Er öffnete eine Schreibtischschublade und steckte die dort verwahrte Pistole in seinen Hosenbund. Dann griff er nach seiner Jacke und eilte zurück zur Ballonhalle.

KAPITEL FÜNFUNDFÜNFZIG

Julia hatte schlecht geschlafen. Wirre Träume, in denen Isa und Max eine zentrale Rolle spielten, begleiteten sie durch die Nacht. Sie stand früh auf und machte sich einen Kaffee. Dann griff sie zum Handy und rief trotz der frühen Stunde Isa an, von der sie seit fast zwei Tagen nichts mehr gehört hatte. Doch sie meldete sich nicht.

Im Lauf des Vormittags versuchte Julia immer wieder, sie zu erreichen. Doch nach einigen Klingeltönen vernahm sie jedes Mal Isas Ansage auf dem Anrufbeantworter. Sie reagierte auch nicht auf die SMS, die Julia ihr nach einem weiteren erfolglosen Anruf sandte. Und im Shop, wo Isa um diese Zeit eigentlich arbeiten sollte, nahm niemand die Anrufe entgegen.

Im Lauf des Vormittags versuchte Julia immer wieder, sie zu erreichen. Doch nach einigen Klingeltönen vernahm sie jedes Mal Isas Ansage auf dem Anrufbeantworter. Schließlich tippte sie auf die Nummer von Max, der sich gleich nach dem ersten Rufton mit fröhlicher Stimme meldete.

„Buongiorno, bellezza, schön, von dir zu hören!“

Doch Julia war diesmal nicht in Stimmung, um auf seinen scherzhaften Ton einzugehen.

„Ich versuche seit Stunden, Isa zu erreichen. Sie reagiert nicht auf meine Anrufe. Sie ruft auch nicht zurück."

Das schien Max nicht weiter zu beunruhigen.

„Vielleicht hat sie die Anrufe nicht gesehen. Oder sie hat ihr Handy stummgeschaltet. Oder verlegt. Oder verloren. Es gibt viele Erklärungen, warum sie deinen Anruf noch nicht beantwortet hat."

Julia war anderer Meinung. Sie wusste, dass für Isa ihr Handy, wie für die meisten ihrer Generation, fast zu einem zusätzlichen Körperteil geworden war.

„Sie trennt sich nie von ihrem Handy", meinte sie. „Und um diese Zeit müsste sie eigentlich im Laden sein."

„Hast du dort angerufen?"

„Natürlich. Doch auch da geht niemand ans Telefon."

Er spürte die Angst in ihrer Stimme.

„Ich befürchte, da stimmt etwas nicht", fügte sie hinzu. „Isa meldet sich immer gleich, wenn ich sie anrufe. Oder sie ruft zurück, wenn sie einmal einen Anruf nicht entgegennehmen kann oder ihn zu spät gesehen hat."

„Bist du daheim?", fragte Max. „Ich komme zu dir. Versuche inzwischen weiter, Isa zu erreichen. Vielleicht meldet sie sich doch noch."

Er gab sich Mühe, zuversichtlich zu klingen. Aber dass Isa seit Stunden nicht erreichbar war, war schon seltsam und ein Grund zur Besorgnis.

Es ging nicht lange, bis Julia Max' Volvo unten auf der Straße abbremsen und dann die Zufahrt zu ihrem Haus hinauffahren hörte. Julia öffnete ihm die Eingangstür.

„Und?" fragte er sogleich, während er die paar Stufen zur Veranda heraufkam.

Sie schüttelte den Kopf.

„Nichts. Es kommt nur die Ansage des Anrufbeantworters. Aber inzwischen habe ich etwas erhalten, das mich noch viel mehr beunruhigt. Ich zeig's dir."

Max folgte ihr auf die Veranda, wo sie sich an den Holztisch setzten. Julia zeigte auf einen Stapel Papiere, der vor ihr auf dem Tisch lag.

„Ich wollte nachsehen, ob sie mir vielleicht eine Mail geschickt hat. Das hat sie tatsächlich! Alle diese Papiere kommen von ihr. Sie hat die Unterlagen von ihrem Handy aus an meine Mailbox geschickt."

Sie zeigte auf den Header des Mails. „Abgeschickt um drei Uhr nachts! Ohne Kommentar und mit der Betreffzeile ‚San Vicente'. Eindeutig von ihrem Handy aus versandt. Ich habe es einfach mal ausgedruckt."

Max griff sich eine der eng bedruckten Seiten und be-trachtete sie konzentriert, während Julia ihn angespannt beobachtete.

„Hast du eine Ahnung, was das ist?"

Max schüttelte den Kopf.

„Nein. Das sind chemische Formeln. Vielleicht Berichte und Analysen zu irgendwelchen Flüssigkeiten."

Er zeigte mit dem Finger auf eine Tabelle, die er aus dem Stapel herausgezogen hatte.

„Das sind Säurewerte. Und das hier", er zeigte auf eine andere Seite, „sieht nach einer Formel aus, vielleicht für ein Mischverhältnis."

Er sah Julia fragend an.

„Könnte das alles mit Olivenöl zu tun zu haben? Eine Ergänzung zu den Unterlagen, die Don Felice seinem Brief an Isa beigelegt hatte? "

Julia wusste es auch nicht. Sie zogen weitere Papiere aus dem Stapel und begannen in den Berichten zu lesen. Auch wenn sie vieles nicht verstanden, was da mit Zahlen und chemischen Formeln beschrieben war, wurde ihnen mit der Zeit klar, dass Max wohl richtig lag mit seiner Vermutung. Es ging um Olivenöl. Genauer gesagt um verschiedene Sorten von Olivenöl und deren chemische Spezifikationen, die nach den in den Formeln ausgedrückten Verhältnissen gemischt werden sollten.

„Die Unterlagen könnten den Lebensmittelbetrug mit Olivenöl betreffen“, meinte Max nachdenklich, „zu dem wir ja schon in den Unterlagen von Don Felice Hinweise erhalten haben.“

Julia blickte mit wachsendem Entsetzen auf die Papiere.

„Wie ist Isa zu diesen Unterlagen gekommen? Und warum hat sie mir das mitten in der Nacht geschickt?“

Max schüttelte nur den Kopf. Doch mit jedem weiteren Blatt, das sie aus dem Stapel zogen und überflogen, wurde ihnen etwas immer deutlicher bewusst:

Dass Isa in großer Gefahr war.

KAPITEL SECHSUNDFÜNFZIG

Erschrocken blickten sie einander an. „Wir müssen Isa suchen. Jetzt gleich!"

Julia stapelte die Papiere zusammen. Sie holte aus ihrem Büro eine flache Metallbox, steckte die Papiere hinein und ging die paar Stufen von der Veranda zum Vorplatz hinunter. Am Rand des Platzes hob sie eine der Steinplatten leicht an und legte die Box darunter in ein Erdloch.

„Mein Geheimversteck", sagte sie zu Max, der sie erstaunt beobachtete. „Die Box ist wasserdicht, die Papiere sind geschützt, auch wenn es wieder regnen sollte. Wenn ich etwas nicht im Haus haben will, Geld etwa oder Wertgegenstände, verstecke ich es hier, wo es sicher niemand sucht."

Zurück auf der Veranda fügte sie hinzu: „Ich habe ein ungutes Gefühl, wenn diese Papiere in meinem Haus sind. Wir können später darüber nachdenken, was wir mit ihnen tun wollen. Zuerst müssen wir Isa suchen. Alles andere ist jetzt nicht wichtig."

Das sah Max auch so.

„Fahren wir zu ihrer Wohnung", schlug er vor. „Vielleicht finden wir dort einen Hinweis!"

Inzwischen war es später Vormittag geworden. Eine für die

Jahreszeit ungewöhnlich heiße Sonne wärmte zwischen den sich auftürmenden Gewitterwolken hindurch die Luft. Einige Mücken tanzten über dem warmen Asphalt der Straßen und Plätze. Ein schwacher Wind streifte durch die Olivenhaine und ließ die silbergrünen Blätter im Sonnenlicht tanzen.

Wenigen Minuten später bog Max' Volvo in die gepflasterte Zufahrt nach San Vicente ein. Die Torflügel standen offen, die Pförtnerloge war nicht besetzt. Wahrscheinlich hatte sich Luigi zu einer kleinen Siesta zurückgezogen und das Tor einfach offen gelassen, um nicht jedes Mal gestört zu werden, wenn ein Mitarbeiter oder Besucher die Allee hinauf zum Gutsgebäude oder umgekehrt hinunter ins Dorf fahren wollte.

Sie fuhren zum Mitarbeiterparkplatz und stellten das Auto in den Schatten der Zypressen. Julia zeigte wortlos auf den gedeckten Unterstand, wo neben anderen Fahrzeugen der Mitarbeiter von San Vicente auch Isas kleiner Fiat stand.

Rasch gingen sie zur Remise und eilten, immer zwei Stufen auf einmal nehmend, die Treppe zu Isas Appartement hinauf.

Sie klingelten. Keine Reaktion. Sie riefen Isas Namen. Keine Antwort. Zögernd drückte Julia die Türklinke. Zu ihrem Erstaunen war das Appartement nicht abgeschlossen. Mit einem kleinen Schubs stieß sie die Türe auf. Max musterte kurz den Türrahmen, während sie das Appartement betraten. Es gab keine Spuren, die auf eine gewaltsame Öffnung der Türe hingewiesen hätten.

Als sie durch den kleinen Flur den Wohnraum betraten, entfuhr Julia ein kurzer Schreckenslaut. Die Türen des Kleiderschranks standen weit offen, Isas Kleider und Wäsche lagen hingeworfen auf dem Boden. Die Schubladen der Kommode im Schlafzimmer waren geöffnet und nicht richtig wieder zugestoßen worden. Auf dem kleinen Arbeitspult lagen einige Ordner, aufgeschlagen und wie achtlos hingeworfen. Der Zeitungsstapel neben dem Bett war umgefallen. Selbst die schwere Matratze lag schräg auf dem Bettgestell, als sei sie angehoben und dann wieder auf den Bettrost geworfen worden.

Max warf einen kurzen Blick ins Badezimmer. Auch hier standen die Schubladen des kleinen Kästchens unter dem Waschbecken offen. Ein Handtuch lag auf dem Boden in der Dusche. Nur die Kosmetiksachen auf dem schmalen Glasregal über dem Waschbecken standen geordnet nebeneinander und bildeten einen Kontrast zum Durcheinander im Rest der Wohnung.

Julia hatte sich inzwischen in der kleinen Küche umgesehen, wo es ebenfalls aussah, als wäre ein Sturm durchgezogen. Ungläubig blickte sie zu Max hinüber, der im Türrahmen stand und das Durcheinander musterte.

„Was zum Teufel ist hier los?"

Beiden war klar, dass das Durcheinander nicht von Isa so hinterlassen worden war. Jemand war vor ihnen im Appartement gewesen und hatte es hastig, aber gründlich durchsucht. Wer? Was hatte der Eindringling gesucht?

Und vor allem: Wo war Isa?

Sie zogen die Türe wieder hinter sich zu und gingen zum Vorplatz hinunter. Als sie aus dem Haus traten, kam ihnen vom Verwaltungstrakt her Carrera entgegen. Julia ging sogleich auf ihn zu. Max fiel ihr harter, Verachtung und Hass ausdrückender Blick auf, mit dem sie den Gutsverwalter anblickte.

„Wir suchen Isa", sagte sie mit eisiger Stimme. „Haben Sie sie gesehen? Oder wissen Sie, wo wir sie finden können?"

Carrera musterte die beiden erstaunt. Dann zuckte er bedauernd mit den Schultern.

„Nein. Ich habe sie zuletzt gestern von meinem Büro aus den Shop verlassen und weggehen sehen."

„Wann genau war das?", fragte Max.

Carrera schien nachzudenken.

„Gestern am späten Nachmittag. Sie sagte mir schon früher am Tag, sie wolle eine Freundin in Bologna besuchen und fragte mich, ob sie den Shop heute ausnahmsweise schließen dürfe. Das habe ich ihr bewilligt, es ist ja eh nicht mehr viel los in dieser Jahreszeit."

Max und Julia sahen einander wortlos an. Es war offensichtlich, dass Carrera log. Isa wäre nicht verreist, ohne Julia etwas zu sagen. Vor allem aber würde ihr kleiner Fiat nicht mehr im Unterstand stehen, wenn sie nach Bologna gefahren wäre.

Sie bedankten sich für seine Informationen und gingen zurück zum Parkplatz.

KAPITEL SIEBENUNDFÜNFZIG

„Gehen wir zu dir!“, schlug Max vor, während er die Einfahrt hinunter fuhr.

Nur wenige Minuten später waren sie zurück in der Casa Bellavista. Max setzte sich wieder auf die Veranda, Julia verschwand im Innern des Hauses. Man hörte die Kaffeemaschine rattern, dann kam Julia mit zwei Espressi zurück und setzte sich neben ihn auf die Holzbank. Schweigend tranken sie mit kleinen Schlucken den heissen Kaffee. Vom Kirchturm im Dorf trug der Wind die Glockenschläge der Turmuhr zu ihnen hinauf.

Julia schloss die Augen und lehnte den Kopf an Max' Schulter.

„Was denkst du?“ fragte sie.

Max schaute über die Olivenhügel zum Horizont, wo sich erneut Gewitterwolken zusammenballten.

„Das Gleiche wie du. Ich fürchte, Isa ist etwas zugestoßen. Und ich bin mir sicher, dass Carrera damit zu tun hat.“

Julia nickte nachdenklich. „Vielleicht sollten wir eine Vermisstenanzeige aufgeben. Dann erfahren wir, ob die Polizei mehr weiß als wir.“

Max war einverstanden. Sie fuhren hinunter ins Dorf und

stellten den Wagen auf einen der markierten Plätze direkt vor der Tabaccheria.

Der Posten der Gemeindepolizei lag auf der gegenüberliegenden Seite der Piazza. Sie traten durch das breite Portal ins Haus der Gemeindeverwaltung. Im Gang war es kühl, und es roch etwas muffig. Eine Neonröhre verbreitete schummeriges Licht. Rechts und links des Flurs führten Türen zu den verschiedenen Büros. Milchig verglaste Fenster auf halber Höhe der Türen brachten ein wenig Tageslicht in den mit einem Steinboden versehenen Flur. Vor einigen der Türen standen Stühle für Wartende, deren Einlassbegehren mit dem üblichen roten „Bitte warten“ auf den neben den Türen angebrachten Anzeigen quittiert worden war.

Das Polizeibüro lag gleich hinter der ersten Türe. Julia drückte den elektrischen Anmeldeknopf. Nach einer kurzen Wartezeit summte das Türschloss, und auf dem kleinen Bildschirm erschien in grünen Leuchtziffern die Aufforderung, bitte einzutreten.

Der große, von Neonleuchten an der Decke ausgeleuchtete Raum war mit einer Theke zur Tür hin zweigeteilt. Einige Stühle standen an der Wand. Auf der anderen Seite der Begrenzung gab es drei Schreibtische als Arbeitsplätze für die Mitarbeiter der Gemeindepolizei.

Mario, der Leiter der lokalen Carrabinieri, saß hinter einem der Schreibtische und tippte mit zwei Fingern auf der Computertastatur herum. Seine Uniformjacke hatte er zusammen mit dem Pistolengürtel über die Lehne seines Stuhls gehängt. Er war allein; seine beiden Kollegen gingen wohl irgendwo einem Hühnerdiebstahl oder Autounfall nach.

Als er Julia und Max eintreten sah, stand er überrascht auf und empfing sie mit einem freundlichen Lächeln.

„Hallo Julia! Das ist lange her, seit du mich das letzte Mal hier besucht hast!“

Er drückte Julias Hand und begrüßte auch Max, der sich als Freund von Julia vorstellte. Dann öffnete er die Klappe zwischen dem Warteraum und seinem Schreibtisch und wies auf die zwei Besucherstühle auf der anderen Seite seines Pults.

„Bitte, setzt euch."

Er setzte sich wieder hinter seinen Schreibtisch und blickte Julia fragend an.

„Schön, dich zu sehen! Was führt dich zu uns?"

Julia kam gleich zur Sache.

„Isa ist verschwunden. Wir waren vorgestern noch zusammen. Seither habe ich nichts mehr von ihr gehört. Sie antwortet weder auf Anrufe noch auf meine SMS."

Mario hörte aufmerksam zu. Es war unübersehbar, dass er die Sache nicht so dramatisch beurteilte wie Julia.

„Isa ist erwachsen", meinte er achselzuckend, als Julia ihre Schilderung beendet hatte. „Und wie du soeben selbst gesagt hast, ist es noch keine zwei Tage her, seit ihr das letzte Mal miteinander gesprochen habt. Ich selbst habe sie zuletzt an der Abdankungsfeier gesehen. Das hat sie sicher sehr aufgewühlt. Vielleicht wollte sie sich etwas zurückziehen und einfach für ein paar Tage ihre Ruhe haben."

Doch Julia schüttelte ungeduldig den Kopf.

„Sie würde nie einfach so verschwinden, ohne mich zu informieren."

Sie erzählte Mario von ihrem Besuch in Isas Appartement und der Unordnung, die sie dort vorgefunden hatten. Sie erwähnte auch, dass Isas Fiat noch auf dem Parkplatz von San Vicente stand.

Jetzt wurde auch Marios Miene ernst. Er holte ein Formular aus der Schublade und begann Julia und Max detailliert über die letzte Begegnung mit Isa und die Zeit danach zu befragen.

„Ich stelle eine formelle Vermisstenanzeige in unser System. Sie ist in allen Polizeistationen der Provinz einsehbar. Viel mehr kann ich im Moment nicht tun. Solange wir keine Hinweise über ihr Verbleiben haben, wissen wir nicht, wo wir sie suchen sollen. Ich werde aber dafür sorgen, dass jemand in ihr

Appartement fährt und abklärt, ob dort eingebrochen worden ist."

Er ergänzte das Formular mit einigen Angaben und legte es Julia zur Unterschrift vor.

„Ich werde die Vermisstenanzeige gleich nachher erfassen. Sobald ich etwas höre, melde ich mich bei dir."

Julia und Max bedankten sich und traten wieder hinaus in die warme Herbstsonne. Das Gespräch mit dem Polizisten hatte sie nicht beruhigt. Aber Mario hatte recht, Isa war eine erwachsene Frau. Vielleicht war sie wirklich durch den Tod ihres Vaters, die Abdankung und das Gespräch mit der Anwältin in Siena emotional zu stark belastet worden und deshalb einfach für einige Tage untergetaucht.

Warum sie jedoch Julia nicht informiert hatte, warum sie ihren Wagen nicht mitgenommen oder ihr Handy ausgeschaltet hatte, blieben große Fragezeichen.

KAPITEL ACHTUNDFÜNFZIG

Nach dem Besuch auf dem Polizeiposten waren Max und Julia jeder zu sich heim gefahren, hatten aber abgemacht, sich später am Tag bei Max oben auf der Pineta wieder zu treffen. Als Julia bei Max eintraf, fand sie das hölzerne Gatter zur Zufahrt weit geöffnet. Max saß im Schatten seines neu erworbenen rotbraunen Sonnenschirms am Tisch vor seinem Haus.

Als er sie kommen hörte, sprang er auf. Er schloss das Tor hinter ihr, während sie ihren Pickup über den holperigen Kiesweg in den Schatten des Hauses rollen ließ. Julia hatte auf der Ladefläche des Fahrzeugs ihren Balkenmäher zur Pineta gebracht. Sie half Max den ganzen Nachmittag hindurch, einen Teil der Wiese und die schöne Baumallee zu mähen. Die gemeinsame Arbeit half ihnen, für den Moment Isas Verschwinden ein wenig zu verdrängen.

Abends setzten sie sich an den runden Holztisch, den Max unter dem riesigen Maulbeerbaum vor dem Haus aufgestellt hatte. In einer Abstellkammer hatte er zwei Klappstühle gefunden und zum Tisch gestellt. Es war noch hell, aber die Sonne war bereits hinter den Hügeln am Horizont verschwunden. Mit dem Einbruch der Abenddämmerung strich der übliche kühle Talwind über den Wald hinauf zur Pineta. In der Ferne begannen die Lichter von Siena wie kleine Laternen zu funkeln. Wenige Minuten nach dem Sonnenuntergang setzte in den Bäumen das laute Konzert der Zikaden ein. Im Schilf des Schwimmteichs zeigten die Frösche mit ihrem Quaken, dass zumindest einige von ihnen den Sommer hindurch den Attacken der Wasserschlangen entgangen waren.

Sie stießen mit einem Glas Riserva miteinander an, den Julia aus ihrem gut bestückten Weinkeller mitgebracht hatte.

„Auf Isa! Dass sie gesund wieder auftaucht!"

Sie hatte fein geschnittene Scheiben vom Wildschweinsalami, Prosciutto di Parma, etwas Tallegio und einige weitere Antipasti mitgebracht und in Max' Küche auf einem Holzteller angerichtet. Die Feldarbeit hatte beide hungrig gemacht. Als die Antipasti-Platte bis zur letzten Gurke geleert war, brach bereits die Dämmerung über die Pineta hinein. Sie räumten den Tisch ab und gingen ins Haus. Max zeigte auf die Einrichtung des Wohnraums, die er in den vergangenen Tagen erstanden und auf die Pineta transportiert hatte.

„Na, was meinst du zu meinen neuen Anschaffungen?"

Julia schaute um sich und musterte das dunkelbraune Ledersofa, die bequem wirkenden Sessel und das noch leere Büchergestell.

„Gefällt mir gut! Bravo! Langsam beginnt es hier ja richtig wohnlich zu werden!"

Max lächelte zufrieden. „Darf ich dir noch ein Glas Wein anbieten?"

Sie blickte ihn mit leicht geneigtem Kopf an. „Sehr gerne! Aber wir könnten den Wein auch anderswo genießen."

Er nahm ihren Kopf zwischen die Hände und küsste sie. Eng umschlungen gingen sie nach hinten ins Schlafzimmer. Bett hatte er zwar immer noch keines, das sollte erst in den kommenden Tagen geliefert werden. Doch auf den Bodenplatten lag immerhin eine neue Kingsize-Matratze, mit frischer Bettwäsche bezogen.

Später, als sie heftig atmend halb auf- und halb nebeneinander lagen, fragte sie lächelnd. „Sind wir eigentlich nicht zu alt für solche Eskapaden?“

Er packte ihre Haare am Hinterkopf und zwang ihre Stirne auf die seinige. Mit gespielter Empörung schaute er in ihre nur wenige Zentimeter von ihm entfernten Augen.

„Eine wirklich dumme Frage!“, sagte er tadelnd. „Für die Liebe kann man nie zu alt sein, meinst du nicht auch? Und überhaupt: Alt sind wir noch lange nicht!“

Sie kuschelte sich an ihn und küsste ihn wieder. „Das sehe ich auch so.“ Und wieder begannen ihre Hände und Lippen sich gegenseitig zu liebkosen, bis ihre Körper ein weiteres Mal ineinander verschmolzen.

Schließlich schliefen sie ein. Die fanfarenartige Melodie von Julias Mobiltelefon, die aus ihrer achtlos zu Boden geworfenen Jeans ertönte, schreckte sie wenig später aus dem Schlaf.

„Oh, das ist meins“, murmelte sie und klaubte schlaftrunken das Handy aus ihrer Jeans. Max warf einen Blick auf seine Armbanduhr. Halb zwei Uhr!

„Vielleicht ist es Isa!“

Julia setzte sich auf und las die Nummer des Anrufers.

„Nein, es ist Otto, mein Nachbar. Es muss wichtig sein, sonst würde er mich nicht mitten in der Nacht anrufen.“

Sie drückte die grüne Annahme-Taste.

„Pronto?“

Max hatte sich auf seinen Ellenbogen aufgestützt und vernahm aus Julias Lautsprecher eine aufgeregte Männerstimme.

„Julia?“

„Ja. Was gibt’s?“

„Dein Haus brennt! Die Feuerwehr ist schon da.“

Ihre Augen weiteten sich vor Entsetzen.

„Was sagst du da?“

Doch der Anrufer hatte die Verbindung bereits wieder getrennt.

KAPITEL NEUNUNDFÜNFZIG

Sie stürzten sich in ihre Kleider und rannten zu Julias Pickup. Der Wagen schoss über die Schlaglöcher der Zufahrt. Kaum hatten sie die asphaltierte Landstraße erreicht, beschleunigte Julia den Wagen nochmals und raste die kurvige Strecke von der Pineta hinunter nach San Gusmé. Max klammerte sich an den Haltegriff in der Türe neben sich und versuchte zu verhindern, dass er in jeder Kurve entweder zur Fahrerin hinüberflog oder in die Türverkleidung des Pickup gedrückt wurde.

Als sie oberhalb von San Gusmé den Wald verließen, sahen sie weit unten, wo sie in der Dunkelheit die Casa Bellavista vermuten mussten, eine von orangen Flammen und gleißenden Scheinwerfern beleuchtete Rauchsäule in den Himmel steigen. Mit einem Entsetzenslaut drückte Julia erneut aufs Gaspedal und jagte am Dorf vorbei talwärts. Kurz nach dem Weiler Stellino sahen sie das brennende Haus vor sich.

„Santa Madonna“, entfuhr es Max.

Für einen Moment bremste Julia scharf ab, erschrocken über das apokalyptische Bild, das sich ihnen bot. Dann beschleunigte sie den Wagen wieder. Max musste sich mit beiden Händen festhalten, als sie an der Abzweigung nach San

Vicente vorbeirasten. Wenige Sekunden noch, dann bremste Julia erneut und bog in die kurze Zufahrt zu ihrem Haus ein. Das eiserne Tor stand weit offen. Ein uniformierter Polizist, den sie in der Dunkelheit nicht erkennen konnten, forderte sie mit hektischem Winken seiner Stablampe zu stoppen auf. Julia kümmerte sich nicht um seine Anweisung und raste an ihm vorbei die Zufahrt zu ihrem Haus hinauf.

Vor ihnen wuchs eine Flammenwand himmelwärts. Beissende Rauchschwaden hüllten das Anwesen in eine graue, im Lichtschein der Scheinwerfer gespenstisch wirkende Wand. Ein etwa fünfzig Meter vom Flammeninferno quer in der Auffahrt positioniertes Feuerwehrauto versperrte ihnen schließlich die Weiterfahrt. Wieder winkte ein Polizist mit einer Leuchtkelle und forderte sie zum Anhalten auf. Durch einen Vorhang aus Rauch und Wasserdunst erkannten sie Mario. Diesmal befolgte Julia die Anweisung und fuhr den Pickup in die Wiese hinter ein dort abgestelltes Fahrzeug der Feuerwehr.

Mario folgte ihnen und beugte sich zum geöffneten Wagenfenster hinunter.

„Julia! Gottseidank, wir haben befürchtet, dass du im Haus seiest."

Er trat ein wenig vom Auto zurück und wies mit seiner Kelle auf das brennende Haus.

„Du kannst nicht mehr weiterfahren, Julia", sagte er. „Da lässt sich sowieso nichts mehr machen."

Sie sprangen aus dem Auto. Mit vor Entsetzen geweiteten Augen schaute Julia auf ihr brennendes Haus. Noch waren die Strukturen der Fassade und die Umrisse trotz dichter Rauchschwaden gut erkennbar. Durch den hölzernen Dachstock loderte ein Funkenfeuer dem Himmel entgegen. Die dicken Eichenbalken, die den Dachstuhl trugen, hatten dem Feuer bisher widerstanden. Doch es schien nur eine Frage der Zeit, bis der erste Balken brechen und den Dachstock zum Einsturz bringen würde. Auf der Veranda züngelten die Flammen bereits über das Vordach die Hausfassade hinauf. Als die erste der hölzernen Säulen auf der Terrasse dem Feuer nachgab und einbrach, stürzte in einer Kettenreaktion die ganze Verandakonstruktion in sich zusammen. Der Nachtwind trug eine Wolke aus roten Glutpartikeln und Asche in ihre Richtung. Max musste Julia fast mit Gewalt davor zurückhalten, zum Haus zu stürzen. Es war längst zu spät, um wenigstens einige persönliche Sachen aus dem brennenden Haus zu retten.

Die Feuerwehr von Castelnuovo war mit ihren Fahrzeugen und Löschgeräten vor Ort. In der Ferne hörte man die Sirenen eines weiteren Fahrzeugs, das aus einer der Nachbargemeinden zur Unterstützung angefordert worden war. Behelmte Feuerwehrmänner hielten Wasserrohre auf das Haus gerichtet. Der armdicke Strahl des Löschwassers zeigte auf den Dachstock, wo das Wasser hinter der Flammenmauer verschwand. Angesichts der Gluthitze fragte sich Max, ob das Löschwasser nicht bereits über dem Haus verdunstete, ohne das Feuer wirklich eindämmen zu können. Ein Trupp Feuerwehrmänner legte eine zusätzliche Leitung zu einem Hydranten, der beim Eingang der Zufahrt platziert war.

Es war offensichtlich, dass dem Feuer trotz des Einsatzes der Feuerwehrmänner nicht mehr beizukommen war. Der Wind trug Rauch und Hitze zu Max und Julia hinüber. Etwas näher beim Haus sahen sie Gino, den lokalen Apotheker und nebenamtlichen Feuerwehrkommandanten, aus dem Rauch hinaustreten. Er zog Helm und Atemmaske aus und wischte sich Schweiß und Asche aus dem Gesicht. Als er Julia erkannte, stapfte er mit wegen der Schutzkleidung ein wenig schwerfälligen Schritten auf sie zu.

Er atmete heftig und sagte mit bedauerndem Kopfschütteln:

„Tut mir leid, Julia. Aber da ist nichts mehr zu machen. Sei froh, dass du nicht zuhause warst."

Mit einer resigniert wirkenden Handbewegung wies er auf das brennende Haus.

„Wir waren schnell vor Ort. Aber als wir ankamen, stand

das Haus schon im Vollbrand. Und das, obwohl die Mauern aus Stein sind und ihnen das Feuer eigentlich nichts anhaben kann."

Mit ohrenbetäubendem Sirenengeheul bog in diesem Moment ein weiteres Feuerwehrfahrzeug in die Zufahrt zu Julias Haus ein.

„Entschuldigt mich", bat Gino. „Verstärkung kommt. Ich bin gleich wieder da."

Er ging dem neu eintreffenden Fahrzeug entgegen und rief dem Fahrer, der den Kopf aus dem Fenster des Führungsfahrzeugs streckte, etwas zu. Seinen begleitenden Gesten entnahm Max, dass er seine Kollegen zum optimalen Standort für das Fahrzeug einwies.

„Nein!", sagte Julia ein ums andere Mal mit kaum hörbarer Stimme. Dann laut mit einem verzweifelten Schrei:

„Nein. Nein. Nein."

Sie schluchzte auf und lehnte sich, von Weinkrämpfen geschüttelt, an Max. Er legte den Arm um sie und strich ihr beruhigend über die Haare. Mit fragendem Blick schaute er zu Gino, der wieder zu ihnen zurück kam.

Julia atmete tief durch und hustete die rauchgeschwängerte Luft aus ihren Lungen. Sie löste sich aus Max' Umarmung und wandte sich dem Feuerwehrkommandanten zu.

„Gino, was ist passiert?"

Der Feuerwehrmann zuckte nur bedauernd mit den Schultern.

„Wir wissen es nicht. Noch nicht. Vor allem verstehe ich nicht, warum das Feuer so schnell um sich greifen konnte."

Er blickte auf Julia, die sich erneut an Max klammerte und entsetzt auf die Flammenhölle starrte, in der ihr Haus verbrannte.

„Ein Glück, dass du nicht im Haus warst, als das Feuer ausbrach", meinte er mit ernster Miene. „Du hättest keine Chance gehabt."

Auch das neu angekommene Feuerwehrfahrzeug hatte inzwischen seine angewiesene Position bezogen. Es fuhr seine große Drehleiter aus, auf die zwei der Feuerwehrleute hinaufstiegen, um zusätzlichen Löschschaum von oben auf den Brandherd zu spritzen. Die noch immer hoch in den schwarzen Nachthimmel lodernden Flammen und die glutroten Balken des Hauses gaben inmitten der Olivenhaine eine gespenstische Kulisse ab. Vier Rohre mit dicken Löschwasserstrahlen waren jetzt auf den Dachstock gerichtet. Die Veranda war inzwischen eingestürzt und vollständig eingeäschert. Zwei weitere kräftige Wasserstrahlen bestrichen die Umgebung des Hauses, um ein Übergreifen der durch die Nacht fliegenden Glut auf die Olivenbäume zu verhindern.

Endlich schien die Flammenwand ein wenig kleiner zu werden. Die Rauchentwicklung war jedoch immer noch enorm. Aus den Fensterlöchern zuckten glutrote Feuerzungen. Doch man sah, dass es nicht mehr lange dauern würde, bis das Feuer zumindest unter Kontrolle war. Jetzt schon war klar, dass von Julias schönem Haus nichts mehr bleiben würde. Und mit dem Haus hatte sie auch ihren ganzen persönlichen Besitz verloren.

Sie lehnte sich mit geschlossenen Augen wieder an Max‘ Schulter. Immer wieder schüttelte sie wortlos den Kopf, ehe sie erneut von einem verzweifelten Schluchzen erfasst wurde.

Es machte keinen Sinn, hier zu bleiben und zuzusehen, wie Julias Heim Stück für Stück in sich zusammenfiel. Sie konnten nichts tun, und es gab auch nichts an Möbeln oder persönlichen Besitztümern von Julia zu retten. Morgen würden von allem nur noch Asche und Trümmer übrig sein. Max legte ihr den Arm um die Schulter und zog sie sachte, aber bestimmt in Richtung ihres Autos.

„Es ist besser, ich bringe sie weg von hier“, sagte er zu Gino.

Dieser nickte. „Denke ich auch. Es ist verständlich, dass sie schockiert ist.“

Er wies mit dem Kinn in Richtung der Gaffer unten an der

Straße und auf einem der benachbarten Hügel, die sich trotz der späten Stunde eingefunden hatten.

„Wir sichern noch für ein paar Stunden die Brandstelle, damit nicht irgendeiner zu plündern versucht, was allenfalls noch übrig ist."

Und resigniert fügte er hinzu:

„Obschon ich befürchte, dass es nichts mehr zu plündern gibt, wenn der Brand erst mal gelöscht ist und der Rauch sich verzogen hat."

Max führte Julia zurück zum Auto und öffnete ihr die Türe zum Beifahrersitz. Diesmal klemmte er sich hinter das Steuer des Pickups. Als sie die Einfahrt hinunter zur Straße fuhren, sahen sie beim nun geschlossenen Tor wieder Mario, der ihnen mit seiner Leuchtkelle zuwinkte. Max stoppte und öffnete die Seitenscheibe.

Der Polizist streckte den Kopf zu ihnen hinein.

„Tut mir wirklich leid, Julia! Das sieht grässlich aus, selbst von hier. Versuche, dich etwas zu erholen. Morgen solltest du dich zu unserer Verfügung halten. Komm doch am Vormittag bei mir auf dem Posten vorbei. Vielleicht wissen wir morgen schon mehr. Und wir müssen auch dir ein paar Fragen stellen."

Julia nickte wortlos. Der Polizist hob grüßend die Hand an die Mütze und bedeutete dem Kollegen, das Tor zu öffnen und den Pickup passieren zu lassen.

Sie fuhren zurück zur Pineta. Julia würde für den Rest der Nacht bei Max bleiben.

KAPITEL SECHZIG

Kurz nach Sonnenaufgang stand Max bereits wieder in seiner kleinen Küche. Während zwei starke Espressi in die Tässchen tröpfelten, blickte er durchs Küchenfenster auf die Altstadt von Siena, die in der kühlen und trockenen Morgenluft zum Greifen nah schien. Die aufgehende Sonne beschien die Mauern der Stadt und den Campanile an der Piazza. In den Bäumen rund um das Haus waberten noch die letzten Nebelfetzen, die jedoch rasch von der Morgensonne aufgesogen wurden. In der Allee vor dem Haus setzte Vogelgezwitscher ein, das den erwachenden Tag begrüßte.

Sie hatten beide nicht schlafen können. Immer wieder wurde Julia von Weinkrämpfen geschüttelt. Max legte den Arm um sie und hielt sie fest. Mehr konnte er nicht tun. Die Bilder vom Feuerinferno, die unheimlichen Geräusche des knisternden Feuers und der krachenden Balken verfolgten sie durch die restliche Nacht.

Max trug die zwei Espressi ins Schlafzimmer. Julia hatte sich aufgesetzt und trank den heissen Kaffee in kleinen Schlucken.

„Sag mir, dass das alles nicht wahr ist! Es war nur ein Albtraum!“

Max blickte in ihre verweinten Augen und schüttelte den Kopf.

„Leider nein. Kein Albtraum."

„Aber warum? Und warum ein so gewaltiges Feuer?"

„Keine Ahnung. Trink den Kaffee aus, dann fahren wir wieder hinunter und sehen uns die Brandstelle an, bevor wir zu Mario gehen. Vielleicht weiß die Polizei bis dann schon mehr über die Brandursache."

Julia nickte. Sie zogen sich an. Ihre Kleider rochen nach Rauch und Asche, aber Julia hatte nichts anderes dabei. Rasch stürzten sie einen weiteren Espresso hinunter, dann fuhren sie hinunter zu den Überresten der Casa Bellavista.

Das eiserne Tor stand offen, als sie in die Zufahrt zur Casa Bellavista einbogen. Die Feuerwehrautos waren nicht mehr da. Rund um die Brandruine hatte die Polizei ein rot-weißes Plastikband gezogen. Ein angehängter „Avviso" untersagte namens der Behörden das Betreten der Brandstelle.

Max und Julia schlüpften dennoch unter dem Absperrband hindurch. Was vom Haus übriggeblieben war, bot ein entsetzliches Bild. Die steinernen Mauern hatten den Flammen widerstanden. Doch sie waren von Rauch und Asche geschwärzt. Von der hölzernen Veranda waren nur einige verkohlte Balken geblieben. Aus dem Innern der Ruine stiegen noch immer vereinzelte Rauchschwaden auf, auch wenn es keine Brandnester mehr gab. Über der Brandstelle lag ein ätzender Gestank nach Rauch, nassem Holz und Chemikalien des in der Nacht verspritzten Löschschaums.

Sie stapften über die schwarzen Holzreste der Veranda zur Hausmauer. Wo vorher die Eingangstüre gewesen war, gähnte ihnen ein großes schwarzes Loch entgegen. Auch die hölzernen Treppenstufen zur Veranda waren dem Feuer zum Opfer gefallen. Dafür waren die Stufen einer kurzen Steintreppe zum Vorschein gekommen, die vor dem Bau der Veranda vom Vorplatz zur Eingangstüre hinaufführte und später vom Verandaboden verdeckt worden war.

Vorsichtig stiegen sie über die Trümmerreste im Hauseingang und betraten das Innere der Brandruine. Die mächtigen Eichenbalken, welche den Dachstuhl getragen hatten, waren nicht alle verbrannt, aber vom Russ schwarz gebeizt. Zwei waren geborsten und ins Haus gestürzt. Auch die Dachziegel lagen fast alle auf dem Boden. Der Blick nach oben durch den löcherigen Dachstuhl zeigte den wolkenlosen Himmel des noch jungen Herbstmorgens. Überall tropfte Wasser von den Mauern und Überresten der Balken. Wasserpfützen auf den Cottoplatten des Fußbodens und Schaumreste an den Mauern zeugten vom nächtlichen Löscheinsatz der Feuerwehr. Die Hitze hatte einige Bodenplatten zerspringen lassen. Der Boden war übersät mit Glassplittern der geborstenen Fensterscheiben. Unter den Türstürzen lag die Asche der verbrannten Zimmertüren. Auch von den Wandschränken in Schlafzimmer und Flur waren nur vom Ruß geschwärzte Löcher in den Wänden geblieben.

Über die herumliegenden Trümmer hinweg arbeiteten sie sich von Raum zu Raum. Bei jedem Schritt galt es abzuschätzen, ob irgendwo ein weiterer Einsturz drohte. Rasch wurde ihnen klar, dass es nichts mehr zu retten gab. Die Möbel waren verbrannt, von Schränken und Kommoden nur Gerippe übrig. Julia hatte bis auf die Kleider, die sie am Leib trug, alles verloren. Wieder und wieder schüttelte sie ungläubig den Kopf, als sie sich zusammen mit Max von Raum zu Raum vortastete.

In ihrem ehemaligen Schlafzimmer sah es aus wie in den anderen Räumen. Von der Matratze war nur das Skelett der Sprungfedern übrig geblieben, das auf dem Boden lag. Eine kleine Ecke hing noch auf dem Rand des Bettgestells, dessen Stahlrahmen das Feuer nichts hatte anhaben können. Die Kommode aus Eichenholz, ein Erbstück von Julias Großvater, hatte dem Feuer ein wenig mehr Widerstand entgegensetzen können. Aber auch sie war schwarz gebeizt von Feuer und Rauch. Die Überreste der weitgehend verbrannten Schubladen lagen kreuz und quer übereinander geworfen am Boden. Von den Kleidern, mit denen sie gefüllt gewesen waren, blieben nur vereinzelte Aschehäufchen übrig.

Max schüttelte ungläubig den Kopf.

„Julia, schau dir das mal an!"

Julia erschien unter der Durchgangstüre. Max zeigte auf das Matratzengerippe und die verkohlten Schubladenreste.

„Das sieht doch aus, als hätte hier jemand etwas gesucht!"

„Wie kommst du darauf?"

„Wenn die Matratze und deren Inhalt einfach verbrannt wären, müssten dann nicht die unbrennbaren Reste auf dem Bett liegen bleiben? Und wie kommen die verkohlten Überreste der Schubladen auf den Fußboden? Sie müssten doch eigentlich in der Kommode selbst verbrennen und nicht verstreut auf dem Fußboden liegen."

Max stieg über die Schubladen hinweg ins Badezimmer. Julia folgte ihm. Gemeinsam schauten sie sich im zerstörten Raum um. Das Waschbecken war durch die Hitze geborsten. Auch die Glasscheiben der Dusche hatten der Hitze und den einstürzenden Balken nicht widerstehen können. Die Gerippe der beiden Kästchen, die Julias Kosmetika und die Frotteewäsche enthalten hatten, lagen umgekippt am Boden unter den Glassplittern des in der Hitze ebenfalls geborstenen Spiegels.

„Irgendetwas ist da faul", murmelte Max vor sich hin und trat zurück in den Flur. Ein Blick auf seine Armbanduhr zeigte, dass es inzwischen neun Uhr geworden war. Die Sonne stand bereits über den Bäumen und tauchte die Brandruine inmitten des idyllischen Olivenhains in ein warmes Licht.

Er wischte sich einige Rußpartikel vom Ärmel seines Hemdes und rief nach Julia.

„Machen wir uns aus dem Staub", meinte er, als sie unter dem ausgebrannten Türsturz des Hauseingangs erschien. „Wenn die Carabinieri uns hier beim Herumlaufen auf der Brandstelle finden, werden sie ziemlich ungehalten reagieren. Wir können sowieso nichts mehr tun. Gehen wir zu Mario.

Vielleicht wissen die Behörden inzwischen schon mehr über die Brandursache."

Julia hatte während der ganzen Besichtigung der Brandruine nicht viel gesagt. Mit leerem Blick und wie in Trance war sie von Raum zu Raum gelaufen. Sie war in diesem Haus zur Welt gekommen. Hier war sie aufgewachsen. In diesen Mauern waren ihre Eltern und Großeltern gestorben. Die Casa Bellavista war die Welt gewesen, in der sie gelebt, geliebt und gearbeitet hatte. Die Möbel des Hauses, die Bücher, die Fotografien waren Zeitzeugen von drei Generationen ihrer Familie, die hier gelebt hatten. Nichts davon war geblieben. Nur Asche, verkohlte Balken und verrußte Mauern. Wortlos drehte sie sich um und ging zum Loch unter dem rußgeschwärzten Türsturz, wo einst die Eingangstür gewesen war.

Max spürte die Trauer, die aus Julias Gesicht und Körper sprach. Das Haus konnte man wieder aufbauen. Aber das würde nichts daran ändern, dass der mit dem Haus verbundenen Schatz an Erinnerungen für immer verloren war. Julia war, zumindest vorübergehend, heimatlos geworden. Es würde Zeit brauchen, bis sie wieder in einem neu aufgebauten Haus würde leben können. Und noch viel mehr Zeit, bis die Bilder des neuen Hauses die Erinnerungen an die ehemalige Casa Bellavista und das Flammeninferno verblassen würden.

Er legte ihr den Arm um die Schultern. Bevor sie zurück zum Wagen gingen und hinunter ins Dorf fuhren, suchte Julia die Metallbox mit den Unterlagen unter der Steinplatte am Rand des Vorplatzes hervor. Zu ihrer beider Erleichterung waren die Papiere durch den Brand nicht beschädigt worden.

Sie parkten den Pickup diesmal auf dem großen Parkplatz beim Dorfeingang. Max zog den Zündungsschlüssel ab, doch sie blieben beide sitzen.

„Das war kein Unfall", sagte Max nach längerem Schweigen. „Das war geplante und gezielte Brandstiftung."

Julia blickte ihn an und nickte leicht.

„Aber warum?“ fragte sie verzweifelt. „Und vor allem: Wer hat das getan?“

Max schüttelte bedächtig den Kopf.

„Ich vermute, dass es mit den Informationen zusammenhängt, die wir von Felice erhalten haben“ meinte er. „Und den Files, die Isa dir gemailt hat.“

Sie blickten einander erschrocken an. Beide dachten sie sogleich an den Brief von Felice. Sein Tod, das Verschwinden von Isa, die rätselhaften Informationen und der Brand von Julias Haus mussten zusammenhängen.

Die Spur führte nach San Vicente zum zwielichtigen Gutsverwalter Carrera.

KAPITEL EINUNDSECHZIG

Julia machte noch immer keine Anstalten, aus dem Wagen auszusteigen. Sie schien mit ihren Gedanken weit weg zu sein. Max sah in ihrem Blick eine Mischung aus Verbitterung, Wut und Trauer. Er legte ihr den Arm um die Schultern und drückte sie leicht an sich.

Eine Weile blieben sie so sitzen. Schließlich fragte er leise:

„Ich weiß so wenig von dir! An was denkst du gerade? Gibt es etwas, das ich wissen sollte?“

Julias Schweigen stand wie eine unsichtbare Mauer zwischen ihnen. Dann entzog sie sich seiner Umarmung. Sie setzte sich auf und begann mit stockender Stimme zu erzählen.

„Es liegt schon einige Jahre zurück. Eigentlich dachte ich, es überwunden zu haben. Doch jetzt, mit dem Brand meines Hauses, kommt alles wieder hoch. Ich lebte damals, nach dem Tod meines Vaters, schon lange allein auf meinem Gut. Ich versuchte, den Schmerz über den Verlust mit Arbeit zu überwinden. Das funktioniert recht gut, wenn man morgens mit dem ersten Lichtstrahl hinaus ins Gelände geht und bis zum Abend hart arbeitet. Dann sinkt man todmüde ins Bett, schläft tief, und schon ist der nächste Tag da.

Vor Jahrzehnten hatte mein Vater mit dem Vater von Don

Felice ein Abkommen getroffen. Wir durften im Herbst unsere Ernte in die Presse von San Vicente bringen und dort verarbeiten. Als Gegenleistung hat unsere Familie jedes Jahr bei der Ernte auf San Vicente mitgeholfen. Die fand immer etwa eine Woche nach unserer eigenen Ernte statt. Wir pflücken und pressen die Früchte auch heute noch ein oder zwei Wochen früher als San Vicente. Dort warten sie, bis die Oliven fast schon von selbst von den Zweigen fallen. Dann kann man sie mit den Rüttelautomaten mit wenig Aufwand in die Netze bekommen.

Diese Zusammenarbeit funktionierte über die Jahrzehnte ohne Probleme. Auch nach dem Tod meines Vaters konnte ich unsere Ernte zur Presse von San Vicente bringen. Es ist Tradition, dass man als Olivenbauer persönlich das Einfüllen der eigenen Früchte in die Presse begleitet und zusieht, wie die ersten Tropfen aus der Presse fließen und sich zu einem immer stärkeren goldenen Strahl entwickeln.

So saß ich auch an einem Nachmittag vor einigen Jahren im Gebäude der Presse. Ich schwatzte und scherzte ein wenig mit anderen Bauern aus der Umgebung, die ebenfalls ihre Ernte nach San Vicente gebracht hatten und auf die Verarbeitung ihrer Früchte warteten. Plötzlich tauchte Carrera auf. Zuvor hatte ich ihn noch nie in der Presse gesehen. Er wechselte einige Worte mit dem Vorarbeiter, der die Pressungen beaufsichtigte. Dann schien er wieder gehen zu wollen, wandte sich aber beim Vorbeigehen wie zufällig mir zu. Er begrüßte mich freundlich und bat mich, doch kurz bei ihm im Büro vorbeizuschauen. Es gebe Unklarheiten im Zusammenhang mit dem alten Abkommen, das er unter den Dokumenten der Verwaltung gefunden habe und über die er mit mir reden wolle. Ich muss wohl etwas erschrocken gewirkt haben und sagte ihm, ich hätte die damalige Vereinbarung nicht bei mir und müsste sie erst in meinen alten Unterlagen suchen. Er versicherte mir jedoch, es sei nichts Gravierendes, aber er wolle es dennoch kurz mit mir ansehen. „Damit wir“, wie er sagte, „für ein einfaches Problem eine einfache Lösung finden."

Wenn die Pressung erst mal in Gang gekommen ist und die ersten Öltropfen in die Edelstahlwanne fließen, dauert es mehrere Stunden, bis alle Oliven gepresst sind. Ich wartete, bis ich den ersten gelb-grünen Strahl aus der Presse herausschießen sah. Dann ging ich hinüber ins Verwaltungsgebäude. Carreras Bürotür stand offen. Als er mich sah, erhob er sich sogleich, bat mich mit einer Handbewegung, auf dem Sofa Platz zu nehmen, und schloss die Tür. Den Kaffee, den er mir anbot, lehnte ich ab. Ich wollte das Ganze so rasch wie möglich hinter mich bringen. Carrera setzte sich mir gegenüber. Nach einem kurzen Geplauder kam er zur Sache. Er sagte, es gäbe weiterhin die Möglichkeit, meine Oliven bei ihm in San Vicente pressen zu lassen. Er erwarte dafür aber ab sofort eine Gegenleistung. Als ich ihn fragte, was das heißen solle, stand er auf und setzte sich neben mich aufs Sofa. Mir war sogleich klar, was er meinte. Ich wollte aufstehen und gehen, aber es war zu spät."

Julia musste sich einen Moment lang fassen, ehe sie weitersprechen konnte. Max wollte ihre Hand ergreifen, doch sie entzog sich ihm.

„Ich will es kurz machen. Er war natürlich viel stärker als ich. Er hat mich gewürgt und geschlagen, bis ich keinen Widerstand mehr leisten konnte. Dann hat er mich auf dem Sofa vergewaltigt."

Sie hatte zuletzt ganz leise gesprochen, den Blick irgendwohin in die Ferne gerichtet. Jetzt richtete sie sich auf und schaute Max an.

„So, jetzt weißt du's. Deshalb hast du gestern auf dem Parkplatz den Blick gesehen, mit dem ich Carrera begegnet bin. Ich habe bisher mit niemandem darüber gesprochen."

Max war natürlich schockiert.

„Warum bist du nicht zur Polizei gegangen? Du hättest ihn anzeigen müssen!"

Julia reagierte mit einem kurzen resignierten Kopfschütteln.

„Du kennst die Verhältnisse hier unten nicht. Das hätte nichts gebracht, außer dass ich noch mehr Schwierigkeiten bekommen hätte. Mein Wort wäre gegen seines gestanden. Ich wäre mit einer Anzeige von Anfang an auf verlorenem Posten gewesen. Carrera und San Vicente sind hier ein großer wirtschaftlicher Machtfaktor. Dass er einem Ableger der kalabresischen Mafia angehört, weiß jeder, auch wenn niemand das anspricht. Ich hätte keine Chance gehabt, wenn er einfach behauptet hätte, ich hätte ihn verführt. Oder das Ganze abgestritten hätte. Wem hätte man geglaubt? Der kleinen, alleinstehenden Olivenbäuerin oder dem mächtigen Verwalter des weit und breit größten Landguts?"

Sie schüttelte erneut den Kopf.

„Ich habe mir überlegt, ob ich Felice erzählen sollte, was ich erlebt habe. Aber dann habe ich es sein lassen. Ich wusste damals nicht, wie weit er mit Carrera und seiner Organisation unter einer Decke steckte."

In ihren leicht zusammengekniffenen Augen sah Max ein Glimmen, das er bei ihr so noch nie wahrgenommen hatte. Es drückte kalte Wut aus, gepaart mit einer heißen Emotion.

„Nein, eine Anzeige war nie eine Option. Am Schluss wäre ich noch selbst wegen Falschanzeige angezeigt und bestraft worden. Das wusste er. Und er wusste, dass ich das ebenfalls weiß. Entsprechend sicher fühlte er sich."

Jetzt sah sie Max direkt in die Augen. Das Feuer in ihrem Blick hatte sich noch verstärkt.

„Aber ich habe mir geschworen, mich für das zu rächen, was er mir angetan hat."

KAPITEL ZWEIUNDSECHZIG

Als Julia die Wagentür öffnete und aussteigen wollte, hielt Max sie zurück. „Warte noch. Mir ist noch etwas anderes durch den Kopf gegangen."

Julia blickte fragend zu ihm hinüber.

„Ich musste an unser Gespräch bei der Anwältin in Siena denken. Und an deine Bemerkung von vorhin, dass Carrera die lokale Polizei nicht zu fürchten brauche."

Julia nickte. Dass Carrera sich in dieser Hinsicht sicher fühlte, hatte sie nicht erstaunt. Jeder wusste, dass es bei der Polizei, wie bei fast jeder Behörde in Italien, schwarze Schafe gab, die mehr oder weniger freiwillig mit der Organisation und ihren Verbündeten zusammenarbeiteten. Diese Leute dienten in erster Linie als Informanten. Es gab aber auch Beamte und Politiker, die gezielt Entscheidungen trafen, die der Organisation nützten, oder die an anderer Stelle getroffene Entscheidungen zugunsten der Organisation umsetzten. Wer mit ihnen zusammenarbeitete, tat das oft des Geldes wegen, das die Organisation ihren „inoffiziellen Mitarbeitern" zuverlässiger und großzügiger auszahlte als das der Staat mit seinen mickrigen Gehältern vermochte. Aber fast noch häufiger kam es zu einer unfreiwilligen Zusammenarbeit, die meist auf Erpressung basierte. Wer privat oder beruflich irgendwo und irgendwann ein wenig vom richtigen Weg abgewichen war, musste später zur Kenntnis nehmen, dass die Organisation das wusste, egal ob es ein Griff in die Kasse, eine Schummelei bei den Strafzetteln, ein außerehelicher Fehltritt oder eine unbewilligte nebenamtliche Tätigkeit war.

„Ich denke, wir müssen mit der Weitergabe von Vermutungen an die Polizei sehr vorsichtig sein", sagte Max. „Solange wir nicht wissen, wer ehrlich und wer korrupt ist, sollten wir unsere Überlegungen zum Brandanschlag oder zum Verschwinden von Isa noch für uns behalten. Oder bist du sicher, dass von der hiesigen Gemeindepolizei niemand mit der Organisation zusammenarbeitet?"

Julia kannte Mario seit Kindertagen. Er war einige Jahre älter als sie, aber in dem kleinen Ort, der Castelnuovo in ihren Jugendjahren noch war, kannte man einander. Sie erinnerte sich, dass Mario nach dem Abschluss der Polizeischule in Rom für einige Jahre aus der Gemeinde verschwunden war. Die Verwaltung hatte ihn in eine Polizeieinheit im Süden des Landes versetzt. Erst als der langjährige Leiter des Polizeipostens hier im Dorf in Pension ging, war er auf seinen ausdrücklichen Wunsch hin zurück in seinen Geburtsort versetzt worden. Er hatte sich rasch einen guten Ruf als Capo der Gemeindepolizei erworben. Die Leute mochten ihn und seine freundliche, faire, aber konsequente Art.

Dennoch war es nicht auszuschließen, dass er während seiner Zeit im Süden mit der ʹNdrangheta oder der Mafia in Kontakt gekommen war. Zwar hatte Julia nie auch nur gerüchteweise gehört, dass er nicht ganz sauber sei. Sie wusste aber, dass die Organisation seit jeher mit „Schläfern" arbeitete. Das waren Menschen, die der Organisation in der einen oder anderen Art verpflichtet waren und die man „wecken" konnte, wenn man ihre Unterstützung brauchte.

Max hatte recht. Sie mussten sich auch Mario gegenüber vorsichtig verhalten, solange sie nicht sicher sein konnten, dass er ehrlich und unabhängig war. Das galt umso mehr für die ihnen unbekannten Polizeibeamten aus der Provinzzentrale in Siena, die zur Untersuchung des Brandes wohl noch auf sie zukommen würden.

KAPITEL DREIUNDSECHZIG

Wie beim Besuch am Vortag saß Mario an seinem Arbeitstisch und tippte mit zwei Zeigefingern auf der Tastatur seines Computers herum. Als Max und Julia ins kleine Polizeirevier traten, begrüßte er sie mit ernster Miene.

„Ihr kommt gerade richtig!" Er wies mit der Hand auf seinen Computer. „Ich schreibe am Protokoll der Ereignisse von letzter Nacht. Die im Hauptquartier in Siena wollen es möglichst heute noch haben."

Er öffnete die Klappe am Tresen und zeigte auf die zwei Stühle vor seinem Schreibtisch. Mit hörbarer Betroffenheit in der Stimme wandte er sich an Julia.

„Es tut mir so leid, Julia! Ich kann mir vorstellen, dass du keine gute Nacht hinter dir hast. Aber ich muss dir dennoch fürs Protokoll ein paar Fragen stellen."

Max konnte sich nicht zurückhalten.

„Können Sie uns sagen, was der Stand der Untersuchung ist? Gibt es schon neue Erkenntnisse?"

Der Polizist schaute ihn mit gerunzelter Stirne an. Wahrscheinlich überlegte er, ob er Max zusammen mit Julia informieren oder Max vorerst mal hinausschicken sollte. Doch dann schien er eine Entscheidung zu treffen.

„Die Spezialisten der Spurensicherung aus Siena waren schon bei der Brandruine.“

Er blickte kurz zu Julia.

„Verzeihung, in deinem Haus.“

Julia schnaubte durch die Nase.

„Du kannst ruhig Brandruine sagen. Das ist es ja auch. Was von meinem Haus noch übrig ist, ist nicht mehr mein Zuhause.“

Mario nickte mit bedrückter Miene.

„Ich verstehe deinen Schmerz, Julia. Ich weiß, was du verloren hast. Und du kannst uns glauben, wir werden alles daransetzen, um aufzuklären, was geschehen ist.“

Seine Stimme wurde wieder sachlich. Er blätterte in den Notizen, die vor ihm lagen.

„Wie gesagt, die Brandspezialisten aus Siena waren bereits in der Frühe da. Ich habe sie auf die Brandstelle geführt. Sie haben das Haus, oder was von ihm übrig ist, untersucht, wollen sich jedoch erst später über ihre Erkenntnisse und Schlussfolgerungen äußern. Ihren Gesprächen und den Antworten auf meine Fragen entnehme ich aber, dass das Ergebnis der Untersuchung ziemlich eindeutig ausgefallen ist.“

Er blickt von seinen Notizen auf und schaute Max und Julia an.

„Die Ermittler haben praktisch ausgeschlossen, dass das Feuer durch einen elektrischen Defekt oder eine ‚natürliche' Ursache entstanden ist. Sie haben mir verschiedene Indizien gezeigt, die darauf hinweisen, dass vor dem Brand eine oder mehrere Personen ins Haus eingedrungen sind und nach etwas gesucht haben.“

Max und Julia konnten es sich gerade noch verkneifen, einander einen Blick zuzuwerfen. Sie sahen beide die herausgezogenen und auf den Fußboden geworfenen Schubladen vor sich. Aber Mario brauchte nicht zu wissen, dass sie ebenfalls schon auf der Brandstelle gewesen waren und unter Missachtung der Absperrbänder und der eindeutigen Aufforderung, die Brandstelle nicht zu betreten, genau dies getan hatten.

„Die Ermittler gehen davon aus, dass das Feuer absichtlich gelegt wurde“, fuhr Mario fort. „Darüber hinaus scheint es Hinweise zu geben, dass große Mengen von Brandbeschleunigern verwendet wurden.“

Max nickte.

„Das würde auch erklären, weshalb sich das Feuer bereits so stark entwickelt hatte, als die Löschfahrzeuge eintrafen.“

Diesmal war es an Mario, zustimmend zu nicken.

„Unsere lokale Feuerwehr hatte zufälligerweise auf gestern Abend eine Übung angesetzt. Zwar auf der anderen Seite des Dorfes, aber so waren Leute und Material bereits unterwegs, als der Alarm eintraf. Sie waren innert weniger Minuten an der Brandstelle. Doch wie mir der Feuerwehrkommandant gestern schon sagte, war es trotz des schnellen Einsatzes bereits zu spät, um das Haus noch zu retten. Sie mussten sich darauf beschränken, die Ausbreitung des Feuers auf den Olivenhain zu verhindern und den Funkenflug zu reduzieren. Die Spezialisten vermuten, dass Brandbeschleuniger eingesetzt wurden. Das würde die rasche Ausbreitung des Feuers erklären.“

Er schaute wieder zu Julia.

„Auch wenn wir alle uns nichts mehr gewünscht hätten, als dein Haus zu retten. Ich weiß, was du verloren hast.“

Julias Augen füllten sich mit Tränen. Doch sie hatte sich rasch wieder unter Kontrolle.

„Danke, Mario. Ich werde mich später bei euch und der Feuerwehr für euren Einsatz bedanken. Euer Mitgefühl tut gut, auch wenn es mir Bellavista nicht mehr zurückbringt.“

Mario lehnte sich in seinem etwas abgewetzten Ledersessel zurück und blickte nachdenklich auf Julia und Max.

„Julia, hast du eine Idee, wer das getan haben könnte? Und warum? Ich kenne dich, seit du ein kleines Mädchen warst. Du hast keine Feinde hier im Dorf. Alle mögen dich, auch wenn du mit deinen lockeren Sprüchen manchmal etwas aneckst.“

Er lächelte, um zu zeigen, dass er das nicht als Kritik gemeint hatte.

„Aber deswegen zündet doch keiner dein Haus an. Das war die Arbeit von Profis, die wissen, was und wie sie's tun müssen, um mit kleinem Einsatz eine große Wirkung zu erzielen."

Sie schwiegen alle drei.

„So einen Anschlag macht man nicht ohne Grund", nahm Mario die Befragung von Julia wieder auf. „Wussten sie, dass du nicht zuhause warst? Oder gingen sie im Gegenteil gerade davon aus, dass du da warst? Wer hat ein Interesse, dir derart zu schaden oder dich sogar umzubringen? Was haben die Brandstifter bei dir gesucht, bevor sie das Haus niederbrannten?"

Julia schüttelte den Kopf, dann sagte sie mit leiser Stimme: „Ich weiß es nicht."

KAPITEL VIERUNDSECHZIG

Mario zog ein kleines Kästchen aus einer Schreibtischschublade, das sich als ein etwas nostalgisch wirkender Voice Recorder entpuppte. Er drückte die Starttaste und legte das Gerät auf einen Papierstapel.

„Ich muss dir ein paar Fragen stellen, Julia. Ich hoffe, das verstehst du. Du musst meine Fragen aber nicht jetzt beantworten, wenn du dich dazu noch nicht in der Lage fühlst. Wir können das auch nachholen."

Julia runzelte die Stirne. Ihre Stimme klang nun ziemlich ärgerlich.

„Heißt das, dass du mich verdächtigst, mein Haus vielleicht selbst angezündet zu haben?"

Mario schüttelte verneinend den Kopf.

„Nein, das tue ich natürlich nicht. Aber die Umstände verlangen, dass ich dir ein paar Fragen stelle. Sollen wir das jetzt gleich machen oder lieber später?"

Julia entspannte sich und schenkte Mario ein angedeutetes Lächeln.

„Bitte entschuldige. Du hast natürlich recht, das muss sein. Also, bringen wir's hinter uns!"

Mario tippte etwas in seinen Tischcomputer. Dann fragte

er, wo sie zum Zeitpunkt des Brandausbruchs gewesen sei. Ihre Antwort, sie habe den Abend und die Nacht bis zum Feueralarm mit Max in der Pineta verbracht, notierte er ohne sichtbares Erstaunen. Dann wollte er wissen, was sie nach dem Telefonanruf des Nachbarn getan habe, wohin sie nach dem Besuch der Brandstelle gegangen sei, wo sie die restliche Nacht verbracht habe und viele weitere Details.

Schließlich wandte er sich Max zu und fragte ihn direkt:

„Wie stehen Sie und Julia zueinander? Sind Sie ein Paar?"

Max zögerte. Konnte man ihn und Julia wirklich schon als Paar bezeichnen? War man ein Paar, wenn man miteinander schlief, immer wieder Zeit zusammen verbrachte, aber nie über eine gemeinsame Zukunft redete und das Wort Liebe bisher bei keinem von ihnen über die Lippen gekommen war?

Max rang sich zu einem knappen Nicken auf Marios Frage durch. Ja, zumindest aus seiner Sicht waren sie ein Paar. Ob Julia das auch so sah, konnten sie ja später klären. Julia fixierte irgendeinen Gegenstand im Aktenregal hinter dem Polizisten.

Der Polizist tippte einige Zeilen in seinen Computer.

„Dann können Sie die Angaben Ihrer Freundin bestätigen?"

Max nickte, und Mario tippte erneut auf seiner Tastatur herum.

Er wandte sich wieder Julia zu.

„Die Spezialisten in Siena werden noch eine Weile brauchen, um die Brandstelle vertiefter zu untersuchen und ihren Bericht fertigzustellen. Aber wir müssen wohl davon ausgehen, dass die Brandstifter es auf dich abgesehen hatten. Und vielleicht immer noch haben."

Mit ernster Miene schaute er sie an.

„Wenn es ein Mordanschlag war, ist der Kernpunkt die Frage nach dem Motiv. Wer könnte ein Motiv haben, dich umbringen zu wollen? Nochmals: Fällt dir dazu etwas ein? Denk nach! Egal was, jede Kleinigkeit kann wichtig sein."

Julia schien angestrengt nachzudenken. Sie unterdrückte den Impuls, Max´ Blick zu suchen. Max hatte recht mit seiner

Warnung. Konnte sie ausschließen, dass Mario auf der Gehaltsliste der Organisation stand? Oder von ihnen erpresst wurde? Oder ihnen sonst verpflichtet war?

Sie durften kein Risiko eingehen. Wenn der Brand ein Mordanschlag war, dann waren sie und auch Max weiterhin in Lebensgefahr. Und sie wussten immer noch nicht, was mit Isa war. Sie entschied sich, vorläufig noch nichts über die Unterlagen zu sagen, die sie gestern früh von Isa erhalten hatte. Selbst wenn von der Polizei keine Gefahr ausging, würde man sie und Max nicht schützen können. Sie mussten sich selbst helfen.

Wieder blickte sie zu Mario.

„Ich zermartere mir das Hirn, aber ich habe wirklich keine Ahnung! Ich habe niemandem etwas Böses angetan, zumindest nicht bewusst. Und schon gar nicht etwas derart Schlimmes, dass man mir dafür mein Haus abfackeln würde. Ich kann mir nicht vorstellen, dass der Brand mit mir persönlich zu tun hat."

Mario nickte und hämmerte wieder auf die Tastatur ein. Er stellte noch einige Fragen, die sich um den vergangenen Abend und die Stunden vor dem Brand drehten. Von Max ließ er sich den Personalausweis vorlegen und wollte zusätzliche detaillierte Angaben zu seiner Person haben. Schließlich druckte er das Protokoll aus und legte es Julia und Max zur Unterschrift vor.

„Ich werde sicher noch mit weiteren Fragen auf dich zukommen", meinte er zu Julia, als diese ihm ihr unterschriebenes Protokoll zurückschob.

„Für den Moment reicht das aber so. Sobald ich von den Spezialisten in Siena mehr erfahre, informiere ich euch."

Max hatte den ihn betreffenden Protokollauszug ebenfalls unterzeichnet. Mario heftete alles zusammen, kopierte die unterzeichneten Protokolle und übergab ihnen ein Exemplar. Dann stemmte er sich leicht ächzend aus seinem Sessel, wobei er ein wenig das Gesicht verzog.

„Der Rücken ... Aber man wird ja auch nicht jünger."

Er begleitete sie zur Tür und reichte ihnen die Hand zum Abschied.

„Danke für die Kooperation. Für den Moment wär's das. Ich werde mich wieder melden. Wenn euch irgend etwas einfällt, meldet euch sofort bei mir!"

„Und übrigens", sagte er mit ernster Stimme, „von Isa haben wir bisher nichts gehört. Ihr wohl auch nicht?"

Julia verneinte. Es gab keine Hinweise, dass Isas Verschwinden und der Brand von Bellavista etwas miteinander zu tun hatte. Aber ihnen war klar, dass es da einen Zusammenhang geben musste.

Sie verabschiedeten sich und gingen wortlos die wenigen Schritte vom Polizeiposten hinauf zur Bar Centrale. Sie setzten sich an ein Tischchen auf der Terrasse. Max holte zwei Espressi und ließ sich einige Süßigkeiten aus der Vitrine auf einen Teller legen. Während sie die zwei, drei Schlucke aus den kleinen Tässchen tranken, ließ jeder für sich das Gespräch auf dem Posten Revue passieren.

„Du hast gut reagiert", meinte Max schließlich. „Es wäre unklug gewesen, unseren Verdacht jetzt schon auszusprechen. Wir haben nur begründete Vermutungen, dass tatsächlich Carrera hinter dem Brandanschlag steckt. Noch wissen wir nicht, ob die neuen Informationen aus Isas Mail belastbare Beweise sind für das, was wir annehmen. Und sollte Mario doch irgendeine Verbindung zur Organisation haben, wären wir erst recht geliefert, wenn sie wüssten, wovon wir ausgehen."

Er blickte nachdenklich einem Hund nach, der hinkend am Blumenkübel vorbeilief. Whisky, der sich unter dem Tisch zusammengerollt hatte, gab ein warnendes Knurren von sich.

„Und was jetzt?", fragte Julia.

KAPITEL FÜNFUNDSECHZIG

Isa spürte, wie warme Sonnenstrahlen auf ihre geschlossenen Augenlider trafen. Ihr Kopf schmerzte, als wäre er in einen Schraubstock gespannt worden. Vergeblich versuchte sie zu begreifen, was passiert war. Das letzte Bild, das sie vor sich sah, war der Lichtblitz, als der Tankdeckel geöffnet wurde. Sie hatte nicht die leiseste Erinnerung, was nachher mit ihr geschehen oder wohin sie gebracht worden war. Auch nicht, wie viele Stunden oder Tage seither vergangen waren.

Immerhin schien sie am Leben zu sein. Vorsichtig versuchte sie, die Augen ein wenig zu öffnen. Sie blinzelte direkt in die Sonne. Vom Bett aus, auf dem sie lag, konnte sie durch ein geschlossenes Zimmerfenster auf die gegenüberliegenden bewaldeten Hügel blicken.

Das Bett stand in einem Zimmer, und das Zimmer musste Teil eines Hauses sein, so viel war ihr klar. Vorsichtig bewegte sie erst den einen, dann den anderen Arm, anschließend Beine und Füße. Ihre Glieder waren offenbar nicht gefesselt. Zwar schmerzten ihre Muskeln ob der Bewegungen, als hätte sie einen starken Muskelkater. Aber immerhin schien alles zu funktionieren.

Sie versuchte, den Kopf aus der Sonne zu drehen. Dabei

spürte sie, wie etwas am Hals sie einengte. Als sie mit der Hand zum Hals fuhr, merkte sie, dass sie ein breites Lederband um den Hals trug. Sie zerrte daran. Es war nicht eng, sie konnte problemlos die Finger zwischen Band und Hals stecken. Im Nacken ertastete sie den Verschluss des Halsbands, konnte ihn aber nicht öffnen. Dafür merkte sie, dass das Lederband mit einer eisernen Kette verbunden war.

Erschrocken öffnete sie die Augen ganz und setzte sich auf. Dabei rasselte die Kette hinter ihrem Kopf, ohne sie jedoch in ihren Bewegungen einzuschränken. Mit wachsender Panik blickte sie um sich. Das Zimmer war klein, aber sauber und dank der einfallenden Sonne sehr hell. Am Fenster sah sie einen kleinen Tisch mit einem unter die Platte geschobenen Stuhl. Neben dem Stuhl stand ein großer, mit einem Deckel verschlossener Plastikkübel. Die an einer Stange über dem Fenster angebrachten Vorhänge waren zurückgezogen und ordentlich mit einer Kordel zusammengebunden.

Sie war jetzt hellwach. Ihr Herz schlug im Panikmodus bis zum schmerzenden Kopf hinauf. Mit wachsendem Entsetzen wurde sie sich ihrer Situation bewusst. Sie saß völlig nackt auf einem Bett an der Wand des kleinen Zimmers. Genauer gesagt auf einer Matratze, die mit einem schwarzen Fixleintuch bespannt war. Sie griff nach der Kette, die vom Hals über ihren Rücken herabfiel. Sie war lang, mit fingerdicken, eisernen Gliedern. Das andere Ende der Kette war mit einem großen, metallenen Verschluss an der ebenfalls eisernen Bettstatt fixiert.

Mühsam erhob sie sich vom Bett. Der Radius der Kette erlaubte ihr aufzustehen und im Zimmer herumzugehen. Sie konnte jedoch weder bis zum Fenster gelangen noch das Zimmer verlassen. Die Zimmertür war ohnehin, wie sie sogleich ausprobierte, abgeschlossen. Als sie mit beiden Händen die Kette packte und an ihr riss, bewegte sich die Bettstatt ein wenig und produzierte ein schrilles Kratzgeräusch, als die eisernen Füße über die Bodenplatten schrammten.

Sie setzte sich wieder und rieb sich den Kopf. Verletzt war

sie nicht, abgesehen von zahlreichen Blutergüssen und roten Striemen, die ihren Körper überzogen. Zwischen den Blitzen, die in ihrem Kopf zuckten und sie bis in die Augäpfel schmerzten, tauchten unscharfe Bilder vor ihr auf, die aber verschwanden, sobald sie sie festzuhalten versuchte. Sie sah ein Gesicht vor sich. Einen Holzstuhl, auf dem sie festgebunden war. Hände auf dem Körper. Abwehr. Das Gesicht stellte brüllend Fragen. Schläge ins Gesicht, ein Lederriemen auf dem Körper. Überall Schmerzen. Hände um den Hals, die sie würgten. Ein Gewicht auf dem Körper, das sie zu Boden drückte. Und immer wieder Schläge und Schmerzen.

Jetzt hörte sie Schritte vor ihrem Zimmer. Jemand kam eine Treppe hinauf. Dann mit zügigem Schritt den Gang entlang. Die Schritte stoppten vor der Tür. Sie wich zurück an die Wand, so weit wie es die Kette erlaubte, und blickte mit angstgeweiteten Augen zur Tür.

Ein Schlüssel wurde ins Schloss gesteckt und umgedreht. Die Türe ging auf.

KAPITEL SECHSUNDSECHZIG

Im Türrahmen stand Carrera und blickte sie freundlich an. „Na also. Ich hatte schon befürchtet, du würdest noch länger schlafen. Aber als ich unten hörte, wie du an der Kette gezogen und das Bett verschoben hast, dachte ich mir, dass du bald wieder fit sein würdest."

In der einen Hand trug er einen Teller mit einem Sandwich, in der anderen eine Flasche mit San-Benedetto-Mineralwasser. Er trat ins Zimmer und stellte beides auf das Bett.

„Falls du Hunger und Durst hast."

Dann wies er kurz auf den Plastikkübel vor dem Tisch am Fenster.

„Für anderweitige Bedürfnisse ist der Plastikkübel dort gedacht."

Isa wurde sich plötzlich bewusst, dass sie nackt war. Mit den Händen versuchte sie, ihre Blößen zu bedecken. Carrera lachte nur über ihre Bemühungen.

„Keine falsche Scham. Deine Kleider musste ich entsorgen. Der Geruch von fauligem Olivenöl war zu penetrant. Du riechst selbst nackt noch nach Olivenöl. Du hättest dir für dein Bad auch nicht gerade den Tank mit dem ranzigen Öl aussuchen müssen, das wir für unsere Mischungen verwenden."

Er musterte sie von oben bis unten und fügte hinzu:

„Aber Deiner Haut hat das Öl sicher gutgetan."

Panik erfasste Isa. Ihre Stimme wurde schrill und weinerlich.

„Was wollen Sie denn von mir? Warum halten Sie mich hier fest?"

Carrera musterte sie stumm. Als er sie in der Ballonhalle überrascht und in den Öltank gestossen hatte, war er entschlossen gewesen, sie gleich zu töten. Doch während er den Tankdeckel verschloss und den Zuflusshahn öffnete, überlegte er es sich anders. Sie war Don Felices Tochter. Wenn jemand ihm Informationen über den Datenklau ihres toten Vaters verschaffen konnte, dann sie. Bei der ersten Befragung hatte sie nur geschrien. Der Schock war wohl zu gross, als dass sie ihm auf seine Fragen hätte antworten können. Vielleicht hatte er sie auch zu hart behandelt, um die gewünschten Informationen aus ihr heraus zu prügeln. So fesselte er sie und brachte sie hierher ins ehemalige Weekendhaus von Don Felice.

Er war sich des Risikos bewusst, sie am Leben zu lassen. Doch sein Bauchgefühl sagte ihm, dass es eine Verbindung geben musste zwischen ihrem Einbruch in die Halle und Don Felices Diebstahl der Informationen. Er musste auch wissen, wie sie trotz aller Schutzvorrichtungen in die Ballonhalle gelangen konnte und was sie dort getan hatte, bevor er sie am Öltank überrascht hatte. In ihrer Jeans hatte er ihr Handy gefunden, es aber nicht entsperren können. Hatte sie von der Halle aus mit jemandem telefoniert? Oder sonst Informationen übermittelt? Was hatte sie gesehen? Was wusste sie?

Er war sicher, sie würde es ihm noch sagen, denn er würde sie mit dem nötigen Nachdruck befragen. Und ein Blick auf ihren nackten Körper sagte ihm, dass er dabei durchaus das Nützliche mit dem Angenehmen verbinden konnte. Es war unumgänglich, sie zu beseitigen, aber vorher konnte er ja noch ein wenig Spaß mit ihr haben.

„Das wirst du gleich erfahren", meinte er. „Ich will wissen, warum du in der Halle warst und was du dort gesucht hast. Und natürlich auch, wie du dort hineingekommen bist."

Er trat einen weiteren Schritt auf sie zu.

„Du kannst es dir einfach machen. Oder ziemlich schwer. Die Wahl liegt bei dir."

Sie wich in die entfernte Zimmerecke zurück, so weit wie die Kette es erlaubte. Gerade als Carrera eine Hand nach ihr ausstreckte, ertönte aus dem unteren Stock das blecherne Klingeln eines Handys. Carrera zögerte, dann drehte er sich zur Tür. Über die Schulter sagte er:

„Ich komme wieder. Leg dich inzwischen ruhig wieder hin und freue dich ein wenig auf mich."

Damit verließ er das Zimmer. Die Türe ließ er offen im Wissen, dass sie ohnehin nicht entkommen konnte. Isa hörte ihn eilig den Gang entlang und die Treppe hinuntergehen. Verzweifelt drückte sie sich die Hände gegen die Schläfen und begann leise zu wimmern. Sie hörte Carrera unten immer lauter in sein Handy brüllen, ohne jedoch etwas zu verstehen. Noch immer zitternd vor Entsetzen setzte sie sich wieder aufs Bett. Sie ahnte, weshalb Carrera sie nicht gleich getötet und die Leiche beseitigt hatte. Das würde er später ohne Zweifel nachholen. Was er vorher mit ihr vorhatte, war ihr klar. Der Blick, mit dem er ihren nackten Körper gemustert hatte, war deutlich genug gewesen.

Unten war das Gespräch offenbar zu Ende. Sie hörte Carrera laut fluchen. Dann vernahm sie schwere Schritte, die aber nicht in ihre Richtung führten. Eine Tür wurde geöffnet und kräftig wieder zugeschlagen. Kurz darauf heulte vor dem Haus ein Automotor auf, und ein Wagen entfernte sich.

Dann kehrte wieder Stille ein.

KAPITEL SIEBENUNDSECHZIG

Max holte am Tresen zwei Campari und zwei belegte Brote. Er ließ sich vom Barista ein kleines Tablett geben und trug alles auf die Terrasse vor der Bar. Schweigend nippten sie an ihren Getränken.

„Wir haben noch ein anderes Problem", meinte Max nachdenklich.

Sie blickte ihn fragend an. „Was meinst du damit?"

Er überlegte kurz, wie er es ihr erklären sollte.

„Carrera ist seiner Organisation gegenüber verantwortlich für das, was auf San Vicente geschieht. Erfahren seine Vorgesetzten, dass ihm Schlüsselinformationen zu den illegalen Tätigkeiten gestohlen wurden, wird man ihm das wohl als unverzeihlichen Fehler vorwerfen. Die Organisation hat viel Kapital in den Auf- und Ausbau ihrer Drehscheibe San Vicente investiert. Wenn sich eine Spezialeinheit der Carabinieri für San Vicente zu interessieren beginnt, wären nicht nur ihr Geschäft, sondern auch sie selbst gefährdet. Carrera weiß, dass er dann harte Strafmaßnahmen zu erwarten hätte. Und das nicht nur durch die Behörden, sondern vor allem von seiner eigenen Organisation."

„Und was bedeutet das?"

Max blickte sich vorsichtig um. Abgesehen vom Kränzchen der Pensionisten gleich neben der Eingangstür der Bar waren zumindest auf der von einer großen Markise beschatteten Terrasse alle Tischchen frei, während sich die Einheimischen drinnen an der Bar drängten.

Max senkte dennoch seine Stimme ein wenig und neigte sich zu Julia hin.

„Wir sind für ihn zu einem grossen Risiko geworden. Der Brandanschlag auf dein Haus zeigt, dass er sich dessen bewusst ist. Ich sehe nur einen Weg für uns, um heil aus diesem ganzen Schlamassel herauszukommen."

Julia blickte ihn weiterhin fragend an. Max zögerte ein wenig mit seiner Antwort. Dann sagte er:

„Er oder wir. Eine andere Möglichkeit gibt's nicht mehr.

„Du meinst ..."

„Ja. Carrera muss verschwinden."

Julia schüttelte verständnislos den Kopf.

„Das löst doch unser Problem nicht. Er ist Teil der Organisation. Wenn er verschwindet, werden andere an seine Stelle treten und uns jagen."

„Da bin ich mir nicht so sicher. Nochmals: Carrera ist der verantwortliche Betriebsleiter, den die Organisation für die Operationen in San Vicente eingesetzt hat."

Max lehnte sich in seinem Stuhl zurück. Er kraulte Whisky, der schwanzwedelnd neben ihm stand und sehnsuchtsvoll die Mortadella-Sandwiches auf dem Tisch fixierte. Doch Max hatte gerade keinen Blick für die Wünsche seines Hundes. Er zeigte auf das grüne Mäppchen mit Isas Unterlagen, das vor ihnen auf dem Tisch lag.

„Er ist aus Sicht der Organisation verantwortlich dafür, dass Schlüsselinformationen über den ganzen kriminellen Olivenölprozess in falsche Hände geraten sind. Für seine Organisation ist das ein absoluter GAU. Aber auch für seine eigene Reputation und Glaubwürdigkeit. Das weiß er selbst am beten. Und er weiß auch, was ihm blüht, wenn er in den Augen der

Organisation versagt hat. Du hast mir ja selbst erklärt, wie lukrativ das Geschäft mit gefälschten Lebensmitteln geworden ist. Carrera darf sich keinen Fehler erlauben, will er nicht das Vertrauen seiner Organisation verlieren. Darum bin ich mir auch ziemlich sicher, dass bis jetzt niemand vom Datenleck weiss, außer Isa und natürlich wir."

Max dachte angestrengt nach, um seine Argumentation weiter voranzubringen.

„Felice ist tot, Isa verschwunden, vielleicht sogar in seinen Händen oder schlimmstenfalls auch tot. Nur wir beide bedrohen ihn noch. Deshalb wohl auch seine rasche Reaktion mit dem Anschlag auf dein Haus. Ich vermute, dass er das gestern Abend auf eigene Faust geplant und durchgeführt hat. Er will keine Mitwisser. Nur wenn er uns ebenfalls verschwinden lässt, bleibt ihm eine Chance, das Ganze zu vertuschen."

Wieder zögerte er für einen Moment.

„Er wird sich hüten, den Diebstahl der Unterlagen an die große Glocke zu hängen. Wenn er uns rasch beseitig, kann er hoffen, sein Problem behoben zu haben. Falls jemand in der Organisation Fragen stellt, wird er abstreiten können, dass je ein Problem bestanden hat. Der Brandanschlag zeigt, dass er das erkannt hat. Er plante wahrscheinlich, dich nachts im Haus zu überraschen und dich zu zwingen, ihm zu sagen, was er wissen wollte. Dann hätte er dich mitsamt dem Haus verbrannt, um alle Spuren zu beseitigen."

„Wenn nicht wir ihn ausschalten," fuhr er fort, „wird er uns erwischen. Wir wissen, dass nur er hinter dem Verschwinden von Isa stecken kann. Ziemlich sicher hat er zuvor schon Don Felice umgebracht. Beweise haben wir zwar nicht, aber starke Indizien. Dass auch er es war, der in ihrem Appartement nach den gestohlenen Daten gesucht hat, können wir ebenfalls voraussetzen. Nachdem er nichts gefunden hat, muss er an-nehmen, dass Isa die Informationen entweder anderswo versteckt oder, schlimmer für ihn, bereits weitergegeben hat. Er weiß, dass du ihre Freundin bist. Wenn

Isa jemanden in die Sache einweihen würde, dann wärest du das. "

Er nippte wieder an seinem Campari und steckte Whisky eine Scheibe Mortadella zu.

„Er hatte es nicht auf dein Haus abgesehen, sondern auf dich. Inzwischen weiss er, dass zwar Bellavista abgebrannt ist, du selbst aber seinem Anschlag entgangen bist. Aus seiner Perspektive bleibt ihm keine andere Wahl, als uns beide so rasch wie möglich aus dem Weg zu räumen. Er wird schnell einen neuen Versuch unternehmen."

Beide schwiegen, während der Barrista das stehen gelassenes Geschirr auf den Tischen zusammenstellte und ins Lokal trug.

„Wir müssen ihn in eine Falle locken."

Wieder machte er eine kurze Pause.

„Und ihn dann unschädlich machen. Bevor er das Gleiche mit uns tun kann."

Julia schaute ihn ungläubig an.

„Anders gesagt, wir sollen ihn umbringen?"

Max zuckte mit den Schultern. „Was bleibt uns anderes übrig? Wie ich schon sagte: er oder wir."

Dann fügte er hinzu: „Mir ist die Variante ‚er' lieber."

KAPITEL ACHTUNDSECHZIG

Julias Stimme klang verzweifelt. „Aber wir können doch nicht einfach jemanden umbringen!"

„Nicht ‚jemanden'!" antwortete Max grimmig. „Einen infamen Mörder und Betrüger. Einen Mafioso, Vergewaltiger, Brandstifter, der dein Haus in Schutt und Asche gelegt hat und der auch nicht eine Sekunde zögern würde, dich jetzt gleich umzubringen, wenn er das ohne Aufsehen machen könnte. Und mich gleich dazu, denn wenn er von unserer Beziehung weiss, und davon gehe ich aus, wird er zu recht in mir einen Mitwisser vermuten."

Julia musste an Isas Verschwinden denken und an die vergangene Nacht, als sie zusehen musste, wie ihr Zuhause bis auf die Steinmauern niederbrannte. Auch die verstörenden Bilder von Carreras Attacke auf sie in seinem Büro standen wieder vor ihren Augen. Max hatte recht. Eine andere Lösung gab es nicht mehr. Und Zeit hatten sie auch keine mehr, das zeigte der Brandanschlag mehr als deutlich.

„Und wie stellst du dir das vor?" fragte sie.

Max zuckte mit den Schultern. „Das weiß ich noch nicht. Aber ich denke pausenlos darüber nach. Er darf keinen Verdacht schöpfen. Das Überraschungsmoment muss auf unserer Seite sein. Und es muss rasch geschehen."

„Und wenn man uns erwischt?"

„Man wird uns nicht erwischen. Es wird nicht der Schatten eines Verdachts auf uns fallen. Noch besser wäre, wenn gar niemand auf die Idee kommt, dass Carrera tot ist."

Julia fixierte den Lieferwagen, der wie jeden Tag um diese Zeit weiter unten an der Straße einer Metzgerei Frischfleisch aus dem Schlachthof lieferte. Sie massierte mit den Fingern der rechten Hand ihre Nase. Max wusste inzwischen, dass sie das unbewusst immer dann tat, wenn sie sich konzentrieren und angestrengt nachdenken musste.

„Und was ist mit Isa?" fragte sie leise. „Wenn sie in Carreras Händen ist, müssen wir erst wissen, wo sie ist, bevor wir ihn ausschalten. Wir müssen ihn dazu bringen, uns zu sagen, wo er sie gefangen hält."

Max nickte. „Wir werden ihn zwingen, es uns zu sagen. Ich weiss noch nicht wie, aber wir werden einen Weg finden."

Julia legte ihm die Hand auf den Arm und sah ihn ernst an.

„Du weißt, wie gefährlich das ist? Wir legen uns mit einer der mächtigsten Verbrecherorganisationen des Landes an."

„Ich weiß. Unser Gegner ist aber nicht die Organisation, sondern eines ihrer Mitglieder. Mit der Organisation könnten wir es nicht aufnehmen. Mit Carrera schon. Und was sollen wir sonst tun?", fügte er hinzu. „Wenn wir die Carabinieri einschalten und ihnen unsere Unterlagen übergeben, werden sie Carrera im besten Fall einfach verhaften, falls ihre Untersuchungen nicht vorher schon im Sumpf von Korruption und Gewalt stecken bleiben. Eine Armada von Staranwälten wird ihn postwendend gegen eine lächerliche Kaution herauspauken. Dann sitzt er uns erst recht im Nacken. Zu Isa würden wir auf diesem Weg gar nichts erfahren. Und wir wissen nicht einmal, ob nicht bei den Polizisten ein Maulwurf sitzt, der Carrera rechtzeitig vor einem Zugriff der Polizei warnen könnte."

Julia nickte.

„Wir haben keine Wahl", fügte Max hinzu. „Wenn nicht wir ihn ausschalten, wird er uns töten. Und zwar bald. Er kann nicht warten, bis etwas durchsickert. Die Behörden hat er wohl schon so lange geschmiert, dass er sich auf ihre Zurückhaltung verlassen kann. Er wird versuchen, uns so umzubringen, dass keine Spuren der Tat und auch keine von uns zurückbleiben. Aus seiner Perspektive sollte das für ihn nicht so schwierig sein. Seine Organisation hat beim Lösen solcher Aufgaben immer viel Phantasie gezeigt und sich aus unzähligen Fällen viel Wissen und Können erworben."

Julia seufzte und schüttelte erneut fassungslos den Kopf.

„Das kann doch alles nicht wahr sein!"

Max griff nach ihrer Hand. „Glaub mir, er wird es wieder versuchen. Uns bleibt nicht viel Zeit. Er wird von der Pineta erfahren haben und zwei und zwei zusammenzählen. Nachdem er die Casa Bellavista eingeäschert hat, weiß er ja, wo er uns findet."

Max' Argumente leuchteten Julia ein. Nur was das für die nächsten Stunden und Tage bedeutete, konnte sie sich nicht vorstellen.

„Und was machen wir jetzt?"

Max war zu einer Entscheidung gekommen.

„Ich rufe ihn an und schlage ihm ein Treffen vor. Ich sage ihm direkt, dass wir die Informationen haben, die er vermisst. Und dass wir deren Bedeutung für ihn und seine Organisation begriffen haben."

Julia sah ihn mit gekrauster Stirne an.

„Wir bieten ihm einen Deal an. Die Unterlagen und unser Schweigen für Geld. Sehr viel Geld. Wir versichern ihm, unmittelbar nach der Geldübergabe auf Nimmerwiedersehen aus Italien zu verschwinden."

Julia war noch nicht überzeugt.

„Und du meinst, dass er uns das abnehmen wird?"

Max schüttelte den Kopf.

„Nein, das wird er uns nicht glauben. Aber wenn er von

unserer Absicht hört, nachher abzutauchen, muss er den Eindruck gewinnen, dass wir käuflich sind. Er wird uns unterstellen, dass wir nicht Rache oder Gerechtigkeit suchen, sondern unser Wissen zu Geld machen wollen. Er wird sich denken, wenn wir das Geld nehmen und verschwinden wollen, sind wir erpressbar. Er hat sich in eine Ecke manövriert und muss rasch handeln, um seinen eigenen Kopf zu retten. Deshalb wird er seine Mordpläne nicht aufgeben. Wir bleiben für ihn ein Risiko. Aber er wird sie für einen oder zwei Tage hinausschieben, bis er die Situation für sich besser einschätzen kann."

Julia schüttelte den Kopf. „Ich will nicht weg aus Italien. Nicht einmal von hier. Ich gehöre hierher. Anderswo kann ich mich nicht wohlfühlen. Auch nicht mit noch so viel Geld."

Bei Max kam geradezu Euphorie auf, als er laut denkend seinen Plan weiterentwickelte. Seine Stimme klang deutlich fester und bestimmter als zuvor.

„Wir werden auch nicht weggehen. Wir locken ihn auf die Pineta. Ich bin überzeugt, dass er kommt, wenn wir ihm eine glaubhafte Geschichte präsentieren. Er weiß natürlich, dass er uns nicht trauen kann. Aber er wird uns unterschätzen und denken, dass das eine gute Gelegenheit sein wird, uns gleich bei diesem Treffen in der Wildnis der Pineta ein für alle Mal verschwinden zu lassen. Es ist aus seiner Perspektive die einzige Chance, aus der Sache noch heil herauszukommen."

Wieder schaute er Julia an. Sein Blick war grimmig und drückte Entschlossenheit aus.

„Es wird aber nicht so ablaufen, wie er es sich vorstellt. Denn diesmal definieren wir die Spielregeln!"

KAPITEL NEUNUNDSECHZIG

Danach ging alles schnell. Sie besprachen noch einige Details, dann meldete sich Max telefonisch bei Carrera. Da er dessen Direktnummer nicht kannte, rief er die Zentrale an. Er stellte sich als Journalist vor, der Carrera um ein Interview zur Olivenölproduktion bitten wolle.

Carrera war in seinem Büro, und Max wurde gleich verbunden. Er spürte, dass der Gutsverwalter genau wusste, wer der „Journalist" war und dass dessen Wunsch nach einem Interview nur ein Vorwand war. Dennoch fragte er scheinheilig, worum es denn gehe und wie er sich auf das Gespräch vorbereiten könne.

Max antwortete nicht weniger freundlich, dass ihn vor allem die finanziellen Aspekte des Olivengeschäfts interessierten. Als Carrera zurückfragte, ob der Journalist sich für spezielle Finanzaspekte interessiere, antwortete Max, dass es spezifische Fragen seien, die er gerne mit ihm besprechen wolle. Details könne man ja direkt miteinander besprechen. Und ob es möglich sei, sich gleich heute nach dem Mittag zu treffen.

Carrera war einverstanden, und Max stimmte ohne Zögern dem Vorschlag zu, ihn bereits in einer Stunde in dessen Büro in San Vicente zu treffen. Er war sich sicher, der Verwalter würde sich hüten, ihm etwas anzutun, bevor er nicht genau wusste, in wessen Hände die gestohlenen Unterlagen gelangt waren und was mit ihnen geschehen war oder noch geschehen konnte.

Der Besucherparkplatz war fast leer, als Max wenig später seinen Volvo in einem der Unterstände parkierte. Bevor er ausstieg, rief er wie vereinbart Julia an.

„Ich bin da. Es geht gleich los!“

„Viel Glück! Und pass auf dich auf!“

Max ließ die Verbindung auf dem Handy offen. Auch Julia blieb in der Verbindung. So konnte sie mitverfolgen, wie das Gespräch mit Carrera lief. Er meldete sich am Eingang der Gutsverwaltung, und die alte Pförtnerin beschrieb ihm den Weg zu Carreras Büro.

Der Verwalter begrüßte ihn und bat, in der Besucherecke Platz zu nehmen. Er bot ihm einen Kaffee an, den Max dankend annahm. Dann eröffnete er sogleich selbst das Gespräch mit einer Frage, die eigentlich eine Feststellung war.

„Sie wissen, warum ich hier bin.“

Carrera schaute ihn an, ohne eine Miene zu verziehen. Ein harter Zug um die Mundwinkel verlieh seinem Gesicht einen maskenhaften, fast grausamen Ausdruck.

„Ja. Ich vermute, dass Sie und Ihre kleine Freundin etwas haben, das ich zurückhaben will. Sie werden mir sagen, was Sie dafür wollen. Dann schaffen wir die Angelegenheit ein für alle Mal aus der Welt.“

Max war versucht zu sagen, dass sein Gegenüber das mit dem „ein für alle Mal aus der Welt schaffen“ ja bereits intensiv, wenn auch bisher erfolglos versucht habe. Aber er verkniff sich die Bemerkung. Er musste sich genauso professionell verhalten wie sein Gegenüber. Er beugte sich vor, nahm die Kaffeetasse und trank einen kleinen Schluck des heißen Espressos, wobei er anerkennend nickte.

„Ein guter Kaffee!“

Wieder verzog Carrera keine Miene. Max wusste, dass der nächste Zug von ihm kommen musste.

„Ich verstehe gut, dass der Verlust der Informationen, über die wir inzwischen verfügen, für Sie ein Problem ist", leitete er das Gespräch ein. „Ich kenne mich nicht aus bei den Sitten und Gebräuchen Ihrer Organisation. Aber ich denke, dass man dort so einen Lapsus, wie er Ihnen unterlaufen ist, ziemlich kritisch beurteilen würde."

Noch immer sagte Carrera nichts. Kein Muskel zuckte in seinem Gesicht. Max hatte von Julia gehört, dass man ihm bei den Einheimischen, mit denen er gelegentlich Kontakt hatte, den Spitznamen „Pokerface" gegeben hatte. Doch es war ihm recht, die Angelegenheit so abkürzen zu können.

„Sehen Sie, ich bin kein Lebensmittelfachmann. Aber ich verstehe genug vom Thema Lebensmittelfälschung, um den Inhalt der Ihnen abhanden gekommenen Unterlagen zumindest grob beurteilen zu können. Und ich weiß auch, dass sich die Spezialeinheit der Lebensmittelpolizei brennend dafür interessieren würde. Aber für Sie persönlich ist wahrscheinlich wichtiger", hier unterbrach er seine Ausführungen dramaturgisch geschickt, um sich einen weiteren Schluck seines Espressos zu genehmigen, „was Ihre Organisation über den Verlust der Informationen und die daraus möglicherweise entstehenden Verwicklungen denken wird, sollte sie davon erfahren. Ich kann mir vorstellen, dass so etwas Ihrer Karriere innerhalb der Organisation nicht förderlich ist."

Jetzt glaubte Max doch ein leichtes Zucken im Pokerface zu erkennen. Aber Carrera hatte sich rasch wieder im Griff.

„Kürzen wir das ab. Wie viel?"

Max und Julia hatten sich ausgiebig mit dieser Frage beschäftigt. Es war klar, dass die Summe, die sie fordern würden, mindestens den Wiederaufbau von Julias Haus finanzieren musste. Sie waren sich auch einig, dass die verlangte Summe zusätzlich einen substanziellen Betrag zur Abgeltung ihres Schreckens und ihrer emotionalen Belastung der vergangenen Tage beinhalten sollte.

Er stellte die Kaffeetasse zurück auf den Tisch. Dann hob er das Kinn, um etwas mehr Selbstsicherheit auszustrahlen, als er in diesem Moment tatsächlich hatte. Er kam sich vor wie in einem schlechten Agentenfilm, als er Carrera direkt in die Augen blickte.

„Eine Million. Cash. Fünfziger und Hunderter. Keine neuen Scheine. Keine Markierung des Geldes. Und das Ganze noch heute Abend.“

KAPITEL SIEBZIG

Jetzt verzog Carrera doch das Gesicht und schüttelte den Kopf.

„Das ist lächerlich. Zudem kann ich eine solch grosse Summe nicht so einfach beschaffen. Und ganz sicher nicht so schnell!“

Max spürte seine Zuversicht wachsen, während Carreras Augen eine zunehmende Unruhe verrieten.

„Ich versuche, mich in Ihre Situation zu versetzen“, fuhr er mit ruhiger Stimme fort. „Ihre Aufgabe ist sicher nicht einfach zu lösen. Sie müssen verhindern, dass die Informationen des von Ihnen ermordeten Don Felice und die von Isa erbeuteten Unterlagen in falsche Hände kommen. Wir gehen mal davon aus, dass Sie oder Ihre Gorillas Isa entführt und vielleicht bereits umgebracht haben. Wir nehmen weiter an, dass Sie auch hinter dem Brandanschlag auf Julias Haus und Don Felices Unfall stecken. Sie durften mit einiger Sicherheit annehmen, dass Julia in ihrem Bett liegt, als das Feuer gelegt wurde. Wahrscheinlich ist Ihnen auch nicht entgangen, dass ich gelegentlich die Nacht bei ihr verbracht habe.“

Max‘ gab seiner Stimme einen ironischen Klang, als er fortfuhr:

„Sie haben einfach Pech gehabt, dass wir an diesem Abend nicht bei ihr, sondern bei mir auf der Pineta waren. Sonst wäre Ihr Plan wohl aufgegangen."

Carreras linkes Augenlid begann nervös zu zucken. Er fuhr sich mit der Hand über den Nacken. Man konnte förmlich sehen, wie seine grauen Zellen arbeiteten und er seine Karten nach einem Joker abzusuchen begann.

Max war klar, worin für Carrera dieser Joker bestand. Sie spielten beide mit hohem Einsatz.

„Ich glaube Ihnen gerne, dass die Beschaffung einer solchen Summe nicht einfach ist", fügte er hinzu. „Aber jemand in Ihrer Position verfügt über Verbindungen, die man in so einem Fall nutzen kann."

Er blickte Carrera mit gespieltem Bedauern an.

„Mehr Zeit kann ich Ihnen leider nicht einräumen."

Erneut legte er eine kurze Kunstpause ein.

„Es ist faszinierend, über welche Optionen heutzutage moderne Mailprogramme verfügen. Sie wissen ja sicherlich um die Möglichkeiten der zeitbasierten Übermittlung. Wir haben die Veröffentlichung der Informationen auf heute Abend programmiert. Deadline ist zwanzig Uhr. Wenn Julia und ich nicht vorher einen entsprechenden Code eingeben, wird das File automatisch einer Reihe von Adressaten übermittelt. Sie werden sich alle brennend dafür interessieren, was auf San Vicente hinter den Kulissen so abläuft."

Mit einem freundlichen Lächeln wies Max auf das Schachspiel mit den aus Ebenholz geschnitzten Figuren in der Fensternische.

„Ich sehe, Sie spielen Schach. Ich liebe dieses Spiel! Man lernt, immer mehrere Züge vorauszudenken. Ich prahle immer gerne ein wenig damit, dass ich Juniorenmeister unserer Schule war."

Carrera blieb stumm. Max ahnte, dass er es nicht zu weit treiben durfte.

„Ich kann mir vorstellen, worüber Sie jetzt gerade nachdenken“, fügte er deshalb mit einem angedeuteten Lächeln hinzu. „Doch verschwenden Sie keine Zeit damit, sich Gedanken über alternative Lösungen Ihres Problems zu machen. Gehen Sie einfach davon aus, dass wir intelligent genug sind“, er wies immer noch freundlich lächelnd mit der Hand zum Schachspiel hinüber, „die möglichen Schachzüge Ihrerseits vorauszusehen. Julia und ich werden uns erst heute Nacht nach der Geldübergabe wieder treffen. Sie sollten davon ausgehen, dass Sie meine Freundin in der verbleibenden Zeit nicht aufspüren können. Mich könnten Sie zwar gleich hier im Büro festsetzen, aber das würde Ihnen nicht helfen. Julia und ich haben einen Mechanismus vereinbart, der sicherstellt, dass ich San Vicente bis spätestens“, er warf einen raschen Blick auf seine Armbanduhr, „in einer halben Stunde unversehrt wieder verlassen kann. Andernfalls wird Julia die Weiterleitung der Informationen vorziehen.“

Das stimmte nur zum Teil. Tatsächlich wartete Julia jetzt in der Pineta auf ihn. Nach diesem Gespräch würde er unverzüglich zu ihr zurückfahren. Aber Carrera schien zu akzeptieren, dass er im Moment am kürzeren Hebel saß. Er lehnte sich in seinem Sessel zurück.

„Und wie soll die Übergabe vonstatten gehen?“

Max musste sich zusammenreißen, um sich seine Erleichterung nicht anmerken zu lassen.

„Wir wollen es möglichst einfach halten. Sie besorgen das Geld und bringen es zu mir. Sie kennen mein Haus, die Casa Pineta, etwas weiter oben am Monte Luco. Ich warte dort auf Sie. Sie bekommen im Gegenzug die Unterlagen. Damit ist die Sache erledigt. Wir verschwinden, und Sie kehren zu Ihren Geschäften zurück.“

Max konnte förmlich sehen, wie Carrera sich entspannte. Er war sich bewusst, dass Carrera blitzschnell die Möglichkeiten durchdachte, ihn und Julia während der Geldübergabe auszuschalten. Ein abgelegenes Haus, zwei unbedarfte und geldgierige Gegenspieler, keine Zeugen, das musste ihm unkompliziert erscheinen.

„Und wie weiß ich, dass Sie nicht Kopien gezogen und die Informationen bereits weitergeleitet haben? Oder das noch tun werden, sobald Sie das Geld haben?“

Die Frage war berechtigt, und Max hatte sie erwartet.

„Das können Sie tatsächlich nicht wissen. Nicht jetzt und nicht später. Ich sichere Ihnen zu, dass wir nach Erhalt des Geldes auf der Stelle und für immer verschwinden werden. Sie müssen uns wohl oder übel glauben und davon ausgehen, dass wir uns an die Abmachungen unseres Deals halten werden.“

Nach einer kurzen Pause fügte er hinzu:

„Etwas, das wir unsererseits bei Ihnen nie voraussetzen würden. Selbstverständlich haben wir Kopien der Files gezogen. Sie sind unsere Lebensversicherung für den Fall, dass Sie uns heute oder irgendwann in der Zukunft an die Wäsche wollen. Wir haben diese Kopien bei verschiedenen Vertrauenspersonen hinterlegt. Auch bei einem Anwalt im Ausland. Versehen mit ausführlichen Instruktionen. Wir kennen die unschönen Methoden, mit denen Ihre Organisation Leute aus dem Verkehr zu ziehen pflegt.“

Er blickte Carrera einen Moment lang stumm an. Die Fragen, die ihn am brennendsten interessierten, hatte er bewusst nicht angesprochen. Was war mit Isa? War sie tatsächlich in seiner Hand? Lebte sie noch? Wo war sie? Julia und er hatten lange darüber nachgedacht, ob er Carrera bereits jetzt auf das Schicksal von Isa ansprechen sollte. Doch sie waren zur Überzeugung gekommen, dass sie mit diesem Thema noch einige Stunden zuwarten sollten, bis sie Carrera auf der Pineta hatten. Würde er Carrera hier in seinem Büro mit diesen Fragen konfrontieren, würde er keine oder keine zutreffende Antwort erhalten.

„Ich denke, es ist alles gesagt, was es zu sagen gibt. Ich will Sie nicht länger aufhalten. Sie haben viel zu tun, bis wir uns am Abend bei mir auf der Pineta treffen. Ich denke, achtzehn Uhr sollte für Sie möglich sein. Ich werde auf Sie warten."

Carrera blieb stumm. Max erhob sich und deutete eine ironisch gemeinte Verbeugung an.

„Bleiben Sie doch sitzen. Ich finde den Weg hinaus!"

KAPITEL EINUNDSIEBZIG

Der Wetterwechsel hatte sich schon am Morgen angekündigt. Vom Meer her zog einer der berüchtigten toskanischen Gewitterstürme über das Land. Seit Stunden türmten sich schwarze Wolken über Siena und den umliegenden Hügeln. Blitze zuckten über den finster gewordenen Himmel, denen Donnerschläge wie Explosionen folgten. Dann setzte der Regen ein. Erst mit großen Tropfen, dann mit Schnürregen, bis die Wolken schließlich alle Schleusen öffneten und eine gewaltige Wasserflut über die Olivenhaine und Rebberge niederging. Auch auf der Pineta fiel das Wasser wie aus einer riesigen Dusche vom Himmel und tränkte den von der Sommerhitze ausgetrockneten Boden. Wie immer sandten die Bauern ein Stoßgebet himmelwärts. Nur kein Hagel, der die Olivenfrüchte noch im letzten Moment vor der Ernte zerfetzen konnte!

Es dämmerte bereits, als Carrera kurz vor sechs Uhr in die mit „Strada Privata“ signalisierte Naturstraße zur Pineta einbog. Er war noch nie dagewesen, hatte aber richtig vermutet, dass die Zufahrt eine holperige Angelegenheit sein würde. Deshalb hatte er für die kurze Fahrt einen der Wagen aus der Fahrzeugflotte des Gutsbetriebs genommen.

Sorgfältig hatte er darauf geachtet, dass niemand ihn wegfahren sah. Die Kameras, welche die Zu- und Wegfahrt jedes Fahrzeugs vom Gut bis zum Eingangstor filmten, würden die Ausfahrt des Pickup natürlich festhalten. Mit einer tief ins Gesicht gezogenen Baseballmütze und der dunklen Brille würde er selbst bei einer sorgfältiger Auswertung allfälliger Aufnahmen nicht als Fahrer erkennbar sein. Doch warum sollte jemand die Bilder der Kameras auswerten wollen? Wenn sein Plan aufging, würden die beiden Erpresser ebenso spurlos von der Bildfläche verschwinden wie Isa und später er selbst. Auf dem Beifahrersitz lag ein lederner Aktenkoffer, gefüllt mit Euronoten.

Nach dem Gespräch mit Max hatte er einen Moment lang erwogen, zur vereinbarten Übergabe einfach einen leeren Koffer mitzubringen und Max, sobald dieser den Koffer entgegennahm, zu erschießen und die Leiche zu entsorgen. Nach reiflicher Überlegung war er jedoch zu dem Schluss gekommen, dass das Risiko zu groß war, solange er nicht wusste, was mit den gestohlenen Informationen weiter geschehen würde oder schon geschehen war. Zwar war er entschlossen, Max noch am selben Abend umzubringen. Davor würde er ihn zwingen, Julias Aufenthaltsort preiszugeben. Er würde erst sie, dann Isa ausschalten. Oder sollte er Julia zu Isa ins Wochenendhaus bringen, um sich mit den beiden erst ein paar vergnügliche Stunden zu machen, ehe er sie tötete und verschwinden liess? Doch er verwarf den Gedanken gleich wieder. Er durfte nichts riskieren.

Sobald er die beiden ausgeschaltet hatte, würde er selbst abtauchen. Nicht wegen der Morde, sondern wegen der Gefahr, die von seiner eigenen Organisation ausgehen würde, sollte diese je vom Datendiebstahl erfahren sollte. Deshalb brauchte er das Geld. Nicht für seine Erpresser, sondern für seine eigene Flucht und den Aufbau eines neuen Lebens, irgendwo weit weg von San Vicente.

Gleich nach dem Gespräch mit Max hatte er einen Direktor bei der Banca Credito kontaktiert, den er seit Jahren wegen dessen Affäre mit der Frau seines Vorgesetzten erpresste. Er informierte ihn in einem kurzen Telefongespräch über seine Wünsche. Der Bankdirektor protestierte natürlich lautstark, es sei nicht möglich, eine so große Summe Bargeld in so kurzer Zeit bereitzustellen. Carrera musste ein wenig Druck ausüben, bis es schließlich doch möglich wurde.

Ein paar Stunden später hatten sie sich auf dem gedeckten Parkplatz eines Shoppingcenters in einem Vorort von Siena getroffen, wohin auf Carreras Anweisung der Bankdirektor persönlich das Geld gebracht hatte. Die Dokumente, die er Carrera zur Unterzeichnung vorlegte, deklarierten die Million Euro als kurzfristiges Darlehen an das Landgut San Vicente. Es war nicht nötig, das Geld nachzuzählen. Der Mann würde ihn nicht betrügen. Carrera vergewisserte sich lediglich mit einem kurzen Blick in den Koffer, dass es sich tatsächlich um gebrauchte Scheine handelte. Mit einem drohenden Unterton verlangte er die Zusicherung, dass die Nummern der Banknoten nicht registriert worden waren, und versprach ihm, das Geld binnen weniger Tage zurückzuzahlen, obwohl er das keineswegs beabsichtigte. Der Bankdirektor war klug genug, keine weiteren Fragen zu dieser ungewöhnlichen Transaktion zu stellen. Da er das Geld ja rasch wieder zurückbekäme, war der Betrag nur in eine Schattenbuchhaltung eingeflossen, die er in der Bank für Transaktionen führte, die ausserhalb der regulatorischen Vorgaben stattfanden.

Die Zufahrt zur Pineta war in noch schlechterem Zustand, als Carrera vermutet hatte. Doch der Pickup schluckte die Löcher und Steine problemlos. Nach einem knappen Kilometer Schüttelfahrt sah er am Straßenrand die ersten angefaulten Holzpfosten einer schiefstehenden und löcherigen Umzäunung. Die Dämmerung war bereits weit fortgeschritten, und noch immer regnete es ununterbrochen. Wenig später erreichte er das hölzerne Eingangstor des Guts, das einladend offen stand. Ein schmaler, von Unkraut überwachsener Fahrweg führte zum Haus, das hinter einer Reihe von Zypressen und riesigen Ziereichen fast verschwand. Aus einem der Fenster strahlte ein warmes Licht in die einbrechende Dämmerung hinaus.

Carrera drückte kurz auf die Hupe. Sekunden später sah er, wie die Türe sich öffnete und eine Gestalt in den Lichtschein der Türe trat. Carrera ließ den Pickup auf den Vorplatz zur Eingangstreppe rollen, bis Max ihm mit einem Handzeichen zu stoppen bedeutete. Der Regen fiel wie aus einem Gartenschlauch auf den Pickup. Obschon er die Scheibenwischer auf die höchste Stufe gestellt hatte, nahm er Max und die Umgebung nur verschwommen wahr.

Seine leichte Jacke war nicht wasserdicht, und einen Regenschirm hatte er keinen mitgenommen. Wenn er jetzt aus dem Wagen stieg, wäre er binnen Sekunden völlig durchnässt. Aber egal. Es war ja nur Wasser. Er stellte den Motor ab. Sobald die Scheibenwischer ihre Arbeit einstellten, sah er gar nichts mehr durch die Frontscheibe. Er nahm den Aktenkoffer mit dem Geld. Die geladene Beretta, die er auf den Beifahrersitz gelegt hatte, steckte er unter der Jacke in den Hosenbund. Dann öffnete er die Wagentüre und trat ins Inferno des Herbstgewitters hinaus.

Max war nicht mehr zu sehen. Doch die Haustür stand weit offen, der helle Lichtschein aus dem Innern des Hauses beleuchtete die Öffnung und die obersten Treppenstufen. Carrera zögerte. Eigentlich hätte er trotz des Regens den Austausch im Freien durchführen wollen. Er würde den Aktenkoffer mit dem Geld hinstellen und ein paar Schritte zurücktreten. Max würde den Inhalt des Koffers kontrollieren wollen. Wie in einem schlechten Agententhriller, aber für seinen Plan durchaus sinnvoll.

Der Abschluss der Transaktion sollte nach Carreras Drehbuch dann jedoch etwas anders ausfallen als im Film. Ehe Max die Tasche an sich nehmen könnte, plante Carrera, ihn mit zwei gezielten Schüssen in die Kniescheiben niederzustrecken und ihn anschließend zu zwingen, ihm den Aufenthaltsort von

Julia preiszugeben. Erst danach würde er ihm den Rest des Magazins in den Kopf jagen. Er klopfte kurz auf den Bauch, wo er unter der bereits durchnässten Jacke den Knauf der Waffe spürte. Die Pistole wartete auf ihren Einsatz. Geladen und entsichert.

Rasch stieg er die paar Stufen zur Haustür hinauf. Viel sehen konnte er nicht, da der Regen seine Brille genauso nässte wie vorhin die Windschutzscheibe des Pickup. Er musste den Kopf leicht gesenkt halten, um über den oberen Brillenrand hinweg vor sich zumindest in Umrissen die Treppenstufen zu erkennen.

Als er das kleine Podest vor dem Hauseingang erreichte und unter den Türrahmen trat, legte er die freie Hand auf den Knauf der Beretta. Er wollte sie gerade herausziehen, als ihn ein greller Lichtblitz blendete. Im gleichen Moment begann sein Gesicht zu brennen wie Feuer. Für den Bruchteil einer Sekunde roch er den Pfefferstrahl, der ihn mitten ins Gesicht getroffen hatte. Dann traf ein gewaltiger Schlag zuerst seinen Arm mit der Waffe, gleich darauf ein weiterer seinen Kopf, und er versank im schwarzen Nebel der Bewusstlosigkeit.

KAPITEL ZWEIUNDSIEBZIG

Das Erste, was Carrera wahrnahm, als er wieder langsam aus der Bewusstlosigkeit auftauchte, war der sumpfige und leicht süßliche Geruch von Algen und Wasserpflanzen. Und das Gefühl von Nässe an den Beinen. Sein Schädel fühlte sich an, als würde er von hundert Hämmern gleichzeitig bearbeitet. Jeder Atemzug schmerzte. Er versuchte vorsichtig, Arme und Beine zu bewegen. Doch es ging nicht. Mühsam öffnete er die Augen, um sich zu orientieren.

Nach und nach erkannte er, dass er auf einem Stuhl festgebunden war. Seine Fußknöchel waren mit einem Draht an den vorderen Stuhlbeinen festgebunden, die Handgelenke hinter die Rücklehne des Stuhls gebogen und ebenfalls gefesselt. Instinktiv straffte er die Muskeln, um sich zu befreien. Doch das führte nur zu schmerzhaften Einschnitten in seine Hand- und Fußgelenke. Etwas Warmes rann ihm übers Gesicht zu den Mundwinkeln, und er spürte Blut auf seinen Lippen.

Er versuchte, den Kopf trotz der hämmernden Schmer-zen etwas anzuheben. In der Dunkelheit nahm er seine Umgebung nur verschwommen wahr. Immerhin erkannte er, dass er mit dem Stuhl, auf dem er festgebunden war, auf dem Boden eines kleinen, mit vermoosten Platten gekachelten Teichs saß. Das

Wasser war kalt, aber nur gerade knöcheltief, so dass einzig seine an den Stuhlbeinen fixierten Füße im Wasser waren. Dass er dennoch bis auf die Knochen durchnässt war, war auf den Regen zurückzuführen, der inzwischen in ein leichtes Nieseln übergegangen war.

Er hatte Schmerzen, im Kopf, im ganzen Körper, überall. Ein leises Stöhnen entrang sich seiner Brust, als er versuchte, den Kopf weiter anzuheben. Über den Rand des Teichs sah er die Umrisse zweier Gestalten, die zu ihm hinunterblickten. Max hielt eine Stablampe in seiner Hand, mit der er nun den Teich und Carrera auf seinem Stuhl beleuchtete.

Julia trat einen Schritt nach vorne und ging direkt am Beckenrand in die Hocke. Wenn er den Kopf noch ein wenig mehr anhob, was er trotz der damit verbundenen Schmerzen tat, konnte er ihr in die Augen sehen. Der tödliche Hass, mit dem sie seinen Blick fixierte, ließ ihn zusätzlich zur Kälte in seinem Körper erschauern.

Julia stützte die Hände auf den Knien ab und blieb in dieser etwas unbequemen Position. Vermutlich wollte sie sichergehen, dass Carrera sie sehen und hören konnte.

„Wie fühlen Sie sich?“, fragte sie mit höflicher Ironie.

Er antwortete mit einem erneuten Stöhnen, das Julia mit einem Lächeln quittierte.

„Das freut mich. Wir haben uns Mühe gegeben, Sie nicht gleich zu töten, wie Sie das wahrscheinlich mit uns vorgehabt haben.“

Sie wies mit einer knappen Geste auf einen Gegenstand, der neben ihr auf dem Boden lag. Er vermutete richtig, dass das seine Beretta war.

„Es wäre sicherlich einfacher gewesen, für uns wie für Sie. Wir haben jedoch noch ein paar Fragen, die wir gerne mit Ihnen besprechen möchten.“

Carrera sah aus den Augenwinkeln, dass nun auch Max an den Beckenrand trat und auf ihn herabblickte. Es war Julia, welche die erste Frage stellte, wobei sie jedes einzelne Wort mit grösstmöglicher Schärfe betonte:

„Was ist mit Isa? Wo ist sie?“

Carrera versuchte mit einem leichten Anheben der Schultern anzudeuten, dass er es nicht wisse. Da ihm das Schulterzucken mit den gebrochenen Rippen nicht gelang, schüttelte er nur den Kopf.

Max sagte mit Verständnis mimender Stimme:

„Dass es Ihnen momentan schwerfällt, sich zu artikulieren und zu erinnern, können wir verstehen. Wir helfen Ihnen, Ihr Erinnerungsvermögen wieder zu aktivieren.“

Er stand auf und verschwand aus Carreras Gesichtsfeld. Als er kurz darauf wieder sichtbar wurde, hielt er einen Gartenschlauch in der Hand, dessen vorderes Ende er vor Carrera in den Teich hängen ließ. Carrera hörte, wie er einen Wasserhahn öffnete. Sekunden später war Max zurück, während Carrera nicht nur hörte, sondern auch spürte, wie ein Schwall kalten Wassers aus dem Schlauch in den Teich und auf seine Beine spritzte.

Diesmal war es Julia, die das Gespräch wieder aufnahm.

„Es wird eine Weile dauern, bis der Teich so voll ist, dass das Wasser Ihren Mund und später die Nase erreicht. Wir haben also noch ein wenig Zeit. Aber allzu lange sollten Sie sich Ihre Antworten nicht überlegen. Wir könnten das Ganze auch abkürzen. Oder verlängern.“

Während Julias Stimme mindestens so eisig klang, wie ihre Augen ihn anblickten, sprach Max fast freundlich und scheinbar verständnisvoll.

„Ich habe Sie während unseres Gesprächs heute Vormittag als durchaus intelligenten Menschen kennengelernt. Aus der Organisation, der Sie angehören, wissen Sie ja, wie solche Fragestunden ablaufen. Nur dass diesmal Sie sich in der Rolle des Befragten befinden. Ich bin mir sicher, Sie können selbst die Schlussfolgerungen aus Ihrer derzeit wenig erfreulichen Lage ziehen.“

Er wies auf den plätschernden Zufluss, der den Teich langsam, aber stetig zu füllen begann. Der Wasserspiegel war inzwischen bereits über die Knöchel hinaus bis zu Carreras Schienbeinknochen angestiegen.

„Ich habe den Inhalt Ihres Köfferchens geprüft. Ich war ehrlich gesagt fast ein wenig überrascht. Nachgezählt habe ich noch nicht“, fügte er hinzu, „aber ich vermute mal, Sie haben tatsächlich den ganzen geforderten Betrag mitgebracht!“

Max nickte ihm anerkennend zu. Noch immer war seine Stimme freundlich, fast verständnisvoll.

„Ich vermute, Sie sind davon ausgegangen, das Geld wenig später wieder mitnehmen zu können.“

Als Carrera erneut ein leises Stöhnen von sich gab, erhielt Max' Stimme einen leicht ironischen Unterton.

„Tja, jetzt ist es halt anders gelaufen. Es geht nun für uns alle darum, das Beste aus der aktuellen Situation zu machen. Meine Geldforderung haben Sie bereits erfüllt.“

Er trat nun ganz nahe an den Beckenrand und ging neben Julia in die Hocke, um sicher zu sein, dass Carrera seine Worte auch wirklich verstand.

„Für Julia und mich ist etwas anderes viel wichtiger als das Geld. Wir wollen wissen, wo Isa ist.“

Er blickte Carrera für einen Moment nachdenklich an.

„Machen Sie sich keine Illusionen. Wir zwingen Sie, es uns zu sagen. Egal, was es dazu braucht. Und wie lange es dauern wird.“

Er prüfte den Wasserstand und platzierte den Schlauch so, dass der Wasserstrahl wieder plätschernd in den Teich fiel.

„Ihr Ziel müsste es eigentlich sein, den Wasserspiegel nicht über Ihre Nase hinaus steigen zu lassen. Das mag noch eine Weile dauern. Aber ich würde an Ihrer Stelle nicht lange pokern.“

Max beobachtete, wie der Wasserspiegel im Teich millimeterweise an Carreras Hosenbeinen hinaufstieg.

„Ich mache Ihnen ein Angebot", meinte er schliesslich. „Sie sagen uns, wo Isa ist, und ich stelle das Wasser ab."

Einen Moment lang schwiegen sie alle drei. Man hörte nur den Wasserstrahl, der weiter in den Teich plätscherte. Der Wasserstand erreichte Carreras Kniescheiben. Die Kälte kroch seinen Körper hinauf. Er nahm sie kaum wahr, weil die gleichzeitig aufsteigende Panik seinen Körper mit Hitzeschüben überzog.

Julia wandte sich mit gespielter Besorgnis an Max.

„Meinst du, er versteht wirklich, was wir von ihm wollen? Oder glaubt er, wir meinten es nicht ernst?"

Max zuckte mit den Schultern.

„Er hat sicher verstanden, was wir wissen wollen. Doch ob er uns ernst nimmt, ist schwer zu sagen."

Julia stand auf.

„Vielleicht sollten wir es ihm etwas verdeutlichen!"

KAPITEL DREIUNDSIEBZIG

Sie griff nach einem angerosteten Gartenrechen, der unter einem Baum neben dem Teich lag. Mit dem Rechen fischte sie das Ende eines Hanfseils aus dem Teich. Carrera hatte bislang nicht bemerkt, dass man ihm auch einen Strick um die Brust gebunden hatte, dessen Ende Julia nun in der Hand hielt. Sie setzte den Rechen auf seine gebrochenen Rippen. Trotz der scheinbaren Gleichgültigkeit ihrer Stimme fixierte sie ihn mit vor Hass glühenden Augen, während sie den Rechen immer stärker gegen seinen Brustkasten drückte. Zentimeter für Zentimeter kippte Carreras Stuhl nach hinten. Der Strick in Julias Hand sorgte dafür, dass der Stuhl nur ganz langsam umkippen konnte.

Der Rechen drückte gegen seine gebrochenen Rippen, was zusammen mit dem im Zeitlupentempo nach hinten kippende Stuhl Carrera vor Schmerz und Panik aufschreien liess. Mit letzter Kraft krächzte er:

„Nein! Aufhören! Ich rede!“

Es war zu spät. Der Stuhl fiel um und drückte seinen Kopf unter die Wasseroberfläche. Er lag rücklings am Boden des Teichs. Mit vor Entsetzen geweiteten Augen sah er die nur wenige Zentimeter über ihm liegende Wasseroberfläche, über die der Strahl einer Taschenlampe tanzte. Kurz bevor er erneut das Bewusstsein verlor, spürte er, wie jemand hinter seinem Kopf die Stuhllehne erfasste und den Stuhl wieder aufstellte.

Hustend und Wasser spuckend rang er nach Atem. Die Schmerzen in seinem Brustkasten waren schier unerträglich.

Max stellte sich wieder vor ihn hin. Er ließ ihn das Wasser aus seinen Lungen husten und wiederholte seine Frage.

„Was ist mit Isa? Wo ist sie?“

Carrera sah ein, dass er keine Optionen mehr hatte. Er hustete und versuchte angestrengt, etwas zu sagen. Doch seine Stimme versagte.

„Ich verstehe, dass das Sprechen Ihnen momentan etwas schwerfällt. Machen wir es andersherum“, schlug Max vor. „Wir stellen Ihnen Fragen, und Sie beantworten sie mit einem Nicken oder Kopfschütteln. Haben Sie mich verstanden?“

Carrera deutet ein Nicken an.

„Haben Sie Isa umgebracht?“

Carrera beeilte sich, den Kopf zu schütteln, angesichts des Schmerzes, der dabei seinen Schädel zu spalten schien, begleitet von einem lauten Stöhnen.

„Ist Isa noch am Leben?“

Diesmal versuchte Carrera zu nicken, was nicht weniger schmerzhaft war. Die nächste Frage stellte Julia.

„Geht es ihr gut?“

Wieder ein kaum wahrnehmbares Nicken.

„Und wo ist sie jetzt?“

Das konnte er nun nicht mehr mit den Kopfzeichen beantworten. Seine Inquisitorin beugte sich zu ihm hinunter, soweit es möglich war, ohne ebenfalls in den Teich zu fallen. Carrera schloss die Augen und versuchte mit alle ihm noch verbliebenen Kraft etwas zu sagen. Mit einem Krächzen kam ein einzelnes Wort aus seiner Kehle.

Max und Julia schauten einander fragend an.

„Fietri? Habe ich das richtig verstanden?“

Wieder nickte Carrera. Er konnte nicht mehr weiterdenken

als bis zur nächsten Minute. Er wollte raus aus diesem Teich, raus aus dem kalten Wasser. Was nachher kam, wollte er gar nicht wissen. Nur raus!

Julia drehte sich zu Max.

„Fietri ist ein kleiner Weiler“, sagte sie, „wenige Kilometer von hier, weiter oben am Hang des Monte Luco. Ich erinnere mich, dass jemand einmal davon sprach, dass Felice in Fietri ein Ferienhaus habe.“

Sie wies mit einer knappen Geste auf den im Teich schlotternden und ob seiner Schmerzen laut stöhnenden Carrera.

„Vielleicht hat er das Haus oder dessen Schlüssel übernommen, nachdem er Don Felice getötet hat.“

Sie wandte sich nochmals Carrera zu.

„Wir haben verstanden, dass Isa am Leben ist und Sie sie in Fietri im Ferienhaus des toten Don Felice gefangen halten? Ist das richtig so?“

Carrera nickte.

„Und wo genau ist dieses Haus?“ fragte Max.

Carrera gab ihm mit zwei mühsam formulierten Worten eine kurze Beschreibung. Max wiederholte, um sicher zu gehen, alles richtig verstanden zu haben:

„Am Dorfrand oben?“

Carrera nickte abermals und schloss die Augen.

Alles war jetzt unwichtig. Wenn er nur erst aus diesem verdammten Teich wieder herauskam.

KAPITEL VIERUNDSIEBZIG

Max rannte zum Haus hinauf und schwang sich in den Fahrersitz von Carreras Pickup. Der Schlüssel steckte noch, auch der grosse Schlüsselbund von Carrera lag auf dem Beifahrersitz. Carrera wohl davon ausgegangen war, dass es für ihn nur ein kurzer Abstecher werden sollte und er gleich weiterfahren würde.

Max wollte für die kurze Fahrt nach Fietri weder seinen noch Julias Wagen benutzen. Es war zwar unwahrscheinlich, dass jemand ihn in der Dunkelheit auf der einsamen Passstraße sah. Falls doch, würde man Carrera am Steuer des Wagens vermuten. In das Wageninnere konnte selbst bei Tageslicht niemand blicken, da die Scheiben wie bei allen Fahrzeugen von San Vicente abgedunkelt waren.

Er fuhr zügig die Passstraße hinauf. Es regnete wieder in Strömen. Nur mit Mühe konnten die Scheibenwischer auf der Windschutzscheibe zumindest einen kleinen Ausguck auf die regennasse und unbeleuchtete Straße freihalten. Nach wenigen Kilometern erreichte er die Abzweigung nach Fietri. Von hier an war die Straße nicht mehr asphaltiert und glich mehr einem Bachbett als einer offiziellen Zufahrtsstraße zum Weiler. Nach einigen Minuten erkannte Max in einer Kurve weit unten am

Abhang die Umrisse der wenigen, eng zusammenstehenden Häuser. Aus keinem der Fenster kam Licht.

Das Ferienhaus Don Felices lag ein Stück oberhalb des Weilers, etwa hundert Meter von der Straße entfernt. Julia hatte es ihm kurz beschrieben, ehe er losgefahren war. Ein steiler Kiesweg führte zum Haus hinauf. Das Tor stand offen, und Max konnte direkt vor die Eingangstüre des Steinhauses fahren. Er sprang aus dem Fahrersitz und rannte durch den Regen die wenigen Schritte zur Haustür.

Während er in Carreras Schlüsselbund nach dem passenden Schlüssel zur Eingangstür suchte, rief er immer wieder laut nach Isa. Es war ihm, als hörte er eine Stimme, die auf seine Rufe antwortete. Doch Regen und Wind waren zu laut, als dass er erkennen konnte, woher die Rufe kamen.

Er stieß die Türe auf und lief ins Haus. Eine Treppe führte ins Obergeschoss. Von dort oben wurden seine Rufe erwidert, und nun war klar, dass es Isa war, deren Hilferufe er hörte.

Max war wohl noch nie so schnell eine Treppe hinauf gestürmt.

„Isa, wo bist du? Ich komme!"

Im oberen Geschoss führte ein schmaler Gang zu drei Zimmertüren. Isas Rufe kamen aus dem hintersten Raum, dessen Tür als einzige offen stand. Er drückte den Lichtschalter und rannte ins Zimmer.

Isa saß auf der Matratze einer eisernen Bettstatt an der Zimmerwand, eine Decke eng um den Körper gewickelt. Eine kleine Lampe auf dem hölzernen Nachttischchen verbreitete ein spärliches Licht. Als Isa Max ins Zimmer treten sah, sprang sie mit einem Schrei auf ihn zu, fiel ihm um den Hals und klammerte sich an ihn.

Nach einer Schrecksekunde sah Max, dass sie nackt war und ein dickes Lederhalsband trug, an das eine grobe Kette befestigt war, die ihrerseits am eisernen Bettgestell fixiert war.

Während Max sie fest an sich drückte und ihr beruhigende Worte ins Ohr flüsterte, suchte er mit der anderen Hand in

Carreras Schlüsselbund nach dem Schlüssel, der zum Schloss des Halsbands passte. Rasselnd fiel die Kette auf das Bett. Er reichte Isa die auf den Boden gefallene Decke.

Mit angstvoll geweiteten Augen blickte sie ihn an.

„Wo ist Carrera? Was machen wir, wenn er kommt? Er ist bewaffnet."

Max beruhigte sie. Er mochte sich nicht vorstellen, was die junge Frau in den Händen des Verbrechers durchgemacht haben musste. Aber es war nicht der Moment, Fragen zu stellen.

„Carrera kommt nicht mehr. Wir haben ihn aus dem Verkehr gezogen."

Sie schien sich ein wenig zu entspannen.

„Ist er tot?"

„Noch nicht", sagte Max grimmig.

„Aber bald."

KAPITEL FÜNFUNDSIEBZIG

Der Regen hatte ein wenig nachgelassen. Max half Isa ins Auto und schickte eine kurze SMS an Julia. Dann fuhren sie zurück zur Pineta. Während der Fahrt erzählte er Isa in knappen Worten, was sich in den vergangenen Stunden ereignet hatte.

Sie passierten das immer noch offenstehende Tor, und Max steuerte den Pickup über die sumpfige Wiese direkt hinunter zum Teich. Der Scheinwerfer erfasste erst Julia, die unter der großen Eiche am Poolrand etwas Schutz vor dem Regen gesucht hatte, dann Carrera, der, nur noch halb bei Bewusstsein, immer noch auf seinem Stuhl festgebunden im Teich saß. Julia hatte den Wasserzufluss offenbar unterbrochen, denn das Wasser reichte ihm erst knapp bis zu den Hüften. Sein Kinn war ihm auf die Brust gesunken, und das Atmen schien ihm schwer zu fallen. Im Licht der Scheinwerferkegel glich sein schmerzverzerrtes Gesicht einer teuflischen Fratze.

Julia stieß einen Schrei aus, als sie Isa sah. Sie rannte auf ihre Freundin zu und umarmte und küsste sie. Erst da sah sie, dass Isa nur in die feuchte Decke eingewickelt war, die zudem ob ihrer stürmischen Umarmung verrutscht war. Entsetzt trat sie einen Schritt zurück. Sie sah die Striemen und blutunterlaufenen Male auf Isas Körper.

„Hat er das getan?“, fragte sie und wies mit dem Kinn in Richtung Teich.

Erst jetzt sah Isa ihren Peiniger gefesselt im Teich sitzen. Jetzt war sie es, die einen lauten Schrei ausstieß. Er schien tief aus dem Innern ihres geschundenen Körpers zu kommen und drückte eine so animalische Wut aus, dass Carrera auf seinem Stuhl trotz seiner Schmerzen die Augen wieder öffnete und den Kopf in ihre Richtung zu drehen versuchte.

Isa ließ die nasse Decke ganz zu Boden fallen. Nackt trat sie an den Rand des Teichs und fasste Carreras Blick. Sie schien weder die Kälte der Nacht noch den Regen zu spüren. Julia trat neben sie. Wie vorhin hielt sie den Rechen in der Hand und reichte Isa den langen Stiel.

Max war vor dem Pickup stehen geblieben. Die Szenerie wirkte im Licht der Scheinwerfer so unwirklich und gespenstisch, dass er sich in einem Gruselfilm wähnte. Auf der einen Seite der gefesselte Carrera im Teich, mit vor Entsetzen weit aufgerissenem Mund und schreckensstarrem Blick, auf der anderen die beiden Frauen, die eine nackt, die andere mit wirr ins Gesicht hängenden, triefend nassen Haaren. Sie umfassten gemeinsam mit ihren Händen den langen Stiel. Im Scheinwerferlicht des Pickup meinte Max zwei Furien aus der antiken Mythologie vor sich zu sehen.

Gebannt schaute er zu, wie sie Carrera den Rechen auf die Brust setzten. Aus dessen Kehle kam ein lautes Stöhnen. Mit einem langgezogenen Schrei drückten die beiden Frauen gemeinsam den Rechen gegen Carreras Brust. Wie in einer Zeitlupenaufnahme kippte der Stuhl nach hinten, hielt sich noch eine Sekunde in einer wackeligen Balance, ehe er endgültig kippte.

Mit leisem Gurgeln verschwand Carrera unter der nachtschwarzen Wasseroberfläche. Für ein paar Sekunden noch stiegen kleine Luftblasen an die Wasseroberfläche. Dann beruhigte sich das Wasser im Teich, und eine gespenstische Stille legte sich über die Szenerie.

KAPITEL SECHSUNDSIEBZIG

Sie liessen den Toten vorerst im Teich und liefen durch den Regen zurück ins Haus. Nachdem sie Carrera beim Betreten des Hauses außer Gefecht gesetzt hatten, hatte Max sich mit einem kurzen Blick in den Aktenkoffer vergewissert, dass er tatsächlich echtes Geld enthielt und nicht irgendwelche Papierschnipsel. Nun unterzog er den Inhalt des Koffers einer genaueren Inspektion, während Julia mit Isa im Badezimmer verschwand.

Zuerst hatte er befürchtet, dass sich unter den gebündelten Noten nebst ein paar echten vielleicht mehrheitlich falsche Euroscheine verbergen würden. Zu seiner Überraschung hatte Carrera jedoch tatsächlich eine Million Euro in echten Scheinen mitgebracht. Die Bündel von Fünfziger- und Hunderternoten waren mit den Banderolen einer italienischen Bank versehen, deren Niederlassung er unten im Dorf gesehen hatte. Er begann die Notenbündel auf dem Tisch auszulegen.

Eigentlich erstaunlich, wie wenig Platz so eine Million benötigt, dachte er, während er das Geld überschlagsmässig zählte.

Im Hintergrund hörte er die Dusche laufen. Das Pfeifen der Düse sagte ihm, dass die beiden Frauen sich mit dem heißen

Wasserstrahl aufzuwärmen suchten. Später hörte er ihre nackten Füße durch den Gang in Max‘ Schlafzimmer tappen. Als die beiden Frauen in den Wohnraum zurückkamen, sah Max, dass sie sich aus seinem Kleiderschrank bedient hatten. Julia trug eine seiner Jogginghosen und einen weiten, dunkelblauen Sweater, während Isa eine seiner Jeans angezogen hatte. Die zu langen Hosenbeine hatte sie aufgekrempelt, ein Gürtel hielt die Hose auf den Hüften. Auch sie trug einen seiner für sie viel zu weiten Pullover.

Beide erblickten die auf dem Tisch aufgereihten Notenbündel und rissen die Augen auf.

„Wow!“

„Wie viel ist es?“

Aber Julia fiel ihrer Freundin ins Wort und meinte resolut zu Max:

„Um das Geld kümmern wir uns nachher. Zuerst musst du dich auch umziehen. Du wirst dir eine Verkühlung einfangen, wenn nicht Schlimmeres!“

Sie hatte recht. Die Ereignisse der vergangenen Stunden hatten seinen Adrenalinspiegel permanent so hoch gehalten, dass er die Nässe und Kälte kaum mehr wahrgenommen hatte. Doch jetzt, da die Anspannung sich zu legen begann, spürte er seinen Körper in den feuchten Kleidern zittern. Er verschwand nach hinten ins Schlafzimmer.

Als er zurück in den Wohnraum kam, stand Julia in der Küche und bereitete für alle heißen Tee zu. Isa saß auf der Holzbank am Tisch und schenkte ihm ein zaghaftes Lächeln. In den viel zu großen Kleidern aus Max‘ Fundus wirkte sie wie eine zerbrechliche Puppe.

Julia brachte auf einem Tablett große Tassen mit dampfendem Tee und ein paar trockene Kekse, die sie in einer angebrochenen Schachtel gefunden hatte. Alle drei saßen sie am Tisch, wärmten die Hände an der heißen Tasse und tranken mit kleinen Schlucken den Tee. Vor ihnen türmten sich die Geldbündel, die Max fein säuberlich aufgeschichtet hatte.

Isa hatte sich gefangen. Soweit Max das beurteilen konnte, war sie körperlich unversehrt. Wie es in ihr drin aussah, konnte er natürlich nicht beurteilen.

Sie ließ ihren fragenden Blick zwischen Max und Julia hin und her wandern.

„Woher kommt dieses Geld?"

Max erklärte ihr in groben Zügen, was es mit den Geldbündeln auf sich hatte.

„Ist es wirklich eine Million?", wollte Julia ganz pragmatisch wissen.

Max schmunzelte.

„Eine Million. Ich habe es zwar noch nicht genau gezählt, aber so im Überblick scheint es zu stimmen."

Die beiden Frauen blickten ungläubig auf die Notenbündel.

„Eine Million Euro!", wiederholte Julia andächtig.

„Wir hatten mit ihm vereinbart, dass er das Geld gegen unser Schweigen und die Vernichtung unserer Unterlagen tauschen würde", fuhr Max fort. „Aber es war ihm und uns klar, dass wir für ihn eine Gefahr bleiben würden. Und ich habe nicht den geringsten Zweifel, dass er mit der festen Absicht hierher kam, uns zu töten. Der Brandanschlag auf Julias Haus war ein erster fehlgeschlagener Versuch, uns aus dem Weg zu räumen. Einen zweiten Fehler konnte er sich nicht leisten. Das wusste er. Und wir wussten, dass er es wusste. Wir mussten ihm zuvorkommen."

Max' Stimme wurde hart und schneidend.

„Und so ist es ja auch gekommen."

Er griff nach einem Plastikmäppchen, das neben den Notenbündeln lag, und entnahm ihm einige Unterlagen, die er vor sich auf dem Tisch auslegte.

„Das hier habe ich zusammen mit dem Geld in seinem Aktenkoffer gefunden."

Er zeigte den beiden Frauen einen EU-Pass, den Ausdruck eines elektronischen Flugtickets und eine Bahnkarte für den

Frecciarossa nach Mailand und weiter mit einem Schnellzug nach München.

„Das Flugticket ist auf den Namen ausgestellt, der auch hier im Pass steht. Es gilt für den morgigen Nachtflug nach Kapstadt. Carrera hatte offenbar vor, sich abzusetzen, nachdem er uns ausgeschaltet hatte. Wahrscheinlich war ihm bewusst geworden, dass er in der Organisation keine Zukunft mehr gehabt hätte. Das Risiko, die Aufdeckung des Datenklaus nicht mehr verhindern zu können, war ihm zu groß. Das Geld hier“, er wies auf die Notenbündel, „war natürlich nicht für uns bestimmt, sondern hätte ihm ein neues Leben in Südafrika ermöglichen sollen.“

Sie blickten alle eine Weile stumm auf die Reiseunterlagen und die Notenbündel.

Isa ergriff als Erste wieder das Wort.

„Und was geschieht jetzt mit dem Geld?“

KAPITEL SIEBENUNDSIEBZIG

Max und Julia schauten einander an. Diesmal war es Julia, die ihre Schlussfolgerungen in Worte fasste.

„Nun, wem das Geld bisher gehört hat, weiß ich nicht. Carrera nicht, da bin ich mir sicher. Aber ich denke, dass das jetzt unser Geld ist. Es ist eine Entschädigung für all das, was er uns angetan hat. Und wohl noch antun wollte. Er ist tot, wir leben. Er hat verdient, was er bekommen hat."

Sie wies auf die Geldbündel auf dem Tisch.

„Und wir auch. Es gehört jetzt uns," wiederholte sie. „Dir, Isa, dir, Max, und mir. Oder wie seht ihr das?"

Isa stand der Zweifel ins Gesicht geschrieben.

„Aber wird denn niemand eine so große Summe vermissen? Er muss das Geld ja von jemandem erhalten haben. Und derjenige wird sich früher oder später fragen, wo Carrera ist und was mit dem Geld geschehen ist."

Isas Einwand war berechtigt. Dennoch schüttelte Max den Kopf.

„Ich habe bei den Papieren auch diese Quittung hier gefunden."

Er zeigte den beiden Frauen die Bankbestätigung für das an Carrera gewährte Darlehen.

„Auf der hinteren Sitzbank seines Wagens liegt ein kleiner Rollkoffer. Den haben wir noch nicht geöffnet, aber ich vermute, er enthält Kleider und sonstige Utensilien. Was man so einpackt, wenn man verreisen will."

Isa hatte ihm mit finsterer Miene zugehört.

„Wenn er verschwunden wäre, was wäre dann mit mir geschehen?" fragte sie.

Weder Max noch Julia sagten etwas. Die Antwort war zu offensichtlich. Auch für Isa. Julia stand auf und setzt sich neben sie. Sie legte den Arm um Isas Schultern.

Max blätterte in dem Pass, den er bei Carrera gefunden hatte. Das Bild zeigte unzweifelhaft ihn, aber der Name war ein anderer.

„Bis man ihn vermisst oder unsere Leichen gefunden hätte, wäre er längst verschwunden gewesen. Und ob die Behörden eine Verbindung zwischen unserem und seinem Verschwinden hergestellt hätten, ist fraglich."

Er setzte nach einer kurzen Pause hinzu: „Wenn man unsere Leichen überhaupt je gefunden hätte. Diese Typen haben ja Erfahrung darin, wie man Menschen verschwinden lässt, ohne Spuren zu hinterlassen. Und mit dem Geld hätte er sich einen komfortablen Start in ein neues Leben kaufen können."

Julia nickte.

„Das sehe ich auch so. Wenn ich an mein Haus denke ..."

Auch Isa schien keine weiteren Argumente mehr zu brauchen. Dennoch führte Max noch einen weiteren Punkt an.

„Wir haben gar keine Alternative, als das Geld verschwinden zu lassen. Andernfalls wird es sofort Nachfragen geben. Wenn wir das Geld zur Bank zurückbringen, wird man uns unzählige Fragen stellen, die wir weder beantworten können noch wollen."

Nach einer kurzen Pause fuhr er fort:

„Wir haben Carrera umgebracht. Nichts darf auf uns verweisen. Man soll annehmen, dass Carrera untergetaucht und mit dem Geld verschwunden ist. Wir können es gar nicht zurückgeben."

Dem konnten und wollten die beiden Frauen nichts mehr entgegenhalten. Die langen Reihen der Eurobündel wirkten zu verlockend. Man konnte zwar nicht direkt sagen, sie hätten sich das Geld ‚verdient'. Aber dafür, dass es ihnen zustand, ließen sich einige überzeugende Argumente ins Feld führen.

Sie nickten einander zu. Max erhob sich und schaute zum Fenster hinaus. Es war stockfinster. Der Regen hatte aufgehört.

„Dann los! Es gibt noch einiges zu tun!"

Noch in der Nacht hievten sie gemeinsam Carreras Leiche aus dem Teich und legten ihn auf eine Holzlatte, die Max im Fahrzeugunterstand des Hauses gefunden hatte. Die immer noch auf dem Stuhl festgebundene Leiche deckten sie mit einer Plane notdürftig zu und beschwerten deren Ränder mit Steinen.

Gleich nach Sonnenaufgang am nächsten Morgen luden sie den Leichnam auf die Ladefläche von Carreras Pickup. Max fuhr den Wagen über einen verwachsenen Pfad weit in das Dickicht hinein, das einen großen Teil der Pineta überzog. Als das Gestrüpp zu dicht wurde und der Pickup nicht mehr weiterfahren konnte, zogen sie die Leiche wieder von der Ladefläche und trugen sie tiefer in den fast undurchdringlichen Wald. Das urwaldartige Gelände gehörte immer noch zur Pineta, doch seit Ewigkeiten war hier keine Menschenseele mehr gewesen. Und sie durften mit einiger Gewissheit davon ausgehen, dass auch in absehbarer Zukunft niemand hierher kommen würde.

Max suchte eine Stelle am Rand eines meterhohen Brombeergestrüpps, die ihm für ihr Vorhaben geeignet schien. Er hatte drei Spaten mitgebracht, mit denen sie gemeinsam ein tiefes Loch aushoben. Sie machten sich gar nicht erst nicht die Mühe, Carrera vom Stuhl loszuschneiden, sondern legten die Leiche rücklings und weiterhin auf dem Stuhl festgebunden in das ausgehobene Loch. Im Materialdepot seines Onkels hatte Max einen angebrochenen Sack mit ungelöschtem Kalk gefunden, den er über der Leiche verstreute. Der Kalk würde dafür sorgen, dass sich der Körper rasch auflöste und keine Tiere anlockte, die das verwesende Fleisch hätten wittern und aus-graben können.

Schließlich füllten sie das Loch mit Steinen und der Erde vom Aushub. Zuletzt streuten sie abgefallene Blätter der umliegenden Eichen darüber und legten einige Äste auf das Grab. Man musste schon genau hinsehen, um zu erkennen, dass hier Erde umgegraben worden war. Nach einigen Wochen wären jegliche Spuren menschlicher Einwirkung verschwunden. Die Brombeersträucher würden das Grab in kurzer Zeit so stark überwachsen haben, dass kein Tier und erst recht kein Mensch je auf den Gedanken käme, hier nach etwas suchen zu wollen.

Den Pickup fuhr Max anschliessend zu einem auf seinem weitläufigen Grundstück im Wald gelegenen kleinen Felsen. Er stellte den Schalthebel auf Neutral und löste die Bremse. Beim sachten Anrollen des Fahrzeugs auf dem abschüssigen Gelände sprang er aus der Fahrerkabine und sah zu, wie der Pickup Fahrt aufnahm und schliesslich über den Felsen in den ebenfalls von undurchdringlichem Dickicht durchzogenen Abgrund stürzte. Auch hier würde die wuchernde Natur den Wagen rasch mit undurchdringlichem Dornengestrüpp überziehen und, was darunter lag, für alle Zeiten verschwinden lassen.

KAPITEL ACHTUNDSIEBZIG

Natürlich wunderte man sich auf San Vicente über das Verschwinden des Verwalters. Umso mehr, als man seinen Maserati unbenutzt auf dem Parkplatz stehen sah. Rasch wurde auch die mit Carrera verschwundene Million aufgedeckt. Das Sekretariat von San Vicente erhielt einige Anrufe der lokalen Bank, bei denen eine nervös wirkende Männerstimme nach Carrera fragte. Als man dem Anrufer schließlich beschied, dieser sei fort und niemand wisse um seinen aktuellen Aufenthaltsort, blieb es am anderen Ende der Leitung einen Moment lang still, bevor der Anrufer die Verbindung unterbrach.

Eine Woche nach Carreras Verschwinden erschienen zwei unbekannte Männer auf dem Landgut, unverkennbar aus dem Süden Italiens stammend. Sie befragten die Mitarbeiter, verbrachten einige Stunden in Carreras ehemaligem Büro und ließen sich anschließend die ganzen Anlagen zeigen.

Am aufgeregtesten gebärdete sich der Bankdirektor. Ihn interessierte weniger das Schicksal Carreras als das Verschwinden des Geldes, das er diesem ausbezahlt hatte. Als ihm klar wurde, dass das Geld unwiederbringlich verloren war und er mit einer unehrenhaften Entlassung durch den Hauptsitz rechnen musste, versank er in eine tiefe Depres-sion.

Von seinen Vorgesetzten in Siena initiiert, leitete nach einiger Zeit die Polizei eine Untersuchung ein. Doch auch sie fand keine Hinweise, die das Verschwinden des Verwalters und den Verbleib des Geldes zu erklären vermochten. Auf einen entsprechenden Zeugenaufruf meldete sich eine ältere Frau, die glaubte, in der Nacht seines Verschwindens einen Pickup auf der Fahrt Richtung Monte Luco gesehen zu haben. Sie war sich aber nicht sicher, ob es tatsächlich ein Fahrzeug aus dem Wagenpark von San Vicente gewesen war. Wer im Wagen saß, habe sie in der Dunkelheit und im strömenden Regen sowieso nicht erkennen können. Als im Zuge der polizeilichen Ermittlungen die Reisebuchungen Carreras nach München und weiter nach Kapstadt aufgedeckt wurden, war endgültig klar, dass sich der Verwalter das Geld angeeignet und damit ins Ausland abgesetzt haben musste.

Die Behörden wussten um Carreras Zugehörigkeit zur Organisation. Als man sah, dass sich offenbar auch diese um das Verschwinden ihres Statthalters auf San Vicente zu kümmern schien, wurden weitere offizielle Nachforschungen nur noch oberflächlich weitergeführt. Man ging davon aus, dass die Organisation mit ihren internationalen Verbindungen das Problem auf ihre bewährte Art unkomplizierter und gründlicher lösen würde, als das den lokalen Behörden möglich gewesen wäre.

Einige Tage nach Carreras Verschwinden besuchte die Anwältin Barolo ihren Kontaktmann bei der Lebensmittelpolizei in Florenz. Sie übergab ihm die Unterlagen von Don Felice und die Dokumente, die Isa sich bei ihrem Einbruch in die Ballonhalle verschafft hat. Über Isa und ihre beiden Freunde sagte sie jedoch nichts, und als die Beamten weitere Fragen stellten, berief sie sich auf das Anwaltsgeheimnis. Gleich am nächsten Morgen fuhren im Morgengrauen mehrere Mannschaftswagen und Einsatzfahrzeuge der Polizei vor dem Gutsgebäude in San

Vicente auf. Die Einheiten sperrten das Gelände ab und begannen mit einer detaillierten Durchsuchung des Landguts. Sie beschlagnahmten Computer und Akten, und es kam zu einigen Festnahmen. Alle Gebäude im Valle Castagna wurden versiegelt.

Erst später wurde bekannt, was die Untersuchungsbehörden bei ihrer Razzia auf San Vicente neben dem Lebensmittelbetrug noch herausgefunden hatten. Sie deckten auf, dass die mit dem minderwertigen Öl befüllten Tankwagen zusätzlich ein anderes, nicht weniger gewinnträchtiges Gut transportierten. Im abgeschiedenen und streng geschützten Labortrakt des Valle Castagna lagerte die Organisation große Mengen an Kokainplatten. Die Drogen wurden jeweils in einer speziell dafür konstruierten Einrichtung in Wasser aufgelöst. Die so versetzte Lösung wurde dann zurück in die Tankfahrzeuge gepumpt, wo sie sozusagen als Bodensatz den untersten halben Meter der Stahltanks bedeckten. Dann wurden die Fahrzeuge mit dem gepanschten Olivenöl betankt. Da das spezifische Gewicht des Olivenöls geringer ist als dasjenige des mit dem Kokain gesättigten Wassers, konnten sich die beiden Flüssigkeiten in den Tanks nicht vermischen. Spezialisten der Organisation hatten in jedem Tankaufleger eine Vorrichtung eingebaut, durch die eine von den Behörden in die Tanks eingeführte Sonde nur das Olivenöl erfassen konnte, nicht aber eine Probe aus der unterhalb des Öls liegenden drogengesättigten Wasserschicht.

KAPITEL NEUNUNDSIEBZIG

Max, Julia und Isa verfolgten die Untersuchungen zu Carreras Verschwinden unauffällig aus der Ferne. Erleichtert stellten sie fest, dass niemand sie mit dem Fall in Verbindung brachte. Es war ihnen klar, dass sie das letzte Kapitel niemandem je offenlegen durften. Sie wären alle drei in die Mühlen der italienischen Justiz geraten, aus deren Fängen sie sich für den Rest ihres Lebens nicht mehr hätten befreien können. Isa und Julia wären mit einer Mordanklage am Hals verhaftet worden, Max unter dem Vorwurf der Freiheitsberaubung und Mitwirkung an einem Kapitalverbrechen wohl ebenfalls.

Sie hätten zwar gute Gründe für ihr Handeln vorbringen können. Doch sie waren sich bewusst, dass ihnen das alles wenig genutzt hätte. Den Mord an Isas Vater hätte man Carrera nie nachweisen können, ebenso wenig die Vergewaltigung von Julia oder die Misshandlung von Isa. Alle drei wären sie für lange Zeit hinter den Mauern eines italienischen Gefängnisses verschwunden.

Gedient hätte das niemandem. Carrera hatte den Tod verdient, da waren sich alle drei einig. Dabei war ihnen natürlich durchaus bewusst, dass er ihn nicht durch ihre Hand hätte erleiden dürfen. Dass es so gekommen war, tat aber keinem der drei leid. Für Isa und auch für Julia war die Tatsache, dass ihr Peiniger vor ihren eigenen Augen und durch ihre Hand für seine Taten bestraft worden war, mehr wert als ein erst in fernen Jahren erwirktes Gerichtsurteil, das dank gut bezahlter Anwälte vielleicht gar mit einem Freispruch für Carrera geendet hätte.

Sie hatten gelitten, und für dieses Leiden hatten sie an ihm Rache genommen. Es war ihnen klar, dass dieses archaische Rachedenken in einer modernen Zivilisation keinen Platz haben dürfte. Aber es entsprach nun mal ihrem persönlichen Fühlen und ihrer Vorstellung von Gerechtigkeit.

Max hatte gewusst, dass Carreras Tod die einzige Option gewesen war, um ihr eigenes Leben zu retten. Er oder wir, hatte er gesagt, und so war es auch gewesen. Als er den beiden Frauen zusah, wie sie antiken Rachegöttinnen gleich Carrera ertränkten, spürte er instinktiv, dass er sich da nicht einmischen sollte. Das Urteil über Carrera und sein Schicksal stand nicht ihm zu, sondern Julia und Isa. Keine der beiden Frauen schien wegen ihrer Tat auch nur ansatzweise ein schlechtes Gewissen zu verspüren. Für Julia wie für Isa war es richtig, wie es gekommen war. So beschloss er, auch für sich das Kapitel abzuschließen und nicht weiter über etwas nachzudenken, das vergangen und nicht mehr zu ändern war.

Das Geld hatten sie untereinander aufgeteilt. Ohne weitere Diskussionen waren sie sich einig, dass jedem der gleiche Teil zukommen sollte. Isa hatte ihren Anteil dazu verwendet, um für längere Zeit nach Frankreich zu gehen, wo sie sich den lang schon gehegten Traum einer Ausbildung zur Sommelière erfüllte. Die Abwicklung ihres Erbes hatte sie der Anwältin Angelina Barolo übertragen.

Max und Julia setzten ihre Anteile dazu ein, die Casa Bellavista wieder aufzubauen und die Pineta einer gründlichen Sanierung zu unterziehen. Die Verwendung der Notenbündel hatte ihnen zuerst etwas Kopfzerbrechen verursacht. Auch in

Italien war es heutzutage nicht mehr so einfach, Rechnungen von Handwerkern mit Bargeld zu begleichen. Auf ein Bankkonto konnten sie das Geld nicht einzahlen, ohne kritische Fragen zu riskieren. Doch wie so oft waren Vorschriften das eine, die gelebte Praxis aber etwas ganz anderes. Viele der Handwerker und kleinen Firmen, die sie mit den Arbeiten an ihren Häusern beauftragten, waren allen staatlichen Vorschriften zum Trotz immer noch an Barzahlung ihrer Rechnungen interessiert.

Max hatte wenige Monate nach den turbulenten Ereignissen in San Vicente seine Wohnung in der Schweiz aufgegeben und den Wohnsitz in die Pineta verlegt. Natürlich war Julia der wichtigste Grund für diesen Umzug gewesen. Aber auch das Geld Carreras und die dadurch erlangte finanzielle Unabhängigkeit hatten zu seinem Entscheid beigetragen.

Nach etwas mehr als einem Jahr sah Julias Haus wieder so aus, wie es vor dem Brand gewesen war. Im Innern jedoch wirkte alles größer und heller. Sie hatte zwei kleinere Räume mit dem schon bisher grossräumigen Wohnzimmer zusammengelegt. Das Schlafzimmer wurde zulasten einer früher nicht mehr benutzten Abstellkammer vergrößert. Die Veranda hatte sie aus festen Eichenbalken wieder aufbauen lassen, auch wenn der Schreiner, nicht ganz zu Unrecht, protestierte, dass „so etwas“ nicht zum Haus und in die Gegend passe.

Auf der Pineta sorgte ein neues Dach für trockene Mauern. Neue Fenster hielten im Winter Kälte und Nässe ab, und eine moderne Heizung sicherte in den zu Max’ Erstaunen auch in der Toskana oft sehr kalten Wintermonaten ein behagliches Wohnen. Zusammen mit den sanitären Installationen, der neuen Küche und einer geschmackvollen Möblierung war ein fast schon luxuriöses Zuhause entstanden. Max staunte immer wieder über die stilsicheren Ratschläge und Hinweise, die ihm Julia bei der Auswahl von Materialien oder der Einrichtung des Hauses gab.

Gleich im ersten Frühling nach seinem Umzug begann Max

auch die Umgebung des Hauses zu bearbeiten. Er liess die Wiesen umpflügen und mit einer gegenüber Hitze und Kälte widerstandsfähigen Grassorte bepflanzen. Die mehr als hundert Olivenbäume wurden fachmännisch geschnitten und trugen schon eine Saison später wieder reichlich Früchte. Den Teich, in dem sie Carrera ertränkt hatten, füllte Max eigenhändig mit Steinen und Erde. Julia pflanzte einen großen Lavendelbusch auf den Erdhügel. Niemand würde je auf den Gedanken kommen, dass da früher einmal etwas ganz anderes gewesen war.

Als Ersatz für den Teich ließ Max neben der Allee aus Ziereichen und Maulbeerbäumen einen langgezogenen Pool bauen, der ihnen und den Gästen in den heißen Sommermonaten willkommene Abkühlung bot. Garten und Olivenhain wurden mit einem starken Zaun eingefasst, der die um die Pineta herum zahlreich vorhandenen Wildschweine und Waldtiere außerhalb des bepflanzten Geländes hielt.

Mit Argusaugen wachte Max darüber, dass keiner der für die Sanierung angeheuerten Arbeiter je dem Geländeteil weit unten auf dem Grundstück des Guts zu nahe kam. Wie er vermutet hatte, waren sowohl das Grab als auch der Pickup nach wenigen Monaten schon von einem so dichten Brombeerdickicht überzogen, dass nicht einmal die Wildschweine die verrottende Leiche Carreras hätten riechen und ausgraben können.

KAPITEL ACHTZIG

Viele Jahre später, als manches vergessen und anderes verjährt war, stand Max vor seinem Haus in der Abendsonne. Er stützte die Ellenbogen auf die kleine Natursteinmauer. Die vor ihm liegende Wiese führte bis zum breiten Band aus Lavendelbüschen hinunter, das den Pool begrenzte. Zu seiner Linken stand der große Maulbeerbaum, rechts grenzten drei Zypressen die Wiese von der gepflegten Zufahrt ab. Sein Blick ging über den leicht abfallenden Olivenhain und das undurchdringliche Dickicht des Waldes bis zu den vom Abendlicht vergoldeten Mauern und Türmen von Siena und den bereits schattigen Hügeln am Horizont.

Es war einer jener Herbstabende, an denen das Licht der tief stehenden Sonne die Landschaft mit Farben verzauberte, die man auf einem Postkartenbild als von Photoshop gefärbt verdächtigen würde. Doch die Natur, dachte Max, war immer noch besser als jede Fotosoftware. In wenigen Minuten würde die Sonne hinter den Hügeln der Maremma verschwinden. Die Dämmerung würde einsetzen und rasch in die Nacht übergehen. Schon verwandelte sich der silberne Glanz der Olivenblätter in ein immer dunkleres Grün, bis sie schließlich ganz schwarz wurden. Wie an jedem Abend setzte der kühlende

Talwind ein, der nach Sonnenuntergang durch den Geländeeinschnitt von Villa-a-Sesta hinauf zur Pineta strich. Im Sommer waren sie froh um diesen Wind, denn er machte auch die größte Hitze erträglich. Im Herbst brachte er Max jedoch rasch zum Frösteln und ließ ihn nach Pullover oder Jacke greifen.

Er und Julia waren nun schon fast ein Jahrzehnt lang ein Paar. Und sie waren sich einig, dass das so bleiben sollte bis ans Ende ihrer Tage. Julia hatte während der Zeit, in der ihr eigenes Haus wieder aufgebaut wurde, auf der Pineta gewohnt. Heimlich hatte Max gehofft, dass das so bleiben würde. Platz war ja mehr als genug vorhanden. Doch sie hatte sein Angebot liebevoll, aber bestimmt abgelehnt.

„Wir haben so beide zwei Zuhause, wie früher die Adeligen aus Siena oder Florenz", meinte sie mit einem Lächeln.

Er verstand ihre Entscheidung, die Casa Bellavista wieder aufzubauen und selbst zu bewohnen. Nicht nur, weil er aus eigener Erfahrung wusste, dass sich etwas Distanz durchaus positiv auf eine Beziehung auswirken konnte. Es war ihm auch klar, dass Julias Haus und seine Geschichte für sie immer eine große emotionale Bedeutung haben würde. Es war ihr Geburtshaus und das ihrer Eltern. Mit dem Landgut waren so viele Erinnerungen und Emotionen verbunden, dass es für sie undenkbar war, die Casa Bellavista an fremde Menschen zu verpachten oder gar zu verkaufen.

So lebten sie mal ein paar Tage bei ihr in der neuen Casa Bellavista, mal auf der nach der Sanierung sehr komfortablen Pineta. An San Vicente und die Ereignisse in jenem Herbst dachten sie zwar hin und wieder zurück, doch sie sprachen kaum miteinander darüber. Und dass irgendwo weit unten im Dickicht der Pineta eine tief im Boden vergrabene Leiche verrottete, berührte weder Max noch Julia besonders. Anfangs war Max noch ab und an hinunter in den Wald gegangen, einfach um sicher zu sein, dass nicht Wildschweine die Leiche ausgegraben hatten. Aber schon im ersten Sommer hatte er keine Chance mehr, auch nur in die Nähe des Grabes zu gelangen. Die Dornenzweige hatten sich weit über das Grab hinaus ausgebreitet und standen bereits meterhoch.

Beide waren sie ihrem Schicksal dankbar, das ihnen ein von Liebe, Ruhe und Gelassenheit geprägtes Dasein ermöglichte. Doch sie waren sich auch sehr bewusst, wie wenig es braucht, um die sorgsam gepflegte, diffizile Balance eines Lebens aus dem Gleichgewicht zu bringen. Das hatten sie, nur wenige Jahre nach den Ereignissen von San Vicente mit brutaler Deutlichkeit erfahren müssen. Mit Schaudern dachte Max an jenen Sommer zurück, der um ein Haar alles zerstört hätte, das sie sich geschaffen hatten.

Aber das war wieder eine andere Geschichte.